पत्ता-पत्ता बूटा-बूटा

[काशीनाथ सिंह की असंकलित कहानियाँ
एवं अन्य गद्य रचनाएँ]

पत्ता-पत्ता बूटा-बूटा

[काशीनाथ सिंह की असंकलित कहानियाँ एवं अन्य गद्य रचनाएँ]

काशीनाथ सिंह

संकलन एवं सम्पादन

अभिजीत

राजकमल प्रकाशन

ISBN : 978-81-267-2810-7

मूल्य : ₹ 450

पहला संस्करण : 2016
दूसरा संस्करण : 2019

प्रकाशक : राजकमल प्रकाशन प्रा. लि.
1-बी, नेताजी सुभाष मार्ग, दरियागंज
नई दिल्ली-110 002

शाखाएँ : अशोक राजपथ, साइंस कॉलेज के सामने, पटना-800 006
पहली मंजिल, दरबारी बिल्डिंग, महात्मा गांधी मार्ग, इलाहाबाद-211 001
36 ए, शेक्सपियर सरणी, कोलकाता-700 017

वेबसाइट : www.rajkamalprakashan.com
ई-मेल : info@rajkamalprakashan.com

मुद्रक : बी.के. ऑफसेट
नवीन शाहदरा, दिल्ली-110 032

PATTA-PATTA BOOTA-BOOTA
by Kashinath Singh
Edited by Abhijit

कासी काठैं घर करै...

काशीनाथ सिंह एक व्यापक कैनवास के रचनाकार हैं। अपने जीवन में एक अबाध पहाड़ी झरने की तरह उन्होंने हर तरह के सूझे-सुझाए मार्ग पर चलने से इनकार कर दिया—रचनात्मकता में भी और व्यावहारिकता में भी। साठोत्तरी रचनाकारों की पीढ़ी में काशीनाथ सिंह एक महत्त्वपूर्ण हस्ताक्षर हैं और यह हस्ताक्षर साहित्य की किसी एक विधा पर नहीं बल्कि कई विधाओं पर पत्थर की लकीर की तरह दिखता है—अब चाहे कहानी हो, उपन्यास हो, संस्मरण हो या फिर आलोचना। स्वातंत्र्योत्तर परिदृश्य में बदलते हुए युग की सामाजिक और साहित्यिक जरूरतों और मानवतावादी सरोकारों के साथ आगे बढ़ने वाले साहित्यकारों में काशीनाथ सिंह प्रमुख हैं।

हम परम्पराओं से बहुत प्रेम करते हैं और अमूमन यह लगाव इतना वीभत्स हो जाता है कि हम नई व्याख्याओं को दरकिनार किए ही चलते हैं। प्राय: किसी रचनाकार को हिन्दी आलोचना में किसी एक विधा से जोड़कर देखने की प्रथा है। यह प्रथा उचित नहीं है। निदा फाजली की पंक्ति है : 'हर आदमी में होते हैं दस-बीस आदमी...।' कहना न होगा कि निदा के इस शेर के निहितार्थ नकारात्मक हैं, लेकिन शायर की कलम कई बार खुद इस सचाई से अनजान रहती है कि उसने किन-किन अहातों के रास्ते खोल दिये हैं।

किसी रचनाकार या लेखक के साथ समस्या तब खड़ी होती है जब उसका लोक-प्रचलित रूप ही उसके मूल्यांकन की प्रक्रिया पर हावी हो जाता है। किन्तु मेरी समझ से किसी भी लेखक का सटीक मूल्यांकन उसके समग्र लेखन के अन्त:सम्बन्धों के मूल्यांकन के बगैर सम्भव ही नहीं है। नामवर सिंह और रामविलास शर्मा जैसे वरिष्ठ आलोचक पहले कविताएँ भी लिखा करते थे—तो उनके समूचे अध्ययन में उनकी कविताओं को पूरी तरह से खारिज नहीं किया जा सकता। कई बार ऐसा होता है कि किसी रचनाकार के लिए 'कैसे कहना है?' से ज्यादा

'क्या कहना है?' महत्त्वपूर्ण हो जाता है और ऐसी स्थिति में विधाओं की सीमा का अतिक्रमण स्वाभाविक है। और ऐसी ही स्थिति में हमें यह भी ध्यान रखना होता है कि कई बार ऐसा कोई लेखक जो कई विधाओं में लेखन कर रहा है, उसके एक विधा के मूल्यांकन की चाबी दूसरी विधा के लेखन में मिलती है—जिसके मूल्यांकन की जरूरत को अक्सर दरकिनार किया जाता है। और यहीं से उसके अधूरे मूल्यांकन की शुरुआत होती है।

पिछले पचास सालों से कथा-जगत के महत्त्वपूर्ण हस्ताक्षर माने जानेवाले काशीनाथ सिंह ऐसे ही रचनाकार हैं, जिनके अध्ययन और मूल्यांकन के अभी न जाने कितने अध्याय जोड़ने का दायित्व आलोचना जगत पर आने को है। काशीनाथ सिंह ने अपने लेखन की शुरुआत कहानियों से की, फिर संस्मरणों की ओर रुख किया। इस बीच एक उपन्यास भी आया—'अपना मोर्चा'—जो हिन्दी का पहला कैम्पस नॉवल था। इन सारी बातों से परे एक दिलचस्प बात यह भी है कि मैंने अक्सर लोगों को काशीनाथ सिंह से एक बड़ा ही सामान्य-सा प्रश्न करते पाया है : 'आपने कहानियाँ इतनी कम क्यों लिखीं?', 'पचास सालों में सिर्फ 5 उपन्यास?', 'पहले और दूसरे उपन्यास के बीच इतना लम्बा अन्तराल (30 सालों का) क्यों?' और भी कई 'हरि अनन्त, हरि कथा अनन्ता' की तरह।

ऐसे प्रश्नकर्ताओं के लिए काशीनाथ सिंह एक चुनौती हैं और निदा फाजली का यह शेर उन्हें वह आँख मुहैया कराता है जिससे वे 'कथाकार काशीनाथ सिंह' के भीतर छुपे उन 'दस-बीस' आदमियों को देख सकें जिनमें सिर्फ उपन्यासकार और कहानीकार ही नहीं बल्कि संस्मरणकार भी है, समीक्षक-आलोचक भी है, अनुवादक भी है, 'अनभय साँचा' वक्ता भी है, एक जागरूक और सजग सम्पादक भी है। काशीनाथ सिंह के सम्पूर्ण रचनाकाल (सन् '60 से अब तक) में कहीं भी अन्तराल नहीं दिखता—'कबहूँ मन बिश्राम न मान्यो'। हमेशा किसी-न-किसी विधा में या किसी-न-किसी माध्यम से काशीनाथ सिंह खुद को व्यक्त करते रहे हैं।

पिछले कुछ समय से काशीनाथ जी के सम्पूर्ण साहित्य के अध्ययन के दौरान जो मजा आया, वह तो 'अन्तरगत भावै' की तरह ही रहेगा, लेकिन इस दौरान कुछ 'दिल माँगे मोर' जैसी भी अनुभूति हुई यानी पूरे अध्ययन के दौरान कुछ ऐसा था जो रह-रहकर किसी कैमरे के फ्लैश की तरह चमकता था और उस क्षणिक प्रकाश में विनोद कुमार शुक्ल की 'सोनसी' की तरह हर बार कुछ ऐसा दिखता था मानो पिछली बार यह

नहीं दिखा और इसी की कमी थी। और यह 'कुछ' जो था—वह था काशीनाथ सिंह का ऐसा साहित्य, जो इधर-उधर तमाम पत्र-पत्रिकाओं में बिखरा पड़ा था। कह सकते हैं कि असंकलित था। तमाम कहानियाँ, लेख, अनुवाद आदि। तो इन सबको एकत्रित कर संकलन तैयार करने का विचार मन में आया, और यह विचार बाद में बना—पहले यह उपजी चिन्ता के रूप में—'70 के दशक में काशीनाथ सिंह द्वारा सम्पादित पत्रिका 'परिवेश' के अध्ययन के दौरान, जिसका सम्पादन काशीनाथ सिंह ने आपातकाल के दुरूह समय में किया था, वह भी अपने लेफ्ट तेवर को बरकरार रखते हुए। 'चिन्ता' इसलिए कहना पड़ रहा है क्योंकि पत्रिका के शुरुआती जिन सात अंकों का सम्पादन काशीनाथ जी ने किया था, उनकी मुझे एक ही प्रति मिली, वह भी काशीनाथ जी के ही यहाँ जिसे मेरे आग्रह पर उन्होंने मुझे सौंपी थी—वह भी लौटाने की बिना किसी निर्धारित समय-सीमा के। इसी से इन अंकों के अध्ययन में निश्चिन्त होकर भरपूर समय दे पाया और इसी अध्ययन के दौरान काफी कुछ ऐसा मिला जिसके अभाव में काशीनाथ सिंह के सम्पूर्ण साहित्य के अध्ययन के दावे छद्म मालूम पड़ने लगे। एक बातचीत के दौरान काशीनाथ सिंह ने खुद के पॉलिटिकल एक्टिविज्म पर बातें की हैं और कहना न होगा कि उन्हीं दिनों काशीनाथ सिंह की चेतना में वामपंथी और जनवादी विचारों की पौध को पर्याप्त खाद-पानी मिला। इस पृष्ठभूमि का महत्त्वपूर्ण पक्ष यह है कि काशीनाथ सिंह के विचारों की यह रुझान और व्यवहार का एक्टिविज्म अधिकांश छात्रों की तरह विश्वविद्यालयी जीवन में मजा लेने के लिए क्षणिक एडवेंचर का साधन मात्र नहीं था—बल्कि इनके सान्निध्य में कथनी और करनी को साधने की प्रक्रिया भी निरन्तर गतिमान रही। इस प्रक्रिया के कुछ सधे छन्द 'परिवेश' पत्रिका के सम्पादकीय के रूप में हमारे सामने आते हैं। जिस दौर में काशीनाथ जी ने 'परिवेश' का सम्पादन किया था, वह भारतीय राजनीति और समाज के लिए काफी संवेदनशील दौर रहा है यानी आपातकाल का दौर। कहने की जरूरत नहीं कि वैसे समय में जब बड़े-बड़े विचारकों और बुद्धिजीवियों के 'स्टैंड्स' गड़बड़ाने लगते हैं या सुविधाजनक रूप से बदलने लगते हैं, उस समय में किसी के लिए भी बेबाकी से अपनी बात कहना—वह भी संस्थागत पत्रिका (काशी हिन्दू विश्वविद्यालय) के माध्यम से—खतरे से खाली नहीं था और काशीनाथ जी अपने शुरुआती दौर से ही इस तरह के खतरों को मोल लेने के लिए बदनाम थे। इस तरह का दुस्साहस वही कर सकता है जो 'व्यक्तिगत स्वार्थ' से परे हो और अपने 'स्टैंड' को लेकर प्रतिबद्ध हो। काशीनाथ

सिंह की परम्परा भी उन्हीं प्रतिबद्ध रचनाकारों-लेखकों की परम्परा थी जो प्रतिकूल स्थितियों में आग में तपे सोने की तरह और ज्यादा चमक और निखार के साथ सामने आते हैं।

काशीनाथ सिंह ने अपने एक वक्तव्य में कहा था कि *जब उन्होंने लिखना शुरू किया तो ढेर सारे लोग लिख रहे थे उनके साथ के। लेकिन ज्यादातर लोगों की नजर दिल्ली या इलाहाबाद के 'आधुनिक' लेखकों की तरफ थी। दिल्ली और इलाहाबाद का आधुनिक लेखन परम्परा को नकार कर किया जा रहा था। काशीनाथ सिंह भी उन दिनों वैसा ही दिखना चाह रहे थे जैसा अन्य लोग कर रहे थे या लिख रहे थे।* इसके बाद काशीनाथ सिंह श्रीनगर यात्रा से अपने गाँव लौटने और वहाँ अपने पिताजी द्वारा गुलाब की फुलवारी उखाड़कर वहाँ आलू बोने के प्रसंग का जिक्र करते हैं। फिर बताते हैं कि *उस दिन बतौर एक लेखक उन्हें पहली बार यह महसूस हुआ कि चीजों को दिल्ली या कहीं और से नहीं बल्कि वहाँ से देखना चाहिए जहाँ हम खड़े होते हैं।* इस पूरे प्रसंग में इस बात को बड़ी बारीकी से समझना होगा कि शुरुआती दौर में काशीनाथ सिंह भी केन्द्र के लेखकों जैसा होना चाह रहे थे—यह तथ्य एक तरह के भटकाव का संकेत देता है लेकिन असल मायनों में यह किसी प्रकार का भटकाव नहीं था। यह उस दौर के साहित्यिक परिवेश की माँग थी जिसका रियलाइजेशन काशीनाथ सिंह और इनके समकालीनों को हुआ और इसी केन्द्र-प्रधान परिवेश को विकेन्द्रित करने के लिए आपने लघु पत्रिकाओं की ओर रुख किया।

दरअसल किसी देश की संस्कृति का जायजा सिर्फ दिल्ली से नहीं लिया जा सकता। उस जायजे में बनारस, पटना, कोलकाता या गुवाहाटी का भी कम महत्त्व नहीं, लेकिन जब चीजों का ऊपरी या सतही विश्लेषण होता है तो केन्द्र निस्सन्देह वहाँ अहम भूमिका निभाता है और ऐसी स्थिति में बाकी के स्थान या तत्त्व स्वतः ही नकार के दायरे में चले जाते हैं। काशीनाथ सिंह भी दिल्ली और इलाहाबाद की जिस आधुनिकता की बात करते हैं—हमें यह नहीं भूलना चाहिए कि 'आधुनिकता' बड़ा ही छद्म और सुविधावादी शब्द है। अलग-अलग लोगों के लिए 'आधुनिकता' के अर्थ अलग-अलग भी हो सकते हैं। इसीलिए साहित्य में 'आधुनिकता' शब्द का जितनी बेफिक्री और लापरवाही से प्रयोग होता है, वह परिप्रेक्ष्य सम्बन्धी कई समस्याएँ खड़ी करता है। वर्तमान परिप्रेक्ष्यों में दरअसल 'आधुनिकता' जैसे शब्दों को साम्राज्यवादी सोच किस तरह संचालित करती है, उस पर ध्यान नहीं दिया जाता। इससे थोड़ा आगे बढ़ें और

'आधुनिकता' को अगर सही मायनों में व्याख्यायित किया जाए तो कहा जा सकता है कि इसका जो सबसे बड़ा लक्षण है—वह है मनुष्य का अपनी क्षमताओं में विश्वास। रामविलास शर्मा भी भवभूति को कालिदास या संस्कृत के अन्य काव्यकारों से ज्यादा आधुनिक मानते हैं—क्यों? क्योंकि उत्तररामचरितम् में राम केवल भाग्य संचालित नहीं हैं बल्कि जो कुछ भी घटित हुआ—उसके पीछे वे कहीं-न-कहीं खुद को भी कारण-स्वरूप देखते हैं। और काशीनाथ सिंह दिल्ली और इलाहाबाद के लेखकों की आधुनिकता पर स्पष्ट ही बता देते हैं कि वह जो आधुनिक लेखन था, वह परम्परा को 'नकार' कर किया जा रहा था और यही सबसे कमजोर कड़ी है कि परम्परा को आप नकार नहीं सकते। आप उसमें सुधार कर सकते हैं, बदलाव ला सकते हैं—प्रयास कर सकते हैं लेकिन दरकिनार या नकार नहीं सकते और अगर इसका दावा करते हैं तो फिर घालमेल की गुंजाइश बढ़ती है। परम्परा के प्रतिकारी स्वर के रूप में काशीनाथ सिंह ने अपनी जो छवि बनाई, वह किसी से छुपी नहीं लेकिन इन्होंने भी परम्परा को नकार नहीं दिया बल्कि परम्परा के उन तत्त्वों को स्वीकार किया जो हमारी सभ्यता के अगले चरणों के लिए उपयोगी थे और उन तत्त्वों का सीधे-सीधे निषेध किया जिनसे आगामी समय को क्षति पहुँच सकती थी। अगर निराला ने परम्परा को एकदम से नकार दिया होता तो मुक्त छन्दों में रचनाएँ न हो पातीं। अगर अज्ञेय ने 'मैले उपमानों' का परिष्कार न किया होता तो हम आज भी प्रेमिका को चाँद में ही देख रहे होते और काशीनाथ सिंह ने भी अगर दिल्ली और इलाहाबाद की आधुनिकता ओढ़ ली होती तो 'काशी का अस्सी' के शब्द कल्पद्रुमों से कभी परिचय न हो पाता।

इसी से जुड़ी एक और महत्त्वपूर्ण बात जिसकी ओर काशीनाथ सिंह संकेत करते हैं कि *चीजों को दिल्ली से नहीं, वहाँ से देखो जहाँ तुम खड़े हो* यानी अपने परिवेश, अपने समाज, स्थानीयता आदि के सन्दर्भ में यानी अगर बनारस में हुए छात्र-आन्दोलन को समझना है तो उसे भारतीय समाज और लोकचेतना और समस्या से जोड़कर समझो, न कि उसके लिए जर्मनी या चीन में हुए किसी छात्र-आन्दोलन को देखो। दूसरे छात्र-आन्दोलन को जानना और उसके वैचारिक पक्षों को भारतीय सन्दर्भ में लागू करना—दोनों अलग-अलग बातें हैं। बहरहाल काशीनाथ सिंह का संकेत इस ओर है कि इतिहास का जायजा सिर्फ केन्द्र से नहीं बल्कि नकार के दायरे में पड़ी चीजों के विश्लेषण से भी लिया जाता है, इसीलिए हमें अपनी जड़ों को किसी कीमत पर छोड़ना नहीं चाहिए और काशीनाथ

सिंह का ही उपन्यास 'काशी का अस्सी' इस सूत्र की सर्वोत्तम व्याख्या है जिससे स्पष्ट हो जाता है कि अपनी जड़ों को न छोड़ने वाले को जब पहचान मिलती है तो वे नए केन्द्रों की स्थापना के क्षण होते हैं।

काशीनाथ सिंह के लिए स्थानीयता का प्रश्न हमेशा से महत्त्वपूर्ण रहा है क्योंकि अक्सर 'स्थानीयता और उपेक्षित संस्कृतियों के समर्थन' को उत्तर-आधुनिकता की बड़ी ताकत के रूप में प्रचारित किया जाता है। लेकिन गौरतलब है कि उत्तर-आधुनिकता द्वारा स्थानीयता और उपेक्षित संस्कृतियों के समर्थन के पीछे की असलियत क्या है? दरअसल इस पूरे वाक्य की प्रक्रिया में 'समर्थन' शब्द जो है, वह एक छद्म की सृष्टि करता है। किसी स्थानीयता के 'समर्थन' का अर्थ है—उसके अपने संसाधनों और संस्कृति के ही आधार पर उसका विकास करना। लेकिन ऐसा है नहीं। बचपन में सुनी एक लोककथा का एक प्रसंग याद आता है, जिसमें एक पक्षी दूसरे पक्षियों को अपने घोंसले में ले जाकर हू-ब-हू अपने रूप-रंग में परिवर्तित कर दिया करता था। इस पक्षी में और उत्तर-आधुनिक आकाओं में अन्तर बस इतना है कि पक्षी परिवर्तन और रूपान्तरण की प्रक्रिया पूरी करता था किन्तु ये जिस 'स्थानीयता और उपेक्षित संस्कृति के समर्थन' की बात करते हैं, वह अपने असल मायनों में 'समर्थन' नहीं बल्कि 'रूपान्तरण' की प्रक्रिया होती है—वह भी अन्तहीन और अधूरी रहने को अभिशप्त प्रक्रिया। लेकिन काशीनाथ सिंह अपने लेखन के माध्यम से 'समर्थन' के असल मायनों को अनावृत्त करते हैं और 'समर्थन' के छद्म में 'रूपान्तरण' की इस प्रक्रिया के समक्ष एक मजबूत प्रतिपक्ष प्रस्तुत करते हैं। काशीनाथ सिंह के लेखन में स्थानीयता अपने व्यक्तिगत संसाधनों के आधार पर आगे की राह बनाती है।

काशीनाथ सिंह के लेखन से विधाओं के अतिक्रमण का प्रश्न काफी पहले से जुड़ा रहा है—तब से, जब से काशीनाथ सिंह ने कहानियों से संस्मरणों की ओर रुख किया और जब 'काशी का अस्सी' प्रकाशित हुआ तब तो गले में 'राम की जेवड़ी' ही पड़ गई। हर विधा का अपना एक कल्चर होता है, उसके अपने कुछ टूल्स होते हैं—और इस तरह एक ही समय में एकाधिक विधाओं में संचरण करने के प्रयोग से अगर 'खुदा' और 'सनम'—दोनों का साहचर्य मिल जाए तो कोई हैरत की बात नहीं। दरअसल लेखन की केन्द्रीय विधा क्या है और वर्तमान परिदृश्य में केन्द्रीय विधा का प्रश्न कितना वाजिब ठहरता है, इस मुद्दे पर 'केन्द्रीय विधा की तलाश के प्रश्न' को लेकर काशीनाथ जी की महत्त्वपूर्ण टिप्पणी इस पुस्तक में संकलित की गई है जिससे निःसन्देह विधा-सम्बन्धी कई

दुविधाओं का निवारण होगा। काशीनाथ सिंह जब भी विधाओं में आवागमन करते हैं तो किसी प्रकार के परम्परागत लेखकीय मूल्यों से परे अपने कथ्य और पाठक की ग्राह्य क्षमता के साथ उसकी चेतना को केन्द्र में रखते हैं। इस तथ्य से बेशक वाकिफ होते हैं कि एकाधिक विधाओं की कला व शैली को वे अपनी कलम से साध सकते हैं और उनके लेखन से बाहर इस तथ्य का और क्या प्रमाण हो सकता है?

इस पुस्तक में कई ऐसी कहानियाँ हैं जो अभी तक अप्रकाशित हैं और कई ऐसी हैं जो प्रकाशित होते हुए भी खोने के कगार पर थीं, क्योंकि काशीनाथ सिंह ने उन्हें अपने लेखन से खारिज कर दिया था। खारिज करने के बाद भी उन्हें इस पुस्तक में संकलित किया गया है। इसका एकमात्र उद्देश्य यही है कि किसी भी रचनाकार की निर्माण प्रक्रिया या विकास-प्रक्रिया में वह किन-किन पड़ावों से गुजरता है, उसका प्रतिबिम्ब उसकी रचनाएँ ही होती हैं, तो ऐसी भी रचनाएँ जिन्हें काशीनाथ जी आज अपने लेखन से खारिज कर चुके हैं, उनमें उनके निर्माण-प्रक्रिया के कुछ प्रतिबिम्ब तो अवश्य ही उपलब्ध हैं और किसी रचनाकार के निर्माण के प्रतिबिम्ब में ही उसकी वर्तमान छवि के सूत्र छिपे होते हैं—ऐसे में निर्माण-प्रक्रिया के प्रतिबिम्बों को दरकिनार करना लेखक के साथ तो अन्याय होता ही है, साथ ही एक ऐतिहासिक दस्तावेज को क्षति पहुँचाने के समान अपराध भी होता है। काशीनाथ सिंह के लेखन के बारे में इस मुद्दे पर दो राय नहीं होनी चाहिए कि वे कभी से 'शास्त्रीय विन्यास' के लेखक नहीं रहे, जो शास्त्रों के उड़नखटोले पर उड़ता हुआ एक अंचल से दूसरे अंचल भ्रमण करता रहे; बल्कि वे 'लोक विन्यास' के रचनाकार रहे हैं—यानी जमीन से, अपनी जड़ से जुड़ा रचनाकार—जो एक अंचल से दूसरे अंचल में भ्रमण के लिए तमाम जमीनी बाधाओं—नदी, नाले, जंगल, पहाड़—से होकर गुजरता है और लोक-अनुभव से अपनी कलम को लैस करता है। किसी भी रचनाकार के लिए बहुत जरूरी होता है कि वह संवेदना और अनुभव के धरातल पर लोकोन्मुख हो। तुलसीदास ने भी जिस मर्यादा पुरुषोत्तम राम की कहानी हमारे सामने रखी थी, वह कुछ इस तरह से रखी थी कि आज आम बातचीत में 'राम कहानी' का अर्थ राम की कहानी नहीं बल्कि 'आम आदमी की कहानी' से लिया जाता है। यह तुलसीदास की लोकोन्मुख दृष्टि ही थी। काशीनाथ सिंह भी जब यह कहते हैं कि *उनके लेखक का विश्वविद्यालय सड़कें, मुहल्ले, गलियाँ और दुकानें रही हैं,* तो वे इसी लोकोन्मुखता की व्याख्या कर रहे होते हैं। उनकी रचनाओं से किसी भी प्रकार का हीरोइज्म कोसों दूर है—कथानक

के ही धरातल पर नहीं, शिल्प के भी धरातल पर। काशीनाथ सिंह सन् साठ से निरन्तर रचनाकर्म में लगे रहे, तो इस बीच वे विकास और निर्माण के कई पड़ावों से भी गुजरे हैं। काशीनाथ सिंह '60 से '70 के बीच कहानियाँ लिखते तो हैं लेकिन खुद को उस दौर की प्रवृत्तियों का रचनाकार नहीं मानते। किसी वरिष्ठ लेखक की ऐसी स्वीकारोक्ति उसके आरम्भिक रचनाकाल के विकासमान परिप्रेक्ष्यों को समझने का महत्त्वपूर्ण संकेत है। यह स्वीकारोक्ति इस बात का संकेत है कि काशीनाथ सिंह ने परिस्थितियों के साथ निरन्तर अपने लेखन के मूड में बदलाव किए हैं। जिस 'लोक-विन्यास' की बात हम कर आए हैं—तो एक लेखक के निर्माण की यही प्रक्रिया होती है जो उसे लोक की तरफ ले जाती है और 'लोक' अकेला नहीं होता। उसमें बहुत कुछ होता है और उसी 'बहुत कुछ' से पार पाते हुए 'खुद' को पा लेना होता है। इस पुस्तक में भी काशीनाथ सिंह रचनाओं के 'लोक' में भ्रमण करते हुए कभी निर्मल वर्मा के वर्णन कौशल से होकर गुजरते हैं (मेरा भी हाथ है, जाड़ा, हरी घास पर, कोंपलें) तो कभी रेणु की भाषा के ध्वनि-प्रभाव और ग्रामबोध से (जोतसी ने कहा था, गरीबी में आटा गीला) और अन्त में वे अपनी खोज करते हुए '70 के दशक में प्रवेश करते हैं जहाँ उनकी रचना में विचारों की प्रधानता दिखाई पड़ती है (स्वागत)। इन सारे परिवर्तनों और उतार-चढ़ावों के बाद भी काशीनाथ जी के लेखन में एक चीज है जो कंसिस्टेंट है—उनका गँवई अन्दाज। प्रेमचन्द और रेणु का लेखन जिन मायनों में गँवई था, काशीनाथ जी का लेखन उन मायनों में गँवई नहीं है क्योंकि गाँव और उसकी समस्याएँ भी तो वही पुरानी वाली नहीं रहीं। लेकिन विगत कुछ दशकों में और आज भी हिन्दी कथा परिदृश्य पर एक काशीनाथ सिंह ही ऐसे लेखक दिखते हैं जिनकी कलम में प्रेमचन्द और रेणु के जीन्स दिखाई पड़ते हैं, जिनके शब्दों में रेणु की तरह लोकनाद गूँजता है तो वाक्यों के अर्थबोध में प्रेमचन्द-सी लोक गहनता। इसी 70 के दशक में आप 'परिवेश' पत्रिका के सम्पादन का कार्यभार भी सँभालते हैं जिसकी चर्चा हम पीछे कर आए हैं। 'परिवेश' के सम्पादन के दिनों में बतौर एक अकादमीशियन जो बातें काशीनाथ सिंह नहीं कह सकते थे, उसके लिए उन्होंने 'कुमारसम्भव' (बाद में उनके शिष्य-मित्र रमेशचन्द्र पांडेय ने अपने कथाकार के लिए यह नाम माँग लिया) और 'मुराहूराम' नामों का सहारा भी लिया और तमाम अनुवाद, रिपोर्ट एवं अन्य लेखन किया। उन सबको इस पुस्तक में संकलित किया गया है। सत्तर का यही दशक था जब मुसई चा, सुधीर घोषाल, लाल किले का बाज और नई तारीख जैसी

महत्त्वपूर्ण कहानियाँ आती हैं। यह वह समय था जब काशीनाथ सिंह सभी प्रभावों और परम्पराओं से परे 'खुद' को पा लेते हैं। यही वह दौर था जब काशीनाथ सिंह अपनी रचनाशैली से लेखन की नई प्रवृत्तियाँ गढ़ते हैं और आगे चलकर उनमें निरन्तर अपेक्षित बदलाव करते हैं। इसी कारण काशीनाथ सिंह '70 के आसपास से ही अपना डिमार्केशन देखते हैं और खुद को उसी प्रवृत्ति का, उसी दौर का रचनाकार मानते हैं। इस पुस्तक में संकलित कहानी 'तलाश' ('84) पूरी तरह से काशीनाथ जी के रिफाइंड मूड की कहानी है और हम जानते हैं कि इसके बाद ही आप संस्मरणों की ओर रुख करते हैं और बीच के कई वर्षों में संस्मरण विधा को उसके नए आयामों तक पहुँचाने के बाद, 'काशी का अस्सी' और 'रेहन पर रग्घू' जैसे कालजयी उपन्यासों के लेखन के बाद काशीनाथ जी की दो कहानियाँ आती हैं—'खरोंच' और 'पायल पुरोहित' जिनमें मुख्य रूप से 'विट' और 'प्रेम' के जिन रूपों से साक्षात्कार होता है, कहने की जरूरत नहीं कि ये कहानियाँ काशीनाथ सिंह की खालिस अपनी प्रवृत्तियों, मूड और शैली से लबरेज थीं। इनके अतिरिक्त पुस्तक में जयशंकर प्रसाद की जन्मशती पर काशीनाथ जी द्वारा दूरदर्शन के लिए लिखा गया दृश्यालेख भी संकलित है। यह दृश्यालेख संस्मरण और आलोचना विधा के संगम का उत्कृष्ट उदाहरण है—मानो आप प्रसाद के समय में उनके और उनके मित्रों के साथ घूमते, गपियाते हुए उन्हें, उनके साहित्य और समय को देख-समझ रहे हों। कहना न होगा कि अपनी प्रस्तुति की विलक्षण क्षमता के कारण यह दृश्यालेख प्रोजेक्टर शिल्प से भी आगे जाकर थ्री-डी अफेक्ट की तरह पाठकों को अपने अन्दर समेट लेता है।

बहरहाल इन सबका संकलन व अध्ययन करने के दौरान नागार्जुन की कविता 'प्रतिबद्ध हूँ' की कुछ पंक्तियाँ खास तौर पर याद आती रहीं—*संकुचित 'स्व' की आपाधापी के निषेधार्थ.../ अविवेकी भीड़ की 'भेड़िया-धसान' के खिलाफ़.../ अन्ध-बधिर 'व्यक्तियों' को सही राह बतलाने के लिए.../ अपने आप को भी 'व्यामोह' से बारम्बार उबारने की खातिर.../ प्रतिबद्ध हूँ, जी हाँ, शतधा प्रतिबद्ध हूँ!* बाबा की यह 'शतधा प्रतिबद्धता' इस संकलित किए जा रहे साहित्य के सन्दर्भ में साकार होती हुई मालूम पड़ती है जब काशीनाथ सिंह अपनी बातों को समाज में पहुँचाने के लिए इसी 'शतधा' यानी सौ तरीकों का इस्तेमाल करते हैं, बिना इसकी चिन्ता किए कि मूलत: वे किस विधा के लेखक माने जाते हैं।

इस पुस्तक के सम्पादन का सबसे बड़ा उद्देश्य था काशीनाथ सिंह

की एक बड़े कालखंड में बिखरी और असंकलित रचनाओं को एकत्रित करने के बहाने उन पचास वर्षों के वृहद कालखंड में उनके रचनात्मक निर्माण की प्रक्रिया से गुजरना। एक रचनाकार के मार्फत यह समझने की कोशिश करना कि लेखक जब लम्बे समय तक लेखन से जुड़ा रहता है तो उसका व्यक्तित्व, विचार और मूड किन–किन पड़ावों से होकर गुजरता है, उसके निर्माण और विकास की प्रक्रिया उसके लेखन में किस तरह प्रतिबिम्बित होती है और किस तरह वह नई प्रवृत्तियों का रचनाकार बनता है।

इस समूची प्रक्रिया के दौरान काशीनाथ जी ने तमाम अप्रकाशित सामग्री मुहैया कराईं, उनके संशोधन में समुचित समय दिया और अन्य गद्य विधाओं पर भी चर्चाएँ कीं। इस तरह उनके इस स्नेहिल अनुमति से ही यह परियोजना सफल हो पाई।

यह पुस्तक 'जग बौराना' को 'साँच' कहने की एक कोशिश है बिना इस चिन्ता के कि 'मारन धावे' की प्रक्रिया कहाँ से शुरू होती है। इस पुस्तक में जिस काशीनाथ सिंह से आपका सामना होगा, वह किसी एक दौर विशेष के कहानीकार, उपन्यासकार या संस्मरणकार नहीं हैं। यहाँ काशीनाथ जी उसी तरह आपके साथ होंगे, जैसे राही मासूम रज़ा के 'महाभारत' के संवाद में 'समय'। उसी निरन्तर गतिशीलता और 'समय' परिवर्तन के हर लक्षण से आपका परिचय कराते हुए, आपको सचेत करते हुए और जैसे नामवर सिंह की आँखों को 'पुस्तक पकी' आँखें कहा गया है, उसी तरह आपकी प्रतिक्रियाओं को अपनी 'मानुष पकी' आँखों' से देखते हुए—सन् '60 से लेकर सन् 2014 तक के काशी। मोहभंग से निराश आदमी, आपातकाल में भी अडिग आदमी, भूमंडली–करण को समझने और समझाने की कोशिश करता हुआ आदमी—इसी तरह 'निदा' साहब के सारे 'दस–बीस' आदमी आपको इस किताब में मिलेंगे—हँसते, गाते, रोते, उदास होते, मुँह चिढ़ाते, लड़ते, विरोध करते, कुछ समझते और समझाते हुए। ये सारे 'आदमी' एकसाथ आपके हवाले हैं...

—अभिजीत

अनुक्रम

खंड 1

कहानी

पायल पुरोहित

वह विश्वविद्यालय की आखिरी डिग्री थी
और आखिरी वर्ष
जब बड़े भाई मेरे कमरे में आए और बोले,
''रात-दिन लिखा-पढ़ा ही मत कर, सेहत पर भी ध्यान दे
ले, खाया कर नियम से रोज
दिमाग भी ठीक रहेगा और देह भी।''
वह मेवे का—बादाम, काजू, किशमिश-चिरौंजी भरा डिब्बा था।

नामी-गिरामी वकील बड़े भाई
मुझ पर जान छिड़कते थे
अपने घर में एक बड़ा कमरा दे रखा था।
एकान्त, कुर्सी मेज, साइकिल के सिवा
कपड़े-लत्ते और जरूरी कागजात के लिए टिन का बक्सा भी
हफ्ते में एकाध दिन कमरे में आते और पूछ जाते,
''और कुछ?''

उन्हें क्या पता कि मेरे और रेशमा के प्यार की वर्षगाँठ अभी-अभी गुजरी है
और दूसरी शुरू है
अब मैं न कासी हूँ और न वह पायल पुरोहित
उसी ने कहा था, ''कासी? कासी, अयोध्या, प्रयाग, मथुरा, हरिद्वार...
भला ये भी कोई नाम हैं?
नाम हो तो 'पायल'! सुनो तो रुनुक-झुनुक! गुनो तो धिन् धिन् ता
लेकिन मीतू मेरे, 'रेशमा' भी चलेगा
रेशम-सी मुलायम और चिकनी और चुप्पा।''

मगर वह चुप्पा क्यों है?

सहेलियों, हमजोलियों से भी बोलती-बतियाती क्यों नहीं?
काश! वह मुस्कराती,
मुस्कराती तो कितनी सुन्दर लगती!
काश, वह हँसती!
हँसती तो क्या गजब ढाती!
चेहरे पर हर समय गहरी, साँवली उदासी
जैसे त्वचा का रंग ही वही हो!

रेशमा मेरी क्लासमेट थी
हॉस्टलर थी
सड़क हो या लाइब्रेरी हो या कैंटीन
अकेली दीखती थी हमेशा
कोई फब्तियाँ कसे या सीटी मारे
उसके कानों पर जूँ नहीं रेंगती थी
ऐसी लड़की से प्यार करने की सोचना जोखिम का काम था
लेकिन मैंने जोखिम उठाया
कामयाब हुआ कि नहीं, यह नहीं जानता।

वह किताबें या नोट्स लेने-देने घर आने-जाने लगी कभी-कभी
कुछ महीने ऐसे चले
लेकिन एक दिन जैसे ही आई, बड़े भाई ने टोक दिया,
''नहीं है! कहीं गया है।''
वह ऊपर ताकने लगी जहाँ मैं खड़ा था
''उधर क्या देखती हो? मैंने कहा न, नहीं है।'' भाई ने डपटकर कहा।
बावजूद इसके उसने आना-जाना बन्द नहीं किया
कभी मिलती, कभी नहीं मिलती।

वह कभी ज्यादा नहीं बोलती थी
और अपने बारे में तो कतई नहीं
हाँ, बोलिए तो सुनती रहती थी और चाहती थी
कि आप बोलते रहें।
उसे जो भी थोड़ा-बहुत बोलना होता था, चिट्ठियों में बोलती थी
और वे चिट्ठियाँ नहीं, कागजों की छोटी-छोटी पर्चियाँ होती थीं
जैसे कि मैं बेहद, बेहद, बेहद अकेली हूँ

कि मुझे नफरत है मर्दों से
कि वे आँसू पोंछने से शुरू करते हैं और जाँघें सहलाने लगते हैं
कि तुम दोस्त ही रहना
कि इससे आगे बढ़ने की हिमाकत की तो समझो, मैं चली।
जाहिर है कि ये चोट और धोखा खाई लड़की की बातें थीं।

इस बाबत जब भी मैं पूछता, वह टाल जाती
मैं उसके बारे में उतना ही जानता था जितना दूसरे
कि पिता बहुत पहले गुजर चुके हैं,
कि दो बड़े भाई हैं नाकारा और निकम्मे
कि स्कूलों में संगीत और नृत्य में पायल का जोड़ न था,
कि जोड़ तो इंटर में भी न था पढ़ाई में और वह आगे पढ़ना चाहती थी,
कि ऐसे ही वक्त में काम आया मौसेरा भाई दीनदयाल
और वह अपने घर ले आया शहर बीवी–बच्चों के बीच
लेकिन बीवी–बच्चों के बीच पढ़ाई–लिखाई नहीं हो पाती थी
इसलिए बहन के लिए एक अलग फ्लैट ही ले दिया।
उसका सख्त आदेश था कि रहे भले हॉस्टल में
हर शनिवार की शाम फ्लैट में नजर आए
फिर लौट जाए हॉस्टल सोमवार की सुबह
ठीक?

एक बार मैंने रेशमा से कहा था कि चलो, अपना फ्लैट तो दिखा दो
गर्मी की छुट्टियों में कोई जरूरत आ पड़ी तो?
''ना, वहाँ भूलकर भी न जाना।'' उसने घूरकर मुझे देखते हुए कहा।
''क्यों?''
''मेरे नाम है जरूर लेकिन मेरा नहीं है!''
''क्या मतलब?''
''उसके कई ऐसे फ्लैट्स हैं जो दूसरों के नाम हैं।''
''ओह! तो काफी बड़ा आदमी है?''
उसने एक लम्बी 'हूँ' की। कहा, ''हाँ, बड़ा आदमी है। जिसे पुलिस ढूँढ़ती रहे और न पाए, वह बड़ा आदमी है।''
''डी.डी. उसे ही बोलते हैं क्या?''
उसने झल्लाकर कहा, ''तुम्हारे पास और कोई बात नहीं है क्या?''

हमारी ऐसी बातें या तो क्लास रूम के बाहर होती थीं
या सामने के पेड़ के नीचे
या उसके हॉस्टल के गेट पर
लोगों की नजरों से बच-बचाकर
घर पर भी हो सकती थीं लेकिन बच्चे तो बच्चे
भाभी की आँखें भी लगी रहती थीं और कान भी
जबकि हम एक दूसरे की नींद सो और जग रहे थे।

सब कुछ ठीक चल रहा था
कि इन्हीं दिनों एक घटना घटी!

2

वह शनिवार का दिन था
हमेशा की तरह भाई कचहरी से घर आए व्हिस्की के अद्धे के साथ
उसी दिन पिताजी भी आ गए थे सुबह गाँव से
भाई को जैसे उन्हीं का इन्तजार रहा हो
उस शाम न तो किसी मुवक्किल को आना था, न कोई केस देखना था
बैठ गए अपने चैम्बर में बोतल, गिलास और नमकीन की प्लेट लेकर
हर काम से फारिग होने के बाद।
जब तीन पैग चढ़ा चुके और थोड़ी तरंग में आए
तो आवाज दी पिताजी को, बच्चे-बच्चियों को, भाभी को
और अन्त में मुझे।
''बैठिए, अभी आया।''
वे उठे और थोड़ी देर बाद कहीं से कागजों का पुलिन्दा लेकर आ गए?

जब वे चौथा पैग ढाल रहे थे तब अचानक कुछ याद आया
बच्चे-बच्चियों को देखकर चौंके, ''अरे? तुम लोग यहाँ कैसे?
चलो भागो यहाँ से!
जाओ पढ़ो-लिखो, खेलो-कूदो, अपने काम करो!
साले चले आते हैं जाने कहाँ कहाँ से!''
भूल गए कि उन्होंने ही इन्हें बुलाया था!

उन्होंने एक घूँट लिया, सिगरेट सुलगाई और पिताजी की ओर मुखातिब हुए, ''माफ करना पिताजी, आपको इसलिए बुलाना पड़ा कि पानी सिर से ऊपर गुजर रहा था।

यह देख रहे हैं पुलिन्दा? इसमें लैला के खत मजनू के नाम हैं। सबको पढ़ना न उचित है, न सम्भव लेकिन दो-चार की बानगी पेश करना चाहूँगा।''

पिताजी चुप।

''आज्ञा है कासी बाबू?'' पहली बार यह सम्बोधन सुना।

उन्होंने मेरे 'हाँ' या 'ना' की परवाह नहीं की और पुलिन्दे से एक पन्ना उठाया और चश्मे को नाक के नीचे सरकाया, '''मुझसे कौन-सी दुश्मनी है तुम्हारे भाई को। मुझे देखते ही अमरीशपुरी हो जाता है।'

''दूसरा सुनिए,'आज जैसे ही तुम्हारे दरवाजे पहुँची, गब्बर खड़ा मिला।'

''तीसरी चिट्ठी, 'अपने भाई से कहो, पहले मोहर सिंह जैसी मूँछें साफ करे। देखते ही डर लगता है।' ''

पिताजी को देखा और रुक गए, ''बस कि और पढ़ें? ये तो सिर्फ नमूने थे।...और कासी बाबू, घबड़ाइए नहीं। मैं वह सब नहीं पढ़ूँगा जो आपके लिए है।'' कहते हुए उन्होंने मेज पर गिलास इतनी जोर से पटका कि प्लेट से चने उछलकर फैल गए, ''साले, तुम्हारी जगह मैं होता और इस तरह कोई लौंडिया मेरे बड़े भाई के बारे में बोलती तो उसकी जबान काट लेता, लिखती तो हाथ तोड़ देता और एक तू है कि इतने पर भी उस दो कौड़ी की लौंडिया से इश्क लड़ाए जा रहा है? कैसा भाई है रे तू?''

उन्होंने अपनी बात का असर देखने के लिए बारी-बारी सबको देखा।

पिताजी पत्थर की तरह स्थिर और चुप।

मुझे काटो तो खून नहीं। चकित और स्तब्ध। मैं उन्हें सुन नहीं रहा था, सोच रहा था कि ये चिट्ठियाँ उनके हाथ लगीं कैसे? मैंने तो बक्से में अभी-अभी उन्हें देखा था, कपड़ों के नीचे और चाबी मेरी जेब में थी; बल्कि इस वक्त भी मेरा हाथ जेब में चाबी पकड़े हुए पड़ा था।

''अब बस भी करो, बहुत पी चुके।'' कहते हुए भाभी उठीं और किचेन की ओर जाने लगीं।

''बैठो अभी, बात खत्म नहीं हुई।'' भाई ने शीशी उठाकर मात्रा देखी और बेटी को आवाज दी, ''बबली?''

''क्या है, हमें बताओ न?''

''चुप रहो तुम।''

इसी बीच बबली आई—डरी हुई। अपर के.जी. में पढ़नेवाली बेटी। उन्होंने खींचकर उसे गोद में बिठाया और पूछा, ''बेटा, बिल्ली क्या खाती है?''

''दूध।'' उसने धीमे से कहा।

''दूध तो पीती है, खाती क्या है?''

उसने सोचकर कहा, ''चूहा।''

"नहीं बेटा, बिल्ली बादाम खाती है, काजू खाती है, किशमिश खाती है— समझी? अब जाओ, भागो!"

"तो पिताजी, समझा कुछ आपने? नहीं समझा और समझेंगे भी कैसे? बूढ़ भयो, मतिहीन भयो...आपने ही पिछले दिनों गाँव पर कहा था कि देखो बनारसी, तुम्हारी माँ तो रही नहीं, अब तुम्हीं पर जिम्मेदारी है कासी की। फाइनल है, रात-दिन पढ़ता रहता है, स्वास्थ्य चौपट न हो इसका, ध्यान रखना।...तो पढ़ाई-लिखाई का तो सुन लिया। अब स्वास्थ्य का ये है कि मैंने आते ही मेवे का डिब्बा खरीदा इनके लिए, कि खाओ और सेहत बनाओ। देखते क्या हैं, कि हफ्ते भर में खत्म आधा किलो। पता चला, बिल्ली खा गई। मैं ढूँढ़ता रहा उसे और मिली तो इस पुलिन्दे में।"

"ये चिट्ठियाँ कैसे मिली आपको?" मैंने हिम्मत की और पूछ ही लिया।

"स्टिंग ऑपरेशन।" वे स्टिंग बड़ी मुश्किल से बोल पाए। जबान लड़खड़ा रही थी, "बरखुरदार, हुआ ये कि आपके लिए मेरी फिक्र देखकर रास्ता निकाला मेरे जूनियर ने। उसने आपके बक्से की डुप्लिकेट चाबी बनवाई। खोला तो चिट्ठियों का इत्ता बड़ा पुलिन्दा। फोटोग्राफी कराई और उन्हें जहाँ का तहाँ रख दिया। बात आई समझ में?"

मित्रो, इसके बाद तो मैं अपने कमरे में भाग आया—उनके रोकने के बावजूद। यह हद थी। अपने ही भाई के खिलाफ ऐसी गन्दी जासूसी! दरवाजा बन्द किया और तख्त पर भहरा पड़ा। पहले मेरे गले से दो-तीन बार हिचकियाँ निकलीं, फिर रुलाई फूट पड़ी। मैं अनचाहे ही फूट-फूटकर रोने लगा—शायद अपने नंगे दिख जाने पर, शायद अपनी विवशता या असहायता पर, शायद भाई की बेशर्मी पर, शायद किसी बात पर नहीं, सिर्फ रोने का मन कर रहा था...

इतने से भाई का मन नहीं भरा था शायद। इस शाम का अन्त अभी और भी फूहड़, गन्दा और भद्दा होना था। वे लड़खड़ाते कदमों और लटपटाती जबान के साथ मेरे दरवाजे पर आए और किवाड़ पीटने लगे।

"तो भइया कासी, नाराज काहे हो रहे हो? हम दो ही भाई तो हैं, आधे-आधे के हिस्सेदार! है कि नहीं?

"जो मेरा है, उसमें आधा तुम्हारा और जो तुम्हारा है, उसमें आधा मेरा!

"इसमें कोई विवाद या बहस तो नहीं?

"तो भइया कासी! मेरा कहना यह है कि उस लौंडिया के—क्या नाम है उसका? जो भी हो—उसके दो छातियाँ हैं। एक अपने लिए रखो, दूसरी मेरे लिए छोड़ दो...स्साला! इम्तहान सिर पर है और इश्क लड़ा रहा है। कल की कोई फिकर नहीं। पता है, गाँव में स्वीपर भी बनना चाहोगे तो नहीं बन सकते। तीन लाख का रेट चल रहा है, कहाँ से दोगे? घूम तो रहे हैं ठाकुर-बामन के लड़के रुपयों की थैली लेकर? कोई चिन्ता नहीं कल की। स्साला..."

वे देर तक बड़बड़ाते और एकालाप करते हुए कब चले गए, पता नहीं। मैंने मारे डर के सुबह तक दरवाजा नहीं खोला कि कौन जाने, बाहर खड़े हों!

3

रात गई, बात गई
सुबह हुई नई–नई
इन्हीं नई सुबहों के एक दिन विदाई समारोह था हमारे क्लास का
समारोह के बाद इम्तहान की तैयारियों की छुट्टियाँ
फिर इम्तहान, फिर हमेशा के लिए छुट्टियाँ
उसके बाद कौन कहाँ जाएगा, क्या करेगा, क्या होगा
पता नहीं
तो समारोह था, हॉल सजा था रंगबिरंगी पन्नियों से, पत्तियों और फूलों से
हर तरफ बसन्त था, फागुन की हवा थी, चहचह थी, महमह था
अबीर था, गुलाल था
लड़के–लड़कियाँ गा रहे थे, बजा रहे थे
चुटकुले सुनाकर हँस हँसा रहे थे, 'कल' की ओर से निश्चिन्त
सबको 'टाइटिल' दी जा रही थी और वे खुश थे
खुश थी रेशमा भी अपने लिए 'स्मिता पाटिल' सुनकर
केसरिया बिन्दी, कानों में सुनहले रिंग और बसन्ती साड़ी में
स्मिता पाटिल ने बेमन से एक कविता सुनाई
'आज के बिछुड़े न जाने कब मिलेंगे?
कब मिलेंगे?' प्रश्न, उत्तर, 'कब मिलेंगे?'
कविता खत्म हुई और सन्नाटा छाया रहा
इस अवसर पर ऐसे मनहूस काव्यपाठ की उम्मीद नहीं थी किसी को।

लोगों ने जिद की—गाना सुनाओ, गाना, गाना...
और वह लौट गई बीच रास्ते से ही मंच पर
और सुनाया एक बड़ा पुराना गाना :

'प्रीतम आन मिलो
दुखिया जिया बुलाए, प्रीतम आन मिलो
रात अँधेरी आई बालमा
मन मोरा घबराए है
दूर पेड़ पर बैठा पंछी
ये ही रटन लगाए है
प्रीतम आन मिलो...'

गाना अधूरा छोड़कर वह लौट गई अपनी सीट पर
आँखें पोंछते हुए
लेकिन आवाज की कशिश ने माहौल को इस कदर उदास कर दिया था कि
न तालियाँ बजीं, न वाह-वाह हुआ
अलबत्ता खुसुर-फुसुर शुरू हुई 'प्रीतम' को लेकर

लग रहा था, अबकी समारोह बगैर हंगामे और मारपीट के सम्पन्न होगा
तभी बुलाया गया मेरा दोस्त वंशीधर
मसखरा और हँसी-ठिठोली करने वाला हँसोड़
न ऊधो का लेना न माधो का देना
उसने तरन्नुम में एक भड़ऊ गाना गाया :

'गुलशन में आई बहार
बहार मोरे प्यारे,
गुलशन में आई बहार।
एहि बगिया में का का फरतु है
नींबू नौरंगी अनार
अनार मोरे प्यारे,
गुलशन में आई बहार।'

गाना खत्म होने से पहले ही तीन तरफ से तीन मुस्टंडे उठे और वंशीधर को घसीटते हुए हॉल के बाहर बरामदे में ले गए, "साले, गुलशन में नौरंगी और अनार देखेगा?" और धायँ धायँ...! मैं जैसे ही उसकी मदद के लिए उठने को हुआ कि रेशमा ने इशारे से रोक दिया।

वे बाहरी लड़के थे।

लड़कियाँ भयभीत और लड़के भौंचक। किसी की समझ में कुछ आए, इसके पहले ही वे मोटरसाइकिल से नौ दो ग्यारह।

क्लास यही जानती थी कि आज के दिन या अन्तिम पेपर के दिन हॉस्टल या नगर के पुराने झगड़े इसी शैली में निपटाए जाते हैं। हिसाब-किताब बराबर।

वंशीधर बरामदे में पड़ी एक बेंच पर बैठा रो रहा था। मैं जब पहुँचा तो उसने सुबकते हुए अपना सिर मेरे कन्धे पर रख दिया, "खुश हूँ कि तुम बच गए। वे तुम्हारे लिए आए थे। जाते-जाते कहा भी कि उसे समझा देना।"

जाहिर है, इसके पीछे कहीं न कहीं रेशमा थी। वह इसे समझ भी गई थी शायद। हो सकता है, उनमें से किसी-न-किसी को या सबको पहचानती रही हो!

समारोह खत्म होने के बाद जलपान!

मैं खा-पी ही रहा था कि रेशमा ने चुपके से एक चिट पकड़ाई :

'आज फिर जीने की तमन्ना है
आज फिर मरने का इरादा है
आनन्दमयी घाट। कल शाम 5 बजे।'

4

सच पूछिए तो मैं डर गया था इस घटना के बाद
भाई का हादसा अभी भूला भी नहीं था कि यह दूसरा वंशीधर का
और रेशमा पर कोई असर नहीं।
मैं दहल गया था और सोचने लगा था कि किन घड़ियों में प्यार किया
और किया भी तो ऐसी लड़की से जो एक गुंडे की बहन है।
मैं दुविधा में—घाट पर जाऊँ कि न जाऊँ?
मैंने इसी घाट पर रेशमा को जाना था पहली बार
और फिर कई बार
वहाँ से चलने से पहले हम एक 'डूएट' गाते थे साथ साथ
गीत सर्वेश्वर का था और उसे प्रिय था :
'यह डूबी-डूबी साँझ उदासी का आलम
मैं बहुत अनमनी छोड़ नहीं जाना बालम'

अनमनापन उसके स्वभाव में था, शायद उसके आकर्षण की वजह भी
वह बोलती होती थी कि सहसा चुप हो जाती थी
वह चलती होती थी कि सहसा ठिठक जाती थी
वह चुपचुप होती थी कि सहसा चिहुँक उठती थी
वह सुन रही होती थी कि सहसा पूछ बैठती थी, 'ऐं, कुछ कहा?'
मुझे कभी-कभी लगता था, मैं एक ऐसी लड़की को प्यार कर रहा हूँ
जो अपनी देह कहीं और छोड़ आई है।

वह जब घाट पर बैठती तो अटपटे सवाल या ऊल जलूल बातें करती :

'ये फूल अगर गमले में न हों, तितलियों की तरह हवा में उड़ते रहें तो कैसा हो?'

'कैसा लगे अगर हमारे घर जमीन पर नहीं, बंजारों की तरह भैंसे की पीठ पर हों?'

'तुम फूँक-फूँककर या सुड़क-सुड़ककर चाय क्यों नहीं पीते?'

'तुमने 'कैटवाक' सुना होगा, देखा भी होगा लेकिन 'स्नेकवाक' देखा है? उनका इठलाते हुए चलना?'

'आँचल या दुपट्टे छातियों पर फालतू में टँगे क्यों रहते हैं? लहरते या फहरते क्यों नहीं?'

'कभी तुमने गधों को शाम के समय धूल उड़ाते भागते देखा है?'

इसी तरह की ढेर सारी उलटी-सीधी बातें...

तो आनन्दमयी घाट—बस नाम का आनन्दमयी

बेहद उदास और सुनसान

तट पर बँधी दो-चार डोंगियाँ, लहरों के गुडुप-गुडुप हलकोरे

मझधार को चीरते चप्पुओं की छप-छप और पार रेत के बगूले

मैं थोड़ा लेट पहुँचा। चारों तरफ सन्नाटा। दूर-दूर तक कोई नहीं। वह आखिरी सीढ़ी, जहाँ हम हलकोरों में पाँव डाले बैठते और बतियाते थे, वह भी खाली। लेकिन वहाँ तौलिया और कुछ कपड़े थे। इसी बीच सामने से हाँफती आवाज आई, "बैठो, अभी आई।" रेशमा तैरते हुए किनारे आई, "मैं अब भी तैर सकती हूँ। तैरना नहीं भूली हूँ। जरा तौलिया पकड़ाओ।"

वह अपनी गोलाइयों पर जो भीगी समीज से चिपकी हुई थीं और हाँफने के कारण हिल-डुल रही थीं—तौलिया डालकर 'टिनघर' में चली गई जहाँ औरतें कपड़े बदलती हैं। बाहर निकली तो अपने भींगे बालों से मेरे मुँह पर छींटे दिये और मेरे कन्धे पर अपना वजन डालते हुए बैठ गई, "आज जाने कितने दिनों बाद गंगा नहाने का मौका मिला था। फिर कभी मिले, न मिले। बहुत मजा आया।"

मैं चुप।

उसने मुझे ध्यान से देखा, "कुछ बोलो तो यार, चुप क्यों हो? बोलो कुछ, आज के बाद फिर मिलने का बहाना नहीं रहेगा।"

महीनों की कशमकश के बाद मैंने जो निर्णय लिया था, उसे सुना देना ही मैंने बेहतर समझा, "तुम्हारे भाई को आपत्ति है हमारे प्यार से, शादी से तो नहीं? परीक्षा के बाद मैं तैयार हूँ।"

"यह बात कहाँ से आई?"

"यहीं से। इसी घाट से। इसी सीढ़ी और शाम से। प्रस्ताव तुम्हीं ने किया था!"

"कब किया था?"

"अगस्त में। तुम्हें याद नहीं?"

"तब से आज तक कितने दिन होते हैं?"

"लगभग नौ-दस महीने।"

'मीतू' रेशमा ने मेरे गले में अपनी बाँहें डाल दीं, "बहुत होते हैं नौ महीने। यहाँ तो एक लड़की, जो शाम तक लड़की रहती है, भोर होने तक औरत हो जाती है—

सिर्फ रात भर में। फिर वह चीखती रहे या चिल्लाती रहे। इससे ज्यादा तुम्हें समझाने की जरूरत है क्या?''

मैं स्तब्ध। सिर्फ इतना कहा, ''तुम यह अपने भाई डी.डी. की बात तो नहीं कर रही हो? उस कमीने आदमी की?''

''वह आदमी ही नहीं है, कमीना क्या? देखो, मैं तुमसे छिपाऊँगी नहीं। मैं भाँप गई थी, उसके इरादे। वह धन्धे से ठेकेदार है। वह जितना लगाता है, उसका दोगुना, चौगुना हासिल करना चाहता है, चाहे रिश्ते में कोई हो। मैं समझ गई थी, और तब भागी-भागी आई थी, उस शाम और प्रस्ताव किया था। यह सही है कि उस वक्त तक मेरी रुचि डी.डी. से मुक्ति में जितनी थी उतनी तुम्हारे प्यार में नहीं। लेकिन कोई मदद नहीं मिली तुमसे।''

''मैं क्या करता? घर ही नहीं, मेरा भी तो सब कुछ भाई का है, क्या करता मैं?''

उसने मुझे अनसुना करते हुए कहा, ''तभी मैं समझ गई थी कि तुम्हारी लड़ाई तुम्हीं को लड़नी है पायल, कोई दूसरा मदद करने वाला नहीं। और जो मदद करेगा, वह उसके एवज में उसकी कीमत भी चाहेगा और तुम्हारे पास चुकाने के नाम पर फिलहाल अपनी देह के सिवा कुछ नहीं है।''

''मेरे बारे में भी ऐसा ही सोचती हो क्या?''

''सोचती नहीं हूँ, सोच चुकी हूँ। तुम्हें भी आज मेरा दिल दिखलाई पड़ रहा है, कल देह दिखाई पड़ेगी। साल-दो साल बाद इसी देह में दो हाथ और दो पाँव नजर आने लगेंगे, फिर पेट पर झाइयाँ और धारियाँ। इसके बावजूद मेरी आँखों और हावभाव की चौकसी करते रहोगे। जैसे-जैसे मेरी दुनिया सिकुड़ती जाएगी, वैसे-वैसे तुम्हारी दुनिया फैलती जाएगी और नहीं चाहोगे कि उसमें मैं ताक-झाँक करूँ।''

''यह कैसी बातें कर रही हो? क्या हो गया है तुम्हें?''

''इस नौ महीने जिस गर्भ में रहती आई हूँ, वहीं से यह ज्ञान हुआ है मुझे, समझा?''

''अगर तुम्हारी समझ यही है तो शादी का कोई मतलब नहीं।''

''हाँ, कोई मतलब नहीं। शादी गठबन्धन सरकार जैसी होनी चाहिए। जब तक तुम्हारी चले, सुनी जाती रहे सम्मान के साथ; तब तक ठीक, अनसुनी होने लगे तो किनारा कर लो। ये क्या कि लात-जूता खाते रहो फिर भी पड़े रहो।''

''इस तरह तो सरकार भले चले, दाम्पत्य नहीं चल सकता।''

''चल ही कहाँ रहा है? घिसट रहा है। मैंने तो देखा है कि जिन्होंने पाँच साल पहले बाजे-गाजे और बड़े धूम-धड़ाके के साथ शादी की थी और भर लिलार सेनुर पोते घूमती थीं, वही अब अपनी और अपने बच्चे की नाक पोंछती और रोती हुई

मिलती हैं। और बातें करो तो ऐसा लगता है, जैसे अब अपनी मर्जी से नहीं, किसी मजबूरी में उसी मर्द के साथ सो रही हैं जिसे कभी प्रेम किया था।''

''अब तो बेकार है बहस।'' मैं उठ खड़ा हुआ, ''चलता हूँ।''

उसने हाथ पकड़ लिया, ''अरे बैठो तो! जा कहाँ रहे हो?''

''तुम आज रेशमा की तरह नहीं, भरी पूरी औरत की तरह बातें कर रही हो, जबकि मैंने सब कुछ जान लेने के बाद भी तुम्हारे साथ घर बसाने का निर्णय लिया था।''

''धन्यवाद इसके लिए। दरअसल देह की समझ ने दिमाग की खिड़कियाँ खोल दीं। मैं तुम्हारे साथ जीना तो चाहती हूँ, घर बसाना नहीं चाहती।''

''यह कैसे सम्भव है?''

''सम्भव है। मैं यह नहीं कहूँगी कि शादी मत करो, घर मत बसाओ। जो चाहो, वह करो। बस, इतना चाहूँगी कि जब मेरा मन चाहे, तुम मेरे पास आओ, रहो। हम बातें करें, घूमें, जैसे चाहे वैसे रहें कुछ देर या कुछ दिन। अगर मेरी इच्छा बच्चे की भी हो तो हम वह भी पैदा करें। मुझे कुछ और नहीं चाहिए।''

मैं सोच में पड़ गया, ''बड़ी मुश्किल इच्छा है तुम्हारी।''

''छोड़ो ये सब बातें।'' सहसा रेशमा उठ खड़ी हुई, ''चलो, उस डोंगी में बैठते हैं और अपना 'डूएट' गाते हैं। कौन जाने, यह आखिरी बार हो!''

और हमने गाया—आमने सामने बैठकर लेकिन हमारे सुर नहीं मिले। गाती वही रही, मेरे सिर्फ होंठ हिलते रहे।

5

इम्तहान शुरू होने से एक दिन पहले
जैसे इम्तहान कल हो तो आज
सुबह-सुबह भाभी ने दरवाजा पीटकर जगाया
बताया कि किसी का फोन है
फोन वंशीधर का था—डरा और परेशान
''सुबह का अखबार देखा? तुरन्त देखो
पायल ने खून कर दिया है दीनदयाल का
उसने सरेंडर कर दिया और
इस वक्त पुलिस हिरासत में है
यह तो गजब हो गया यार
कल से ही उसका एग्जाम है, यह भी नहीं सोचा उसने।''
वह लगातार बोलता रहा—मैं न सुनता रहा, न सोचता रहा—सिर्फ खड़ा रहा।

मेरी परीक्षा चल रही थी
लेकिन ध्यान पायल और अखबारी सूचनाओं पर ही लगा रहा :
कि डी.डी. सिर्फ ठेकेदार नहीं था, शातिर अपराधी था,
कि कुछ हत्याओं में भी उसका नाम था
कि वह कुछ अवैध धन्धे भी करता था
कि दूसरों के नाम उसके फ्लैट्स में छापे पड़े हैं
कि जब वह मारा गया, धुत नशे में था
कि पायल उसकी प्रेमिका थी जिसे वह बहन बताता था
कि मर्डर के पीछे प्रापर्टी का विवाद है
कि डी.डी. का अभी भी यह खौफ है कि
धमकियों के डर के कारण
मुल्जिमा के पक्ष में खड़ा होने को कोई वकील तैयार नहीं।

रेशमा जेल में और
मैं घर में, सड़कों पर कभी यहाँ, कभी वहाँ
थका हारा परेशान
कहाँ जाऊँ, क्या करूँ, किससे कहूँ, कैसे कहूँ, क्या करूँ?
अन्तिम पेपर हो चुका था और मैं भटक रहा था
भाई की चोरी-चोरी
उस दिन भी शनिवार था और शाम थी
भाई थे और उनका चैम्बर था
मेज पर बोतल थी, गिलास था, प्लेट में प्याज और भुजिया
और चने के दाने थे
भाई ने जब मुझे आवाज दी तो मेरी रूह काँप गई
अब जाने क्या होगा?
लेकिन भाई संजीदा थे
उन्होंने अपने पास बुलाया और प्यार से बगल में बिठाया।
कुछ देर मुझे एकटक देखते रहे फिर बोले,
''तुम महीने भर से परेशान थे, मुझे बताया क्यों नहीं
कि रेशमा ही पायल पुरोहित है?
न उसके बाप हैं, न माँ, न भाई, न बहन
जो हैं, किसी काम के नहीं
कोई पैरोकार भी नहीं
वह तो मैं गया था आज जेल

केस को समझने और वकालतनामा पर उसका दस्तखत लेने
तो देखा—यह तो वही लड़की है जो तुमसे मिलने आती थी।
लोग बाहर से भला बुरा चाहे जो कहें
भीतर से खुश हैं उसकी हिम्मत, उसकी दिलेरी, उसके साहस से
वह भी खुश है, उसे कोई पछतावा नहीं है अपने किए का।
उसने उस हत्यारे को मारा है जिसे छूने में पुलिस भी डरती थी।

''तुम चिन्ता न करो
मैं लड़ूँगा यह अपने खर्चे पर
मैंने कहा भी उससे कि केस में दम है
लेकिन लोअर कोर्ट से जमानत थोड़ी मुश्किल है
तो जानते हो—क्या कहा उसने?
कि अंकल, छोड़िए जमानत-वमानत
उस जेल से तो यह जेल बेहतर है।''

मैं भाई को सुनता नहीं, देखता रहा
मेरी आँखें डबडबा आईं
''धत पागल!'' उन्होंने मेरे कन्धे पर हाथ रखा
बाल सहलाए, गाल थपथपाए, कहा,
''खैर मनाओ कि वह जेल में है
बाहर होती तो अब तक मार दी गई होती।
फिलहाल वह वहीं रहे तो ज्यादा अच्छा।''

[तद्भव, 2011]

बालकांड

कई दिनों से माँ पर पागलपन सवार है।

वह खाती रहती है, सोती रहती है, बैठी रहती है, हुक्की गुड़गुड़ाती रहती है—कि गाने लगती है। वह सोहर गाती है, 'मचिया जे बइठें कोसिल्ला, पलंग राजा दसरथ होऽऽ...' कौशल्या रानी मचिया पर नहीं बैठी हैं, चूल्हे के आगे हैं। उन्होंने सब्जी, चावल, दाल तो पका ली है लेकिन रोटियाँ नहीं बन पा रही हैं। चौकी और बेलन के बीच में पेट आ जाता है, टाँगें छितरा जाती हैं और झुककर हाथ चलाते नहीं बनता। वे लोइयाँ काटकर रख देती हैं और लम्बी-लम्बी साँसें लेने लगती हैं।

महिला डॉक्टर ने जो तारीख बताई थी, उससे सात दिन अधिक हो गए हैं

माँ मरने के पहले नाती का मुँह देखकर मरना चाहती है। उसकी दो बहुओं के लड़के हो चुके हैं लेकिन पता नहीं, यह तीसरी बहू कैसी कोख लेकर आई है कि उससे जब भी निकलता है, लड़की ही निकलती है। अब तक तीन बच्चियाँ निकल चुकी हैं। दो स्कूल जाने लगी हैं और तीसरी या तो नाक बहाती रहती है या टट्टी करती है या रोती रहती है। माँ उसे हाथ नहीं लगाती, बल्कि कोसती रहती है, 'कोई और घर नहीं मिला तुझे? यहाँ लड़कियों की कमी थी कि चली आई? हे भगवान्, इनमें से किसी को उठा ही लेता? मेरा बच्चा तो कमाते-कमाते मर जाएगा और ये डोली भर-भर ले जाएँगी।'

मेरे दो बच्चियाँ हुईं—रेशमा और प्रेमा। दोनों में से एक भी न बची! एक भी नहीं। मेरी लालसा थी कि घर में एक बच्ची हो। 'मगर हे सूरज बाबा, मैंने तो सिर्फ एक के लिए कहा था। यहाँ तो मेला लगता जा रहा है...हाय मेरे बच्चा!' वह बोलते-बोलते सिसकने लगती।

'माँ,' मैं माँ को हजार बार समझा चुका था, 'माँ, ये सारी बातें सोना के सामने मत बका कर, उसे तकलीफ होती है। दूसरे, बच्चियों की समस्या—मैं तुम्हें कैसे समझाऊँ माँ कि इस समस्या का ताल्लुक तुमसे नहीं है। तुम आज हो, कल नहीं। और इस समस्या का सामना अकेले तुम्हारे लड़के को नहीं करना है। और सोना दूसरे घर से आई कोई शरणार्थी नहीं, मेरी पत्नी है, तुम्हारी बहू...'

'अरे चल! बड़ी आई बहू! लड़की पर लड़की, लड़की पर लड़की...यही होता है बहू का मतलब?'

बहू का मतलब आँका जाता है कि वह क्या देती है—लड़का या लड़की? माँ के लिए इनके अलग-अलग अर्थ हैं। लड़के का मतलब है—खुशी, गाना-बजाना, जो बड़ा हो तो कमाए-धमाए, रुपए बटोरकर घर भरे, खेती-बाड़ी सँभाले और लड़की का मतलब है—सिर दर्द, चिन्ता, उदासी। जो कुछ घर में हो—उठाकर दूसरे के घर ले जाए, एक ही बार नहीं, समय-समय पर लेती जाए और माँ-बाप को उजाड़कर रख दे। लड़की का अर्थ है—वह चाकू, जो चौबीस घंटे माँ-बाप की नाक के ऊपर उसे काटने की फिक्र में लटकता रहे।

और यह अकेले माँ की नहीं, पूरे मुहल्ले की औरतों की सोच है। मैंने गौर किया कि जैसे-जैसे लड़कियाँ पैदा होती गईं, सोना की उपेक्षा घर में और बाहर बढ़ती गई। उसका मान-जान घटता गया। माँ उन बहुओं को गालियाँ देती थी, सरापती थी, कोसती थी, निन्दा करती थी जो उसे 'खूसट बुढ़िया' कहकर दुत्कारती थीं। उसका साहस नहीं होता था कि गाँव जाए—उनके पास। लेकिन वे उसे प्रिय थीं, उसे उनकी चिन्ता रहती थी क्योंकि उन्होंने उसे नाती दिये थे। यह अलग बात है कि उन्होंने माँ को नातियों को छूने का हक नहीं दिया था।

दूसरी ओर सोना है जिसने माँ के लिए क्या-क्या नहीं किया! उसे अपनी बच्चियों की तरह नहलाया-धुलाया, खिलाया-पिलाया, चिलम भरी, पाँव दबाए, चार बातें सुनीं और कभी जबान नहीं खोली—वही सोना माँ के लिए 'करमजली' और 'फूटी किस्मत' है।

यही नहीं, उसकी लड़कियाँ माँ को जरा नहीं सुहातीं। छोटी जब भी रेंगती हुई माँ की थाली के पास जाती, माँ ऐसे दुरदुराती, जैसे कोई पिल्ली आ गई हो!

और यही वजह है कि सोना ने हर प्रसव के बाद कभी भी अपनी देखभाल के लिए गाँव से किसी को भी नहीं बुलवाया था। लेकिन, पता नहीं कैसे, अबकी पिताजी टंडीरा लिये हुए टोह लेने के इरादे से शाम को आ पहुँचे। उन्होंने खूँटी पर अपना झोला टाँगा, कोने में अपनी छड़ी खड़ी की, हाथ-पाँव धोए, आँख बन्द कर हनुमान का नाम लिया और माँ को बुलवाया, "हुँह, क्या हुआ?"

"हुआ क्या? कुछ नहीं!"

"यह कैसे हो सकता है?" वे उठ खड़े हुए और चहलकदमी करने लगे।

"समय तो पूरा हो चुका है।" माँ बोली।

"चुप रहो! समय पूरा होकर क्या करेगा जब कुछ नहीं हुआ?" वे गुर्राते हुए खैनी मलने लगे।

सोना ऊपर बिस्तरे पर पड़ी थी—उतान। बच्चियाँ तंग कर रही थीं और उससे उठा-बैठा नहीं जा रहा था। उसकी ऐसी दयनीय हालत मैं तीन बार पहले भी देख

चुका था। पेट फूल गया था—कमर फैल गई थी। न सीधा हुआ जा सकता था, न झुका जा सकता था। आँखों के नीचे गड्ढे पड़ गए थे। सभी बच्चियों के लिए वह तमाशा हो गई थी। कोई साड़ी खिसकाकर पेट पर हाथ रखती, 'माँ, इस तरफ हिल-डुल रहा है।' कोई पेट पर कान रखकर सुनता, 'यहाँ कुछ धड़क रहा है।'

उसकी ऐसी हालत थी, जैसे उसके भाग्य का निपटारा होनेवाला हो! घर के लोग उसे सूली पर चढ़ाने वाले हों! पिताजी के आ जाने से वह और भी घबड़ा गई थी। वह कभी-कभी निचाट आँखों से दरवाजे की ओर देख लेती जो खुले थे और जिनसे आसमान दिखाई पड़ता था।

इसी बीच सीढ़ियाँ चढ़कर हाँफती और काँखती माँ आती है। वह पहले लेटी सोना को देखती है, फिर मुझे। कुछ सवाल करती निगाहों से अपने-आप बोलती है, "तुम्हारे बाबू भी कहते हैं।"

"क्या कहते हैं?" मैं यूँ ही पूछता हूँ।

"बेटा, मन मत गिराओ। मैं भी वही कहती हूँ जो बुढ़ऊ कहते हैं।"

"क्या कहते हैं बुढ़ऊ?"

वह मसूढ़ों में अपने निचले ओठ चूसने लगी और आँचल से नाक पोंछती हुई रोने लगी, "बेटा, घबड़ाने की कोई बात नहीं। मेरा मन कह रहा है कि अबकी लड़का ही होगा।"

"अच्छा, तो जाओ यहाँ से। चलो। कब तुम्हारा मन नहीं कहता था?...और अव्वल तो लड़का हो या लड़की, तुम लोग क्यों परेशान हो?"

वह बैठी रहती है, कुछ नहीं बोलती। फिर जोर से नाक साफ कर गुनगुनाने लगती है, 'पलँग राजा दसरथ होऽऽ...'

माँ गा रही है और सोना करवट बदलकर सिसक रही है। मेरी तबीयत झल्ला उठती है, "माँ, तुम जाओ यहाँ से। देखो, दिमाग मत चाटो। जाओ!"

माँ उठती है और दबे पाँव चल देती है।

"देखो, एक बात कहूँ, बुरा न मानना। गुड्डी मायके में पैदा हुई—मैं तब से देख रही हूँ। जब किसी औरत को बच्चा होनेवाला होता है तो उसे क्या-क्या नहीं खिलाया-पिलाया जाता। उसकी खास देख-भाल की जाती है। उसे ऐसी-ऐसी चीजें दी जाती हैं कि सेहत बने। वह तन्दुरुस्त रहे। बच्चा स्वस्थ और प्रसन्न हो। उसकी इच्छाओं की कद्र की जाती है। बच्चे का रंग साफ हो, उसकी आँखें बड़ी हों, खूबसूरत हो...उस पर काम का बोझ न पड़े, चिन्ताएँ न सताएँ, खुश रहे। इसके लिए घर की दूसरी औरतें बुलाई जाती हैं, औरतें नहीं होतीं तो नौकरानियाँ रखी जाती हैं। क्या-क्या नहीं किया जाता है?

"और तुम लोगों ने क्या किया है? आज ही रात, मान लो, आज ही रात डेलिवरी हो और मैंने खाना बनाया है, सबको खिलाया-पिलाया है—मुझे कभी भी

चैन नहीं मिला है तुम लोगों के चलते। और तुम? तुम मेरे पति बनते हो और यह सास और एक जने नीचे हैं—ससुर बनते हैं। और सबको लड़का चाहिए। किसी ने यह भी सोचा है कि मुझे भी कुछ चाहिए या नहीं?''

''ऐसी बात कैसे बोलती हो?''

''कैसे बोलती हो?...बताऊँ, कैसे बोलती हूँ? अभी कल रात की बात है। कल की ही क्यों, रोज की ही बात है। पूछते हो, भार किधर ज्यादा मालूम पड़ता है—दाईं या बाईं तरफ? कै तो अबकी पिछली बार से कम हुई लगती है। पिछली बार से अबकी कुछ फर्क मालूम पड़ता है या नहीं?...यह सब क्यों पूछा करते हो? एक बार कभी यह भी पूछा कि तुम्हारे गालों में ठोकर क्यों बैठ रहा है? या तुम्हारी क्या खाने की तबीयत हो रही है?''

सोना गुस्से और आवेश में बोल रही थी और गुड्डी अपनी किताब पढ़ रही थी। वह बीच-बीच में हमारी बातें सुनती और फिर जोर से पढ़ना शुरू करती, 'आसमान में बादल छाए थे। एक पेड़ पर मैना बैठी थी...'

''और तुम? कहाँ से अलग हो अपने माँ-बाप से? मान लो, मैं अस्पताल जाती हूँ, सुबह का खाना कौन पकाएगा? तीनों बच्चियों को कौन देखेगा? मेरी तीमारदारी कौन करेगा? खाना कौन लाएगा? आने पर मेरी देख-रेख कौन करेगा? इतना तो है ही कि अबकी फिर लड़की हुई तो कोई घास नहीं डालेगा। यही क्यों, तुम लोगों का बस चलेगा तो जहर दे दोगे या गला दबाकर मार डालोगे।

''मैंने दूसरी बच्ची के समय ही कहा था कि अब मेरी जिन्दगी नर्क मत करो। मत करो नर्क। अब मुझसे मुसीबत न उठाई जाएगी लेकिन नहीं, तुम्हें लड़का चाहिए अपने ऊपर चढ़ने वाले कर्जों के भुगतान के लिए, तुम्हारे हिस्से की तीन बीघे जमीन के लिए, इस मलबे की मरम्मत के लिए, हमारी लाश उठाने और क्रिया-कर्म के लिए...घर में खाने का ठिकाना नहीं और लड़का चाहिए! इन तीनों के लिए दूध मयस्सर नहीं, दवा-दारू के लिए पैसे नहीं। अभी दो के लिए ही किताब-कापी और फीस का बन्दोबस्त करना पड़ता है तो दिवाला पिट जाता है और साल-दो साल बाद तीसरी तैयार हो जाएगी...''

''यार, ऐसी बातें क्यों करती हो? मैं मर गया हूँ क्या?'' मेरी आवाज ऊँची हो उठती है।

''तुम जीकर ही क्या कर ले रहे हो?'' सोना का स्वर मद्धिम हो गया, ''जिन मुश्किलों को मैं झेलती हूँ—लेबर रूम से लेकर बेड तक, अगर तुम्हें रहना पड़ता तब पता चलता। अगल-बगल बेड पर एक को लड़का होता है और मुझे लड़की। मुझे कराहती छोड़कर नर्सें चल देती हैं, मैं आवाज दे रही हूँ—दाइयाँ सुन नहीं रही हैं। डॉक्टर राउंड लगाकर बाहर निकल जाती है और वार्ड की लड़कों वाली औरतें...एक बात याद रखना, जैसे ही डिलीवरी हो—तुरन्त घर ले आना। बस, यही एक प्रार्थना है तुमसे!''

मैंने देखा—सोना की आँखों के किनारों से पानी की लकीरें चल रही हैं। उसके भारी पेट के एक सिरे पर पीला चेहरा है और दूसरे सिरे पर दो पतली टाँगें। मुँह खुला है जहाँ से साँसें आ-जा रही हैं। वह बीच-बीच में इतनी जोर से साँस खींचती थी, जैसे दम घुट रहा हो!

मुझे उसके लिए दया आई और याद आया कि ऐसी अपेक्षाएँ मैं भी करता रहा हूँ।

मैं उठकर उसके पास गया, प्यार से उसके आँसू पोंछे और बैठकर बालों पर हाथ फेरने लगा लेकिन उसके चेहरे पर तनाव बढ़ रहा था और बार-बार पलकें और होंठ भिंच रहे थे।

''दर्द?'' मैंने धीरे से पूछा।

''शायद!'' वह कुछ देर चुप रही फिर धीरे से बोली, ''लगता है, अस्पताल का वक्त...लेकिन रुको, समझ लेने दो।''

''बेटा!'' कराहते हुए माँ दरवाजे पर आ खड़ी हुई। वह सारे मामले को समझने की कोशिश करने लगी, कभी मुझे देखती, कभी पत्नी को और उसकी समझ में न आ रहा था कि ये दोनों इतनी देर से क्या घुसुर-फुसुर कर रहे हैं। वह खिसककर थोड़ा और आगे बढ़ आई और सोना को घूरने लगी।

उसने सिर उठाया ओर दर्द पर काबू पाते हुए करवट बदल ली।

''क्या है माँ?'' मैंने पूछा।

''मैं पूछने आई थी कि ओछ्वानी मँगा के रख ली है या नहीं?'' कहते हुए वह और खिसक आई ताकि बहू को ठीक से देख सके, ''कैसी तबीयत है?''

''ठीक है।'' मैंने कहा।

''तो ऐसे क्यों लेटी है?''

''पूछो, ठूँस तो लिया है न?'' पत्नी ने धीरे से मुझसे कहा।

माँ ने सुनने की असफल कोशिश की और उत्तर के इन्तजार में मुझे देखने लगी।

''ऐसे ही, ठीक है।''

''मैं नाइन के यहाँ गई थी। बड़ी बदमाश हो गई है वह। बोल रही थी कि अबकी सूद समेत मूल वसूलूँगी, नेग-जोग सब लूँगी।''

मुझे कोफ्त भी हुई और हँसी भी आई, जैसे माँ हमारी तरफ से लड़का होने का आश्वासन चाहती हो! उसकी बातें सुनती हुई सोना ने पलकें ऐसे मींच ली थीं, जैसे वे कान हों! मारे क्रोध और घृणा के उसका चेहरा वीभत्स हुआ जा रहा था।

इसी बीच दरवाजे के बाहर पिताजी के खाँसने की आवाज सुनाई पड़ी। मैं बाहर निकल आया। मेरे पीछे कूँथती हुई माँ भी आई और दरवाजे के पास खड़ी हो गई।

'हुम्!' उन्होंने बारी-बारी से मुझे और माँ को देखा और लगभग आदेश के स्वर में कहा, "सारा अनाज खलिहान में पड़ा है। मेरे पास रुकने का समय नहीं है। कल दस बजे सुबह चला जाऊँगा, समझा?"

मैं अपराधी की तरह सिर झुकाए खड़ा रहा। उनकी बातें सोना के लिए अल्टिमेटम की तरह थीं। मैं उनसे कुछ कहूँ, इसके पहले ही वे घूम गए। मैं भीतर गया तो अपने बिखरे शरीर को समेटे हुए सोना सिसक रही थी। उसका निचला ओठ दाँतों की जकड़ में था, और चेहरा तनाव से जैसे चिथड़ा हो रहा था। मैंने बड़े स्नेह और आत्मीयता से उसके हाथ को अपनी हथेली में लिया। उसने छुड़ाने की कोशिश नहीं की—शायद इतनी ताकत ही नहीं थी कि कोशिश कर सके।

पिछवाड़े के पड़ोस से अँगीठी का धुआँ खिड़कियों से अन्दर आने लगा था और बच्चियाँ खाने के लिए सोना के पैरों से लिपटी जिद कर रही थीं।

माँ अन्दर आई और अपनी आदत के मुताबिक सोना के चेहरे पर आँखें गड़ाए पलकें मिचमिचाती रही।

थोड़ी देर बाद बगल की खटिया पर बैठ गई और लम्बी साँस लेकर बोली, "हे भगवान!..." वह सोहर गुनगुनाने को हुई कि उसकी नजर पैताने के पास लोटती-पोटती बच्चियों पर चली गई, "अरे ये सब क्या जल्दी मचाए हैं? अपने हाथ में कुछ थोड़े ही है?...ए लाली, भैया! बोल, भइया!"

"ये भूखी हैं। माँ, नीचे जाओ। देखो, कुछ हो तो दे दो!" मैंने कहा।

"भूख!" माँ बिखरे हुए चादरों को गोलिया कर सिरहाना बनाती हुई लेटकर बोली, "दूसरे के सुख-दुख की कोई चिन्ता नहीं। जब देखो, तब भूख। भला देखो, इत्ती-सी है और हरदम पेट में आग ही लगी रहती है।"

सोना जाने किस शक्ति के सहारे उठ खड़ी हुई और कमरे के बाहर हो गई। उसके पीछे-पीछे बच्चियाँ भी भागीं।

माँ मुझे घूरती रही और जमुहाई लेकर बोली,"जब नीचे गई ही है तो बोल दो कि जरा-मरा भात ऊपर भी लिये आएगी। अभी नहीं, जब आने लगे तब!"

मैं बिना हिले-डुले चुपचाप बैठा रहा।

[1967]

जोतसी ने कहा था

मुद्दत बाद राजा सिंह के बेटा जन्मा, बधाइयाँ बजीं; उनकी आँखें चमकीं, चेहरा खिला, बदन पुलका और अभिमान में उनकी उँगलियाँ मूँछों पर चली गईं।

और जब वही बेटा उनकी जिन्दगी में, उन्हीं के खानदान में लगातार पाँच बार फिर जन्मा तो वे आँखें फाड़कर देखते रह गए। समझ–बूझकर खामोश हो गए। लेकिन इस दफा उनकी उँगलियाँ मूँछों पर न जाकर नाक पर जाती रहीं और वे पाते रहे—अभी तक गनीमत है।

लेकिन जब उसी बेटे ने छठी बार फिर जन्म लिया तब...और अफसोस, कि तब से मैं यहाँ हूँ।

सुबह का वक्त था। हम तीनों नहर से चले, गड़ही के किनारे से होकर बगीचे की मेंड़ से बहते हुए खलिहान में आ लगे। फिर गली से गाँव में घुसने को हुए कि नुक्कड़ पर उस्ताद से सामना हो गया। साँवला दुहरा शरीर, उम्र तीस से कुछ कम, कन्धे पर झूलता हुआ छींट का लँगोट, दोनों कान टूटे हुए, गले में मोटा–सा काला धागा, दाहिने हाथ में पीतल की नन्ही बालटी। उस्ताद शायद कुल्ला करने जा रहे थे। रुक गए।

"खिस्सा है मास्टर, कि जो करता है, वही मालिक करता है। मर्जी उसी की है। इंसान ससुरे में क्या रखा है? क्यों, मास्टर?"

वे यक–ब–यक गम्भीर होकर जोर से हँस पड़े, जैसी उनकी आदत थी। वे जब भी हँसते, उनकी जीभ मुँह के भीतर कुछ देर तक कूदती रहती, उछलती रहती। उस्ताद किसी का भी मजाक उड़ाने में बड़ा रस लेते। लेकिन थे बड़े शक्की मिजाज के आदमी। किसी को हँसते देखते, सोच लेते, बात उन्हीं की होगी। उस्ताद मुझे 'मास्टर' कहते। उनकी नजर में कोई भी ज्यादा पढ़ा आदमी मास्टर था।

उस्ताद की इस बात का मुझे कोई जवाब न मिला। उनका जवाब देना भी मुश्किल था। आप पर अभी खुश हैं, अभी नाराज। आपने उन्हें उस्ताद न कहकर चाचा कहा—नाराज। आपने उन्हें देखते ही सलाम न किया—नाराज। आपने उनकी हँसकर तारीफ की—नाराज। बात उनके मनमाफिक न हुई—नाराज। क्या मजाल

जो आप कोई भी अच्छी या बुरी बात कहकर उनसे बच जाएँ। मैंने यों ही कहा, "वाह उस्ताद, यह भी कोई कहने की चीज है!"

"हाँ, मास्टर, कहने ही की चीज है! एक आप भी तो हैं! न किसी से लेना न देना, अपने काम से काम। और ये लौंडे-लपाड़े बाहर गरदन पर धूर लगाते हैं, अन्दर टिकुली निहारते हैं।...खिस्सा है कि मालिक जिसे दे, उसे झुककर चलना चाहिए।"

उस्ताद ने अपने उठे मोढ़ों और चौड़ी छाती की ओर देखा। फिर एक नाज-भरी नजर मेरे साथ के दोनों कसरती लड़कों पर डाली, गोया उनके सामने ये सब लौंडे ही हैं। फिर भुजाएँ ऐंठीं, सीना ताना, गर्दन जरा ऊँची की और अकड़ते चल पड़े। उस्ताद चले कि मेरे दोनों साथी हँसने लगे। उस्ताद एकबारगी मुड़े।

"मास्टर, आप भी अवारा हैं। पढ़ना न लिखना, रात-दिन जब देखो सब ही-ही, ही-ही, ही-ही। खिस्सा है कि चार अच्छर पढ़ने से कोई विद्यमान नहीं हो जाता है! है तो, रावण को नौ मूड़ी आदमी की थी तो एक गदहे की क्यों थी?"

उस्ताद ने ऐसे देखा जैसे लोग 'विद्यमान' बनते हैं तो बनें। उनके इस सवाल का जवाब किसी के पास नहीं।...फिर वही ऐंठ-भरी चाल, झूमता शरीर, चटखती नसें!

उस्ताद इसके पहले नव्वाब सिंह थे और उसके भी पहले राजा सिंह के बेटा। राजा सिंह पास-पड़ोस में ऊँचे जमींदार थे। लेकिन जमींदार थे तो क्या, उनके कोई बेटा न था। वे प्रायः उदास रहते, चेहरा गिरा रहता, आँखें झुकी रहतीं। मगर जब बेटा हुआ तो सारा जहान खुशी से अट्टहास कर उठा। राजा सिंह ने ताव से मूँछों पर गुर्रा दिया, साफा बाँधा, घोड़ी पर चढ़े—खट्, खट्, खट्! उनकी आँखों में गरूर था, मन में गुमान था, एक जोश था, एक उल्लास था! वे मूँछों में हँसते, "हहाऽऽऽ, हहाऽऽऽ! जोतसी कहता है—बेटा होनहार है, बड़ा भागमान। रोज तरक्की करेगा, बढ़ोतरी पर रहेगा। खानदान का नाम रोशन करेगा। हहाऽऽ, हहाऽऽ, बेटा खानदान का नाम रोशन करेगा।"

बेटा बड़ा हुआ—नवाब सिंह! राजा सिंह पलंग पर मसनद लगाकर लेट जाते, "बेटा, फुलमतिया जा रही है, वह देख! उसे गाली तो दे!"

बेटे ने गाली दी, राजा सिंह खुश हो गए!

"बेटा, देख, सीरी जाता है, मार तो एक ढेला!"

बेटे ने मारा, राजा सिंह खिल गए!..."बेटा, कैसे रहता है दब्बू की तरह! ऐसे नहीं, ऐसे!...अकड़ कर...तनकर...शान से। किसी ने अनाप-शनाप किया, मार दे एक चाँटा साले को!"

एक दिन राजा सिंह दालान में सोए थे। बेटा पहुँचा। उँगलियों में उनकी घनी-घनी मूँछें पकड़ लीं और खींचा। राजा सिंह जग गए, "हहाऽऽ, हा हाऽऽ!...जोतसी ने

कहा था—बेटा बड़ा होनहार है, बड़ा भागमान।'' फिर लोगों को सुनाकर कहा, ''साला बड़ा शरारती है, बड़ा बदमाश।'' और ''हहाऽऽ, हहाऽऽ!''

नवाब बेटा पढ़ने जाने लगा। नाम लिखा था चार में, बैठता दर्जा दो में। कभी अरहर में छिपता, कभी जोन्हरी में। अमुक की दावात छीन ली, अमुक की कलम तोड़ दी, अमुक की पट्टी चुरा ली। अमुक पढ़ रहा है, चिकोटी काट ली! मास्टर मारने चले, छड़ी पकड़ ली। लोग राजा सिंह से शिकायत करते, वे हँस पड़ते, ''हहा, हहा...अभी लड़का है न! अकल ही कितनी है?'' और अपने बेटे की करतूत पर मन-ही-मन खुश होते—जोतसी ने खूब कहा है, खानदान का नाम रोशन करेगा, और घोड़ी कुदाई—खट्-खट्! करजरा गाँव निकल गए!

एक रोज बेटे ने मास्टर को पट्टी खींचकर मारी और भगा। लड़कों ने पीछा किया और वह भगा तो भगा ही रह गया। सात-आठ दिन बाद फेंकू कहार का कलकत्ते से खत आया—नवाब बाबू यहीं हैं।

राजा सिंह बड़े खिन्न हुए, बड़े उदास! बेटे की करतूत पर उन्हें दुख होता, रंज होता, गुस्सा आता लेकिन सब बेकार! किसी ने पूछा तो हँसकर कहा, ''उसकी घूमने की तबीयत थी, मैंने कहा, भई, ले रुपए! हो आ कलकत्ता।''...फिर तो घोड़ी कुदक उठी—खट् खट् खट्...और आज भदाहूँ।

आखिर उस्ताद कलकत्ते से लौटे तो उन्हें पहलवानी सूझी।...पढ़ना-लिखना सब वाहियात।...डंड खींचो, मुसुक बनाओ। बगीचे में अखाड़ा खोदा गया, मिट्टी डाली गई, उनके नाम पाँच-छह गायें छोड़ दी गईं और नवाब सिंह को लड़ाने के लिए गंगा पार से नट बुलाया गया। आस-पास हो-हल्ला मचा। और नवाब सिंह हैं कि पहलवान होंगे...इन्हें पटकेंगे, उन्हें पछाड़ेंगे। य' धोबियापाठ...य' काला जंग...य' दस्ती...य' सखी...य' अड़ंगी...य' वहरा...य' म्मारा...व' म्मारा...ऐसे नहीं, ऐसे...या मालिक, या बजरंगबली। लोग कहते—नवाब पहलवान! पहलवान नहीं बे, उस्ताद! है कोई पास-पड़ोस में लड़नेवाला? कौन जा रहा है—उस्ताद! कौन बैठा है—उस्ताद! कौन लेटा है—उस्ताद! कौन लड़ता है—उस्ताद! या बजरंगबली, है कोई? और उस्ताद हैं कि लड़ते हैं तो सिर्फ लड़ते ही हैं!

बाबू राजा सिंह खुश। साफा बाँधा, मूँछें ऐंठीं, और घोड़ी कुदाई—खट् खट् खट्। जोतसी कह गया था—बेटा खानदान का नाम रोशन करेगा—हहाऽऽ, हहाऽऽ... और आज बिसुनपुरा।

इसी बीच जमींदारी टूट गई। उनकी खेती दो हलों की हो गई। परिवार परेशानी में पड़ गया! घर की हालत बदल गई, लेकिन राजा सिंह की मूँछें न झुकीं। लोग उस्ताद की शादी करने आए। राजा सिंह ने साफ कह दिया, ''घर में न दाम है न कौड़ी। लेकिन मैंने अपना पानी रखने में अपनी जिन्दगी की बाजी लगा दी है। अपनी इज्जत रखी है! पटे, कर लीजिए; न पटे, चले जाइए।'' खैर, धूमधाम से शादी हो

गई। उस्ताद ने गरदन घुमाकर पुट्ठे देखे, सीना फुलाया, जाँघें निहारीं और जीभ मुँह में उछलने लगी...खिस्सा है कि...।

लेकिन पहलवानी शुरू करने की दूसरी ही पचइयाँ (नागपंचमी) को करजरा के दूधनाथ यादव ने उस्ताद को जब दे मारा तो उस्ताद घूम-घूमकर कहने लगे, "खिस्सा है कि कुश्ती दुनिया की सबसे बुरी नियामत। बिगड़ जाता है, देह उखड़ जाती है। दो दिन छोड़ दो तो नसें टूटने लगती हैं। दुनिया मूर्ख है, दुनिया पागल है, दुनिया बेवकूफ है जो पहलवानी करती है।" और उस्ताद को फिर किसी ने अखाड़े पर नहीं देखा!

उस्ताद ने तय किया कि वे अब गाँव में दुकान खोलेंगे। असल फायदा तो दुकानदारी में है। किसी की नौकरी नहीं, किसी के गुलाम नहीं, चैन से बैठे राजा की तरह, जब तबीयत हुई दुकान बन्द की, बाहर चले गए।

राजा सिंह ने देखा—बनियों का काम मेरा बेटा करे? इतना छोटा काम और राजा सिंह का बेटा? शान रही कि गई! लोग-बाग क्या समझेंगे? क्या कहेंगे? मैं कैसे मुँह दिखाऊँगा? सब मेरे नाम पर थूकेंगे। उन्होंने समझाया, "छिः, बेटा, ऐसा नहीं करते!" लेकिन उस्ताद हैं कि अड़े सो अड़े! तैश में आकर राजा सिंह ने लाठी उठा ली। बेटा किससे कम था? उसने भी लाठी ली! राजा सिंह हार गए, लाठी फेंकनी पड़ी। उनकी आँखों में पानी भर आया। सिर झुका सीधे घर चले आए।

दूसरे दिन लोगों से कहा, "बेटे की तबीयत थी दुकानदारी करने की। हमने कहा, बुरा क्या है? यह भी करके देख ले!" और घोड़ी कुदाई—खट् खट् खट्। उस दिन राजा सिंह को घोड़ी की पीठ कड़ी लगी। उन्होंने उतर के देखा—घोड़ी का रोआँ झर रहा है, पूँछ झर रही है!

उस्ताद ने गाँव के दक्खिन बरगद के नीचे मड़ई छवाई और दुकान खोल दी! लोग आते, कहते—मालिक, नून दो!—य' लो! तेल दो—य' लो, हल्दी—य' लो। सोंठ—नहीं है, सुर्ती—य' लो, सुज्जी—नहीं है, फिटकरी—चूक गई, साबुन—य' लो। मालिक, गुड़—पैसा दो! उधार? चले जा! फोकट की दुकान है?...खिस्सा है कि आज नगद, कल उधार! कौन, रुघुनी? क्या है रे, मुँहलाली चाहिए? ऐंऽऽ, शरमाती क्यों हैं? य' ले।

"नहीं ठाकुर! पाव भर गुड़।"

"खैर, कोई बात नहीं, वह भी ले ले!"

इसी बीच बाहर से कोई धीमी आवाज आती, "मालिक, आध सेर गुड़!"

"कौन, सिमंगला? गुड़ खतम हो गया है, कल आना।...और तुझे दुलरी! मिस्सी? बड़ी अच्छी, बड़ी फरेस, ऐं ऽ ऽ ऽ? क्यों, साबुन भी चाहिए? लकस टाइलेट—य' ले!"

"नहीं मालिक, दो पैसे का नून!"

"अरे भई, वह भी ले न। बड़ी नासमझ है। खिस्सा है कि...।"

"ओह सुनरी! तू?"

गरज यह कि उस्ताद अगर दुकानदार हैं तो सिर्फ दुकानदार ही हैं।

रोज शाम को दुकान में जमावड़ा होता। हरफेल की बातें होतीं।...साधो बो चितुआ से फँसी है। राजरूप चौधुरी आजकल अपनी पतोह को बहुत मानने लगे हैं। सुनरी कल रात गए बगीचे की ओर क्यों जा रही थी?...सुरजा की बेटी सयानी हो गई लेकिन साला ध्यान नहीं देता।...लाल जी सिंघवा ने सिमंगला को खूब मारा, साले से कहो, रपट कर दे।...रघुवा माधो दादा का काम छोड़कर भाग गया।...कल करजरा कड़ाह चढ़ा था।

सोखा ने कहा कि यह अकाल...वह अकाल पड़ेगा कि...। नैपुरा कुटी पर एक महातिमा आए हैं; बड़े गियानी...अन्न नहीं खाते। वे खड़इत्री स्वामी। बारह साल से एक ही पैर पर खड़े हैं—खड़इत्री स्वामी!

अचानक एक दिन लोगों ने देखा, दुकान बन्द! उस्ताद नागपुर चले गए नौकरी करने। उसी खदान में उस देहात के कई बाभन, अहीर, चमार, नोनियाँ, धोबी काम करते, कोयला ढोते, दुकान करते, पहरा देते, महुए की शराब बेचते। उस्ताद अब नौकरी करेंगे!

राजा सिंह हार चुके थे। देख लिया था, बेटे पर उनका बस नहीं। उनके सामने सवाल था—लोग क्या सोचते होंगे? क्या कहते होंगे? गाँव के लोग जानते और हँसते। राजा सिंह ने पूरी जिन्दगी शान से गुजारी थी। उन्होंने साहस से काम लिया, "भाई, हमने कहा, दुकान में पड़े मरीज की तरह क्या मक्खी मारते हो? जाओ न, जरा घूम आओ बाहर! क्यों, महतो, गलत तो नहीं कहा? कहो राउत, चुप क्यों हो? तुम्हीं बोलो।" फिर घोड़ी की ओर बढ़े...आज हो आएँ ढोढ़ियाँ! लेकिन देखा—घोड़ी की पूँछ झर गई है। देह-भर खाज हो गया है। उन्होंने पुट्ठे पर हाथ रखा लेकिन वह हिनहिनाई नहीं। वे लौटकर बैठ गए—जोतसी ने कितना सच कहा था : बेटा खानदान का नाम रोशन करेगा।...लेकिन आज उनके होंठों पर हँसी नहीं आई। आँखों में पानी भर आया।

अगले दिन पिता के नाम उस्ताद की 'बैरन' चिट्ठी आई :

'दो.—मरता हूँ तेरी याद में जिन्दा न समझना।

दो.—मैं बसूँ पहाड़ पर, तू जमुना के तीर।

अब का मिलना कठिन है पाँव पड़ी जंजीर!!

सोसती सिरी सरब उपमा लिखा बाबू नवाब सिंह बल्द ओसताद का बाबू राजा सिंह को सलाम।...आगे इहाँ का कुसल अच्छा है, आपके कुसल के लिए बजरंगबली से मनाता हूँ। जे सुन दिल खुसी होय।...आगे मालूम कि हमारी नोकरी लग गई,

नटवा बाबा को चार आने का गाँजा चढ़ा देना।...अलगू से कह देना कि उसका बेटवा खदान में दबकर मर गया, जे सुन दिल खुसी होय।...आगे मालूम कि किसी ने गाड़ी में हमारा 50) काट लिया जे सुन दिल खुसी होय।...नीचे लिखे लोगों के यहाँ हमारा हिसाब बाकी है उसूल लेना—रुघुनी॥) मुँहलाली; दुलरी।) मीसी; सुनरी 1=) गुलरोगन का तेल; रधिया॥।) साबुन। आगे वहाँ खाना, यहाँ अँचाना कि जवाब जलदी से देना। जे सुन दिल खुसी होय।'

इस बीच की जिस घटना ने राजा सिंह को तोड़ दिया, वह थी नाती की मौत। उस्ताद को एक लड़का हुआ था जो हफ्ते भर बाद मर गया। राजा सिंह को बड़ा धक्का लगा। उन्होंने निराश होकर उस्ताद को तार दिया।

उस्ताद चले आ रहे हैं।

ठिंगने गठीले हरे चने, मखमली छीमियाँ छिपाए मटर, साँवले जौ, गोरे सुनहले गेहूँ, फूली अरहर—सब हैं। लेकिन हैं तो अपने घर के हैं। उस्ताद से कोई मतलब नहीं। कोल्हू चलने बन्द हो गए थे। सियार बौराये-से कोल्हुआड़ तक आ जाते थे। कई लोग कड़ाहे को घेरे आग ताप रहे थे। छोटे-छोटे बच्चे सर्दी की बिना फिक्र किए गन्ने चूस रहे थे। उस्ताद जब ढुहिया पर आए तो देखा—उन्हीं के खेत में—पट् पट् पट्—ईखें टूट रही थीं। लेकिन उस्ताद हैं कि आ रहे हैं तो सिर्फ आ ही रहे हैं। बाएँ कन्धे पर लँगोट में बँधा कम्बल का गट्ठर, दाहिने हाथ में पीतल की वही बाल्टी, घुटने तक धोती, भारी-भरकम कटहल जैसा दाढ़ी-मूँछों से ढँका चेहरा, झुकी हुई आँखें—सब हैं लेकिन चाल में वह पहले वाली ऐंठ नहीं!

राजा सिंह को बेहद खुशी हुई—आखिर है तो मेरा ही बेटा न! राह पर आ ही गया! जोतसी ने ठीक ही कहा था—खानदान का नाम रोशन करेगा! एक बार फिर हहाऽऽऽ, हहाऽऽऽ लेकिन ऐंऽऽ ? हँसी रोती क्यों है ? उन्होंने साफा उठाया लेकिन ऐंऽऽ ? इसमें झींगुर खा गए ? था ही कितने दिनों का ? खैर... । उन्होंने बहुत दिनों बाद घोड़ी कुदाई लेकिन ऐंऽऽ ? इसकी टाप नहीं बजती ? ठाकुर राजा सिंह की अनायास आँखें भर आईं—झर् झर् झर्। मगर वे खुश थे।

उस्ताद को आए हफ्ते-भर से ज्यादा हुआ। उसके दिन-रात दुकान में बीतते हैं लेकिन दुकान बन्द है। दुकान में सौदे हैं लेकिन उस्ताद दुकानदार नहीं। घर से सिर्फ खाने-पीने तक का मतलब है। वे किसी के यहाँ नहीं जाते, न तो किसी में हिम्मत है जो उन तक आए, धीरज बँधाए, खेद प्रकट करे, अफसोस करे, आँसू बहाए, हमदर्दी दिखाए। रात-दिन उनके सिरहाने रामायण रहती, हनुमान चालीसा रहता, प्रेमसागर रहता।

गाँव के उत्तर एक कुटी थी। उसमें एक साधु रहता था। उस्ताद कुटी में आने-जाने लगे। उस्ताद अब संन्यासी होंगे। एक दिन सिर मुँड़ाया, गेरुआ पहना, हाथ में माला ली...सित्ताराम...सित्ताराम! उस्ताद अब बैरागी हैं। उन्हें घर-दुआर, देस-

दुनिया से कोई मतलब नहीं। उस्ताद के घर फौजदारी हो गई लेकिन उस्ताद संन्यासी हैं। उस्ताद के बाप की जान जोखिम में है—उस्ताद संन्यासी हैं। उस्ताद की दुकान में आग लग गई, उस्ताद संन्यासी हैं। उस्ताद के घर लोग भूखों मर रहे हैं—उस्ताद संन्यासी हैं!...और उस्ताद की बीवी को धान कूटते मूसर की चोट लग गई—उस्ताद; नहीं ठहरो, बीवी तो धरमपत्नी है, उस्ताद संन्यासी हैं तो क्या हुआ? दुलरी के सीने में दर्द है—उस्ताद, जरा रुको, नहीं जी...उस्ताद संन्यासी ही हैं। सित्ताराम, सित्ताराम।...कौन उस्ताद? नहीं बे, स्वामी जी, स्वामी जी, दंडवत...सित्ताराम...। ...स्वामी जी, जैहिन; नहीं, नहीं, गलती हो गई बाबा! दंडवत...सित्ताराम! बेटा राम-राम कह! खिस्सा है कि—रघुपत राघो राजा राम। पती तपावन सीताराम।—यानी उस्ताद संन्यासी हैं तो सिर्फ संन्यासी ही हैं।

और अभी-अभी जब परसोत्तम—जो इसी शहर में रिक्शा चलाता है—कह गया कि उस्ताद एक रात जोखन पाँड़े के दोनों बैल चोरी से खोलकर पूरब किसी मेले में रोजगार करने चले गए तो मेरी आँखों में बाबू राजा सिंह की वह नाक तैर गई जिसे वे बार-बार कपड़े से ढँकने की कोशिश कर रहे थे लेकिन कम्बख्त लहू था कि टपका आता था—टप् टप् टप्!

[कल्पना, 1961]

एक हैं वर्मा जी

मेरा महाल बड़ा ही सघन और गन्दा है। मकानों से अधिक गलियाँ हैं। अँधेरी और सँकरी। इन गलियों से अलग वह एक सड़क भी है। वहाँ बालुओं का ढूह है। कुत्ते हैं, भैंस हैं। ऐसा नहीं कि आदमी नहीं है। वह भैंस के पीछे है। आड़ में। यह अलग बात है कि भैंस दिखती है, आदमी नहीं दिखता।

पूरी बस्ती में यही एक जगह है, अच्छी खुली और हवादार। यहाँ आरामकुर्सियाँ हैं। धूप की सेंक है। मेरे पड़ोस के लोग घूमने से थकते हैं, काम से घबड़ाते हैं, वातावरण से ऊबते हैं तो यहाँ आते हैं। यहाँ आकर साँस ली जा सकती है। मसलन, वर्मा जी ने अभी-अभी एक लम्बी साँस ली है और सिर पीछे टेक दिया है।

आज से कुछ रोज पहले वर्मा जी किसी भी गली, सड़क, घर, मुहानी के आगे देखे जा सकते थे। आप कहीं भी जा रहे होंगे, आपके हाथ में फाइल रहेगी। आप क्षण-भर रुकेंगे। झुककर अभिवादन करेंगे। फिर कुशल-क्षेम पूछने की मुद्रा में दोनों हाथ उठाएँगे। एक ओर सिर झुकाएँगे।

''तो तुम एम. ए. में आ गए हो?'' उनका प्रश्न होगा।

आप हाँ में सिर हिलाएँगे।

''एम. ए. में तो लड़कों के साथ लड़कियाँ भी पढ़ती हैं?''

आपका पहले ही की तरह सिर हिलेगा।

वे आपको देखेंगे—ध्यान से। वे जब भी ध्यान से देखते हैं, उनकी आँखों में पानी भर आता है। जैसे वे आँखें नहीं, मुँह हो। लगेगा, वे आपसे कुछ कहना चाहते हैं—बहुत-कुछ। आप प्रतीक्षा भी करेंगे। लेकिन वे चुप रहेंगे। और कुछ देर बाद आप आगे बढ़ जाएँगे।

''मुझे कोई नहीं समझता। कतई नहीं समझना चाहता।'' कभी वे बड़े बोझिल-से कुछ इस तरह बुदबुदाएँगे। उनके चेहरे पर पीड़ा और परेशानी के भाव होंगे। फिर वे स्वयं को किसी विशाल जनसमूह में खो देना चाहेंगे। लम्बे, सफेद बाल, दुर्बल शरीर, आँखों और मुँह के बीच खड़ी एक नाक। वर्मा जी सोचते हैं, वे खो जाएँगे। किन्तु आप पाएँगे कि भीड़ गुजर गई है और वे ज्यों-के-त्यों खड़े हैं।

लेकिन इधर महीनों से वर्मा जी जाने क्यों खामोश रहे हैं! बहुत हुआ, तो यहाँ से वहाँ गए हैं; और वहाँ जाकर फिर लौट आए हैं।

वर्मा जी के कोई नहीं है, सब जानते हैं। किन्तु ठीक-ठीक एक भी नहीं जानता कि उनके कोई क्यों नहीं है। कहते हैं, उनकी शादी नहीं हुई क्योंकि किसी को वे पसन्द नहीं आए। इससे अलग कुछ लोगों का कहना है कि उन्होंने खुद शादी नहीं की। बहुत-से लोग आए, लेकिन नहीं, नारी जंजाल है, माया है! मोह है, भ्रम है! लोगों ने बहुत कहा किन्तु उन्होंने इस कान से सुना और उससे निकाल दिया।

पेशे से वर्मा जी चित्रकार हैं। आज वे अधिक चिन्तित हैं। सुबह से ही व्यग्र देखे गए हैं; और कुछ-कुछ उदास भी। दरअसल वे धोबी पर नाराज हैं।

''कुछ दिन पहले गधों का जुलूस निकला था।'' उन्होंने गुस्से में कहा, ''इन्हीं धोबियों ने निकाला था। किसलिए? इसलिए कि सरकार ने उन पर टैक्स लगाया था। मैं कहता हूँ, क्या बुरा किया था जो तुमने जुलूस निकाला? टैक्स तो तुम पर भी लगना चाहिए कम्बख्तो! तुम किस गधे से कम हो, तुम्हें जब यही नहीं मालूम कि कब कन्वोकेशन है, कब कपड़े देना चाहिए?''

वर्मा जी कुर्सी पर अधलेटे थे। आवेश में बैठ गए।

आज विश्वविद्यालय में कन्वोकेशन है। दो बजे। शहर में चहल-पहल है। लोग इधर से उधर जा रहे हैं। उधर से इधर आ रहे हैं। लड़के हैं। लड़कियाँ हैं। चारों ओर एक जल्दबाजी है। इनको सर्टिफिकेट लेनी है। उनको गाउन लाना है। इन्हें ऊँची एड़ी का सैंडल पहनना है। उन्हें खाँसना है। सब व्यस्त हैं।

किन्तु वर्मा जी स्वयं को बेकार महसूस कर रहे हैं। ऐसा नहीं कि वे खाँस नहीं सके हैं। वे अब तक कई बार चौमुहानी पर गए हैं। खाँस भी आए हैं। किन्तु वे इन दिनों अनुभव करने लगे हैं कि जिन्दगी खाँसी नहीं है।

''कहीं भी वह प्रेम—वह जीवन नहीं है।'' वर्मा जी ने निराशा में सिर हिलाया।

मैंने हामी भरी।

इस मैदान के उस किनारे एक पेड़ है। उसके पास दो-तीन लड़के हैं! वे वर्मा जी को देख रहे हैं। आपस में कुछ घुसुर-फुसुर भी कर रहे हैं। यहाँ प्रायः दिन-भर लड़के खेलते हैं। वर्मा जी अक्सर बाँस की कुर्सी लिये आते हैं। अखबार लेकर बैठ जाते हैं। पढ़ते समय बीच में ऊँघ जाते हैं। कोई एक आता है, चुपके से अखबार लेकर खिसक जाता है। और इस तरह ये घंटों परेशान होते हैं।

इस समय एक लड़का इधर देख रहा है।

''उस पाजी को खबर तो होगी कि आज यूनिवर्सिटी में जलसा है?''

''जी हाँ।''

''च्-च्...'' उन्होंने खेद प्रकट किया, ''बताओ, उसे मालूम है, और नहीं आया। असल में वह जान-बूझकर नहीं आया होगा।''

यों वर्मा जी की शंका के लिए कोई जगह नहीं है। वह प्राय: देर करके आता ही है। और एक दिन देर तो उसके लिए मामूली बात है।

''मुझे सब तंग करते हैं।'' वर्मा जी ने परेशानी से कहा। फिर वे अधलेटे हो रहे। वर्मा जी की कुर्सी कमजोर है। उनका पिछला एक पाया मुरक गया है। वह इस समय एक ओर को झुक रहा है। यदि पाये पर जरा भी भार पड़ेगा तो तय है, वर्मा जी गिर जाएँगे।

मैंने उन्हें पुकारा, ''उस कुर्सी को छोड़ दें। वह टूटी है। न हो, बगलवाली पर बैठ जाएँ!''

किन्तु वे क्यों सुनने लगे! वे किसी दूसरे विचार में डूबे हैं। मैं दुबारा और जोर लगाकर चिल्लाया।

''मुझ पर कृपा करो। भगवान के लिए शान्त हो जाओ।'' उन्होंने मुझे हाथ जोड़ा, ''मुझको आराम करने दो। चैन की साँस लेने दो। बड़ी दया होगी।''

फिर अपनी आँखें बन्द कर लीं। कुछ सोचने लगे। वे इस समय सोचना चाहते हैं। किसी के द्वारा छेड़ा जाना उन्हें नापसन्द है। उनके माथे पर रेखाएँ बनती हैं, बिगड़ती हैं, जैसे पानी में लहरें उठें। वे कभी-कभी आँखें जोर से मींच लेते हैं।

मैंने उनसे फिर कुछ नहीं कहा। थोड़ी देर बाद मुझे कन्वोकेशन के लिए जाना है। कुछ पहले पहुँचना अच्छा रहता है वरना बाद में भीड़ बढ़ जाती है।

सहसा वर्मा जी ने कुर्सी की बाँह पर पड़ा अखबार उठाया। कोई शीर्षक देखकर मुँह बनाया, जैसे पास ही कहीं से दुर्गन्ध आई हो! पुन: अगला पन्ना उलटा। वहाँ भी कोई चीज खटकी। उन्होंने झटककर फेंक दिया।

''कै बज रहा है?'' उनका प्रश्न था।

मैंने कुर्ते की बाँह खिसकाई, घड़ी देखी और हाथ उठाकर एक उँगली दिखाई।

''पहले घड़ी ठीक करो।'' वे चिल्लाए और मुँह दूसरी ओर फेर लिया।

''घड़ी बिल्कुल ठीक है।''

''हाथ नीचे करो।'' वे मुँह फेरे हुए ही चिल्लाए।

मैंने हाथ नीचे कर लिया। शायद घड़ी का शीशा उनकी आँख पर चमक गया था। मेरा ध्यान इस ओर बिल्कुल नहीं गया था।

''आखिर मुझसे क्या चाहते हो? तुम लोग क्यों इतना पीछे पड़े हो?'' वे झुँझला आए थे, ''लोगों को क्या हो गया है? वे कुछ सोचते क्यों नहीं? समझते क्यों नहीं?''

उन्होंने जमीन पर पड़े अखबार की ओर इशारा किया, ''देखो, ये अखबार हैं। रोज छपते हैं। सुबह-शाम। आज यह योजना बनी। कल वह बाँध टूटा। परसों फलाँ लड़की एक लड़के के साथ भग गई। मंत्री हैं—मिल का उद्घाटन करेंगे। सभाओं में भाषण देंगे। लेकिन कोई नहीं जानना चाहता कि वह लड़की थी तो क्यों भग गई? वर्मा के कपड़े धोबी ले गया तो वे क्या पहनेंगे?''

वे थोड़ी देर रुककर मुझे देखते रहे। फिर झुककर अखबार उठाया। मेरी ओर फेंक दिया। अखबार पैरों के पास बिखर गया।

''जहाँ देखो, वहीं सड़कें बन रही हैं। नहरें खुद रही हैं। फैक्टरियाँ चल रही हैं। पेड़ गिराए जा रहे हैं। क्या होगा? मकान बनेंगे। मैं पूछता हूँ, कम्बख्तो, और काम नहीं जो यही सब कर रहे हो?''

वे जोश में थे। मैंने कुतूहल से उन्हें देखा। वे मुझ पर होनेवाली प्रतिक्रियाएँ जानने के लिए रुक गए।

''तुम्हीं बताओ,'' वे फिर बोले, ''मकान बनके क्या होगा जब उसमें जीवन न होगा? ठीक समय पर धोबी न आएगा?''

मैं सिर झुकाए अपराधी की तरह चुपचाप बैठा रहा।

''कहीं भी जीवन—उसका नाम तक—नहीं है।'' उन्होंने निराशा में निचला ओठ आगे खिसकाया, ''तुम हो। पढ़ते हो। तुम्हारे यहाँ लड़कियाँ आती हैं। जाने कहाँ-कहाँ से? और वे चाय पीती हैं। मैं यहीं रहता हूँ। तुम्हारे दरवाजे के सामने। लेकिन कभी कहा है कि वर्मा जी, आप भी चाय पी लीजिए?''

वर्मा जी चाय नहीं पीते हैं। मुझे मालूम है। फिर भी वे चाय की बात कर रहे हैं। मैंने कहने के लिए मुँह खोला।

''नहीं, एक बात कह रहा हूँ—चाय ही नहीं, किसी भी चीज के लिए? कभी कहा है?'' वे अबकी कहते-कहते खाँसने लगे। उन्हें खाँसी आती है। और आती है तो जाने का नाम नहीं लेती।

मेरे विश्वविद्यालय जाने का समय हो आया था। मैं उनकी बातों से ऊबने भी लगा था। लोग मेरे घर के सामने से चले जा रहे थे। खाँसी से वर्मा जी की आँखें बन्द होने लगी हैं। मैं चुपके से उठा। घर के भीतर भागा। कपड़े बदले। सीढ़ियों से नीचे उतरा। देखा, वर्मा जी शोर मचा रहे हैं :

''अच्छा, ठीक है। ठीक है। भाग जाओ। उसे फाड़ डालो। नोंचकर फेंक दो। मैं कुछ नहीं बोलूँगा। लेकिन मैं एक-एक को पहचानता हूँ। तुम्हारे बाप से कहूँगा। तब समझोगे।। मगर क्या समझोगे! जिन्हें समझ है, वही नहीं समझते तो तुम लोग अभी बच्चे हो।'' वे जोर-जोर से बोलते हुए चुप हो गए थे।

शायद मेरे हटते ही लड़कों ने अखबार ले लिया था। वर्मा जी उनके पीछे दौड़े थे, किन्तु असमर्थ होकर फिर बैठ रहे थे।

मुझे देखकर लड़कों ने पन्ने छोड़ दिये और भाग गए। मुझ पर वर्मा जी की आँखें पड़ीं।

वे अब खड़े हो गए हैं। उनके बाल बिखरे हैं। कुर्ता कन्धे के पास फट गया है।

''देखा?'' वे मुस्कुराए, ''तुम तो तुम, ये बच्चे भी?''

मैं भी समर्थन में मुस्कुराया और आगे बढ़ा।

"अरे सुनो तो।" वर्मा जी ने आने के लिए संकेत किया।

"देर हो रही है।" मैं वहीं से चिल्लाया।

पर मैं उनके पास गया। वे स्वस्थ हो गए थे। उन्होंने आगे बढ़कर मेरे कन्धे पर झूलता हुआ गाउन देखा। उसका एक किनारा चुटकियों में लिया, जैसे कपड़ा देख रहे हों। वे अब गम्भीर हो आए थे।

"तो लड़के-लड़कियाँ सभी डिग्री लेंगे?"

मैंने सिर हिलाया।

"लड़कियाँ भी गाउन पहनेंगी?"

मैंने हाँ की।

"वे भी वही गाउन पहनेंगी, जो तुम लोग पहनोगे?"

"हाँ," मैं झुँझला उठा।

उनका मुँह खुला। लगा, वे और प्रश्न करेंगे। किन्तु उनके ओठ अपने-आप बन्द हो गए। मेरा ध्यान गया—वे सहसा उदास हो गए हैं। उनका स्वर भारी हो आया है। बात करने का पहले वाला आवेश मर गया है। वे अधिक बोलने में स्वयं को असमर्थ अनुभव कर रहे हैं।

"अच्छा," उनकी आवाज क्षीण थी, "तुम्हें देर हो रही होगी!"

मेरी इच्छा हुई, मैं उनके धोबी के लिए आश्वासन देता जाऊँ। किन्तु लगा, अगर धोबी आए भी तो वर्मा जी अब कहीं नहीं जाने के।

मैं मुड़ने को हुआ। उन्होंने अपना दाहिना हाथ मेरे कन्धे पर रख दिया।

"देखो, मैं तुम्हें बुरा नहीं कहता। तुम अच्छे हो। तुम्हारे साथ लड़कियाँ पढ़ती हैं। और वे डिग्री लेंगी। मैं हूँ। शहर के बीच हूँ। बाएँ से टैक्सी जाती है, दाएँ से बस। सामने से रिक्शा, पीछे से भीड़। मेरे चारों ओर चालीस करोड़ आदमी हैं। एक-दो नहीं, चालीस करोड़ आदमी हैं। लेकिन कोई नहीं जानना चाहता—मैं कैसे जीता हूँ? क्योंकर जीता हूँ? कोई नहीं समझना चाहता।"

उनका स्वर टूट गया था। मैंने उनके हाथ का कम्पन महसूस किया। उनका हाथ आहिस्ता मेरे कन्धे से घुटने के पास मटमैले पाजामे पर छू पड़ा। वे बिना मुझे देखे फिर उस टूटी कुर्सी पर जा बैठे।

मैं शीघ्रता में वहाँ से चला, लेकिन महसूस किया कि वे मुझे घूर रहे हैं। मुझे याद है—वे जब भी किसी को एकटक देखते हैं, उनकी आँखों में पानी आ जाता है।

[ज्ञानोदय, 1963]

तलाश

झूरी सिंह उर्फ 'भाई जी' ने बड़ी गम्भीरता से अपनी हालत पर गौर किया। जो था, उससे सन्तोष नहीं था और जो नहीं था, वह जल्दी हासिल कर लेना था। जमाने के अन्दर एक गुपचुप दौड़ चल रही थी और उसमें शामिल न होने का मतलब था—जीवन को निरर्थक कर देना, नगण्य हो जाना, कीड़ों-पतंगों की मौत मरना।

उन्होंने तय किया कि वे एक शोध संस्थान खोलेंगे। अगर वह संस्थान खुला तो इसके लिए एक भवन चाहिए, ऐसा भवन जो किराए का न हो। ऐसे भवन के लिए अपनी जमीन चाहिए—फिर उस पर भवन बनना चाहिए, फिर उसमें काम करने के लिए शुरू में कम-से-कम एक चपरासी, एक क्लर्क और चार शोध-सहायक चाहिए। इनसे काम लेने के लिए एक निदेशक चाहिए! फिर निदेशक-शोध सहायकों और क्लर्क-चपरासी की तनख्वाह के लिए मोटी रकमें चाहिए। रकमें तो जमीन और मकान के लिए भी चाहिए।—और यदि संस्थान की अपनी लाइब्रेरी न होगी तो शोध-सहायक क्या खाक काम करेंगे?

लेकिन यह बाद की बात है। इसके पहले अपने पास तो कुछ हो। अगर उद्घाटन के लिए, मान लो, प्रधानमंत्री को बुलवाएँ तो क्या वे रिक्शे से आएँगे? थोड़ी देर के लिए सोच लो कि वे सरकारी कार से आएँगे तो क्या भाई जी उसके पीछे-पीछे दौड़ते हुए संस्थान पहुँचेंगे? लिहाजा कार तो चाहिए ही। वही कार मीटिंग के लिए आनेवाले कार्यकारिणी के सदस्यों को भी लाया करेगी। फिर ये लोग ठहराए कहाँ जाएँगे? होटल में? इस तरह कहीं संस्थान चलेगा। इसलिए संस्थान के प्रधानमंत्री और संयोजक का अपना बँगला होना चाहिए। अतिथि-गृह संस्थान के भवन के साथ जब बनेगा, तब बनेगा लेकिन इतना पहले ही हो जाना चाहिए।

जाहिर है कि बँगले के लिए भी कहीं जमीन चाहिए। और अगर वे आ गए तो इस गरमी में उनकी हुलिया खराब हो जाएगी—इसके लिए कूलर न भी सही, पंखा और खस की टाटियाँ चाहिए। माना कि वे आते ही न सही—लेकिन बाद में तो पानी पिएँगे ही—और वह भी ठंडा पानी, इसलिए 'फ्रिज' भी जरूरी है। और वह पानी उन्हें कौन पिलाएगा? इसका मतलब है कि घर पर भी एक नौकर चाहिए—यह तो रही एक बात, दूसरी बात यह कि जब बँगला होगा और दुनिया भर के सामान होंगे

तो निगरानी के लिए एक-दो अल्सेशियन कुत्ते भी चाहिए, फिर उनकी देखभाल, परवरिश, दूध-गोश्त। अरे वाह! तब तो जर्सी या हरियाणवी गाय भी चाहिए। कुत्ते भी दूध पिएँगे और कार्यकारिणी के सदस्य भी। लेकिन इनके लिए अलग से नौकर चाहिए। एक बात और। जब इतना बड़ा बँगला होगा तो लॉन क्यों नहीं? उसके लिए माली का भी बन्दोबस्त करना पड़ेगा। बहरहाल ये सारी चीजें धीरे-धीरे होती रहेंगी।

इसमें सन्देह नहीं कि योजना शानदार थी लेकिन यह अमल में आए कैसे?

इसका एक उत्तर जो भाई जी को सूझा, वह यह कि इसके लिए बड़े प्रभावशाली और जोरदार संरक्षक की जरूरत है। ऐसे संरक्षक की जिसके नाम पर सरकार भी अनुदान दे और सेठ भी दिल खोलकर चन्दा दें।

तो संरक्षक? असल सवाल यही है। इसके लिए काफी समझ-बूझकर कदम उठाना पड़ेगा। संरक्षक ऐसा नहीं होना चाहिए जो गाहे-बगाहे टाँग न अड़ाता रहे कि ऐसा नहीं, वैसा होना चाहिए। उसे इतनी फुर्सत भी नहीं होनी चाहिए कि जब निमंत्रण जाए, चला आया करे और खामखा आपको बताने लगे या यह पूछने लगे कि आपने किससे पूछकर यह किया।

भाई जी यह विचार कर ही रहे थे और उन्होंने सोच-समझकर एक वरिष्ठ मंत्री को संरक्षक बनाने का फैसला किया ही था कि सरकार का तख्ता पलट गया।

''बहुत अच्छा हुआ मोहन। देखो न, किस्मत इसी को कहते हैं।'' भाई जी ने खुशी में कहा, ''लेकिन अब बताओ, संरक्षक कौन हो?''

ये साइकिल से आए थे और उनके माथे पर पसीना चुहचुहा रहा था। ''शिक्षा मंत्री के बारे में क्या सोचते हो?''

''भई, संस्थान का सम्बन्ध तो शिक्षा से ही है, इसलिए वे हो जाएँ तो बहुत अच्छा।'' मैंने अपनी राय दी।

वे कुछ देर मुझे देखते रहे, ''लेकिन कई गड़बड़ियाँ हैं। एक तो वह है दक्षिण का—इससे लाभ भी है और नुकसान भी। लाभ तो यह है कि हिन्दी में रुचि ही नहीं लेगा इसलिए किसी मीटिंग में नहीं जाएगा। मेरी जो इच्छा होगी, वह करूँगा। नुकसान यह होगा कि हिन्दी में रुचि न होने के कारण वह संस्थान को अनुदान क्यों देगा?''

''फिर—अगर ऐसा है तो वित्त मंत्री को ही संरक्षक क्यों नहीं बनाते?''

उन्होंने बीड़ी खिड़की से बाहर फेंक दी और हाथों के बीच सिर पकड़ लिया, ''वित्त मंत्री ठीक तो है लेकिन उसकी हालत ही खस्ता है। मंत्रिमंडल से कब निकाल बाहर कर दिया जाएगा, कहना कठिन है। उसमें और शिक्षा मंत्री में बनती भी नहीं है। संरक्षक की जगह शिक्षा मंत्रालय उसका नाम देखकर ही भड़क उठेगा। एक दमड़ी भी न मिलेगी संस्थान के नाम पर। साली इस मिली-जुली सरकार ने इतनी मुसीबत खड़ी कर दी है कि कुछ समझ में नहीं आता।''

''फिर यह सब जहमत छोड़ो।'' मैंने मजा लेते हुए उससे कहा, ''किसी संसद सदस्य को पकड़ो और सीधे प्रधानमंत्री को संरक्षक बनाओ।''

''लो, फिर वही बात! अगर उन्हीं को बनाना होता तो दुनिया-भर के लोगों के बारे में क्यों सोचता? एक तो अठहत्तर साल की उम्र, उस पर दो बार दिल के दौरे—वे पके आम की तरह कब चू जाएँगे, कहना मुश्किल है। इसलिए अगर अनुदान मिल भी गया तो उनके मरते ही कैंसिल समझो। दूसरी बात यह कि जिस संसद सदस्य के जरिए उन तक पहुँचेंगे, उसे भी कोई पद देना पड़ेगा। और अगर कहीं उसने जिद पकड़ ली कि 'सह-संरक्षक' या 'अध्यक्ष' के नीचे कोई पद स्वीकार न करेंगे तो और कबाहट। ससुरा हर मीटिंग में आएगा और अगली बार टिकट न मिला या हार गया तो यहीं आकर डेरा-डंडा जमा लेगा। साथ ही एक और बात सोचो, प्रधानमंत्री के यहाँ आने के पहले कहीं वह सौदा करने लगा यानी फिफ्टी-फिफ्टी तो संस्थान भी गया और मेरी कार भी।...यार, एक-दो झमेले हों तब तो?''

इन सब बातों को सुनकर जो कुछ मेरी समझ में आया, वह यह कि कार, बँगला, फ्रिज, नौकर-चाकर आदि के लिए संस्थान खोलने की बात कई साल से जो भाई जी कर रहे हैं, वह यों ही नहीं। काफी सोचा-विचारा है। अब साफ दिखाई देने लगा कि वे पिछले चुनाव के इन्तजार में क्यों रुके हुए हैं।

''लेकिन भाई जी, मैंने एक बात सुनी है कि जब तक तुम्हारे पास पहले से ही कुछ अपना न हो, सरकार नहीं देती यानी जब तक तुम यह नहीं दिखाते कि हमने इतना कर लिया है, इतना और करना है—यह काम देश और समाज के हित में है मगर जगह और पैसे की तंगी के कारण...''

''बस-बस, समझ गया जो तुम कहना चाहते हो। है यह कि जाकिर गंज मुहल्ले में वह खाली कोठी है—बड़ी-सी जिसके ऊपर वाले हिस्से में एक जूनियर हाई स्कूल चलता है। वह कोठी विद्यालय और राजा के झगड़े में चल रही है। एक बार राजा के पुरोहितों ने अध्यापकों और लड़कों को मार भगाया और दूसरी बार लड़कों और मास्टरों ने पुरोहित के आदमियों को खदेड़ दिया। तो यह झगड़ा चल रहा है।...अरे तुमने सुना होगा उसके बारे में...।

''तो अध्यापकों और व्यवस्थापकों की भी मदद चाहिए। मदद भी गुंडों-बदमाशों की नहीं, शरीफ आदमियों की। मेरे जैसे आदमियों की। क्योंकि गुंडे-बदमाश खुद कोठी दखल कर सकते हैं, इसलिए मैंने सोचा है कि नीचे वाले हिस्से के बड़े हॉल में संस्थान की ओर से पहला आयोजन होगा—गृह मंत्री का अभिनन्दन। वे अगले महीने दो दिन की यात्रा पर यहाँ आनेवाले हैं। देखो, मैं आज तुमसे कह रहा हूँ कि मैं उनकी पार्टी के जिला मंत्री के साथ दिल्ली गया था और बात कर आया हूँ। वे अभिनन्दन के लिए डेढ़ घंटा देने को तैयार हो गए हैं। तो उसी हॉल में यहाँ के सभी लेखक, बुद्धिजीवी और पत्रकार जुटेंगे, साथ ही कमिश्नर, एस.पी.— सभी लोग।

निमंत्रण पत्र पर कार्यालय का पता हम कोठी का ही देंगे। उसी दिन या उसके बाद कोठी के फाटक पर संस्थान का बोर्ड लगवा देंगे। गृह मंत्री के अभिनन्दन के बाद शिकायत करने पर भी न तो पूछने के लिए कलक्टर आएगा, न पुलिस, न महापालिका। फिर तो मास्टरों और लड़कों को खदेड़ने में कितना वक्त लगता है? इस तरह जब तक अनुदान नहीं मिलता है और भवन नहीं बनता है तब तक वह तो रहेगी ही।

"एक बात और। राजा साले की कोठी तो हर शहर में होगी। अरे, तीन तो इसी शहर में हैं। संस्थान के नाम पर एक 'दान' ही सही। दान नहीं भी देगा तो किसी हिकमत से अपने नाम अलॉट करा लेंगे। मुकदमा लड़ेगा तो देखा जाएगा। अपने वकील जित्तू पाठक तो हैं ही। मुझे तो यहीं रहना है। उसे जब दस बार दौड़ना पड़ेगा तो अपने-आप भाग खड़ा होगा, समझा न?"

चाय बनकर आई थी। उसने एक प्याला उठाया और सलाह दी कि इस मौसम में रूह-अफ्जा या खस के शर्बत की एक बोतल रखा करो।

"तुम्हारी योजना तो जबर्दस्त है, मान गया मैं। लेकिन सुनो, ऐसा है तो गृह मंत्री को ही संरक्षक क्यों नहीं बनाते?" मैंने सुझाया।

"मारो गोली।"

"क्यों?"

"यार, तुम तो जानते हो। साला ईमानदार है। ऐसे आदमी को लेकर कौन मुसीबत मोल लेगा?"

"मैं तो हरगिज मानने को तैयार नहीं।" मैंने उसकी प्रतिक्रिया देखनी चाही, "अगर ईमानदार होता तो मंत्री कैसे होता?"

"बात तो सही कह रहे हो लेकिन इसी चक्कर में मारा गया मैं। अब जिला मंत्री से कोठी की चर्चा क्या कर दी कि एक दिन आकर देख गया। कहता है कि ऊपर वाला पोर्शन मैं लूँगा। इसी में पार्टी दफ्तर खोलूँगा। यही नहीं, इसी शर्त पर मेरे साथ दिल्ली गया था। अब तुम्हीं सोचो, अगर गृह मंत्री को संरक्षक बना दें तो एक दिन मुझे ही खदेड़ बाहर करेगा।"

"तो यूँ क्यों नहीं कहते सीधे-सीधे? लेकिन झूरी, अब भी सवाल अपनी जगह है। मैं इतना जानता हूँ कि जब तक तुम्हारे पास पैसा न होगा, संरक्षक चाहे जिसे रखो, पैसा न मिल पाएगा।"

उसने मुँह बनाया, "जवाब देने के पहले एक बात कह दूँ और यह हक है मुझे। तुमसे दो-चार महीने बड़ा ही हूँगा। जब कोई तुमसे बोले—झूरी, तो तुम तुरन्त पूछो—कौन झूरी? और कैसा झूरी? और फिर कहो, 'अच्छा तो भाई जी के बारे में बात कर रहे हैं आप?' समझा? देखो मोहन, कोई अपने से बड़ा नहीं बनता है, लोग हैं कि बना देते हैं। मान लो, कल संस्थान के डायरेक्टर हो जाओ तो। खैर, अब आओ असल बात पर..."

उसने जेब से एक टूटी बीड़ी निकाली, ''तुमने सिगरेट छोड़ दी है क्या आजकल? नहीं? तो मँगाओ न एक पैकेट।...तो जैसा तुमने कहा, वही सोचकर मैंने फैसला किया है कि सबसे पहले अपने पास एक मोटरकार होनी चाहिए। क्यों होनी चाहिए, इसे समझो। देखो, इस शहर का सबसे बड़ा सेठ है झुग्गीमल करोड़िया। अगर मैं उससे मिलने साइकिल से जाऊँ तो चपरासी मिलने नहीं देगा। अगर रिक्शे या स्कूटर से जाऊँ, तो वह धक्के देकर निकलवा देगा। लेकिन जब चार आदमियों को लेकर कार से जाऊँगा तो बिठाएगा। हाँ, आदर के साथ बिठाएगा, शर्बत भी पिलाएगा, लेकिन मैं उससे चन्दा न माँगूँगा, क्योंकि चन्दा माँगूँगा तो दस बहाने करेगा। मैं उससे ऐसे दस आदमियों के नाम पत्र माँगूँगा जो चन्दा दें। और इसमें उसे कोई हर्ज न दिखाई पड़ेगा। संस्थान खोल रहा हूँ—'गोस्वामी तुलसीदास शोध संस्थान।' वही तुलसीदास, जिन्होंने भगवान राम पर किताब लिखी है और वही भगवान राम जिससे सभी बड़े-बड़े सेठ डरते हैं। तो संस्थान की आजीवन सदस्यता का चन्दा रहेगा एक हजार एक रुपया।

''मान लो, पन्द्रह आदमी आजीवन सदस्य हो गए। बाकी ले लूँगा बैंक से कर्जा...फिर जहाँ उस कार से करोड़िया का पत्र लेकर कानपुर, दिल्ली, कलकत्ता और बम्बई घूमूँगा और इतना पैसा इकट्ठा कर लूँगा कि आते ही कर्ज चुक जाएगा...''

वाक्य खत्म होते-होते बाहर जोरदार धमाका हुआ। आवाज सुनकर भाई जी के असमय ही सपाट हुए सिर के बचे बाल खड़े हो गए। उन्होंने मुझे घूरकर देखा, फिर बाहर भागे।

वजह आवाज रही हो या भाई जी की गैरहाजिरी, पत्नी दरवाजे पर आई, ''तुम्हें खाना है या नहीं?''

मैंने घड़ी देखी—दो बज रहे थे।

वह जैसे आई थीं—वैसे ही लौट गईं।

''तुम एक काम करो, खाना खा लो, तब तक मैं सिगरेट फूँक रहा हूँ।''

''तुम नहीं खाओगे क्या?''

''अरे मेरा छोड़ो। मैं तो कहीं भी खा लूँगा।''

वे इत्मीनान से सोफे पर अधलेटे हो गए। मैं ऊपर चला गया।

देखते ही पत्नी ने कहा, ''दो थालियाँ लगानी हैं न?''

मैं अपराधी की तरह खड़ा हो गया। ''कह दो खाना नहीं है।'' मैंने उसे हल्ला मचाने से मना किया और कहा, ''जो कुछ हो एक ही थाली में भिजवा दो, हम खा लेंगे।''

''तुम अजीब भकुआ आदमी हो।'' वह गुस्से में अलफ हो गई, ''उसे जब भी खाना होता है, संरक्षक खोजते हुए यहाँ चला आता है—दोपहर हो या रात। मैं तीन साल से यही देख रही हूँ जबकि तुम यह भी जानते हो कि उसे न संरक्षक मिलेगा

और न उसका संस्थान खुलेगा। फिर भी लगे रहते हो कि इसे बनाओ, उसे बनाओ, यह करो, वह करो।''

''अरे भई, चुप भी रहो, सुन लेगा तो...''

''तो करेगा क्या?'' वह उठी और रसोईघर में चली गई, ''हद हो गई। संस्थान खुलेगा तो तुम्हें डायरेक्टर बना देगा। सात सौ रुपल्ली की जगह दो हजार फटकारने लगोगे, यही न! वह दस लोगों को डायरेक्टर होने का न्योता दे चुका है। उनके यहाँ खाता घूमता है, लोग उसका मजाक भी उड़ाते हैं और गम्भीरता से बातें भी करते हैं। आखिर किस बात से डरते हो तुम लोग?'

''अच्छा, बक-बक बन्द करो।''

''सही कह रही हूँ तो बक-बक है!'' वह झन्न से थाली पटककर खड़ी हो गई, ''खुद खाने का ठिकाना नहीं, पास में एक कौड़ी नहीं, रहने का ठिकाना नहीं, लफंगों की तरह यहाँ से वहाँ करता रहता है और संस्थान खोलेगा! चपलुसियाए रहते हो कि कहीं तुम्हें छोड़कर रामलाल वर्मा या दीपक शर्मा को डायरेक्टर न बना दे...''

''भई, सुनो तो, इस जमाने का कोई भरोसा है? कब कौन क्या हो जाए?...तुम तो घर में हो लेकिन मैं तो दुनिया देख रहा हूँ।''

''तो उसे दुनिया में ले जाओ और खिलाओ, घर पर खाना नहीं है।''

वह बिगड़ी और रसोईघर के बाहर निकल गई।

मामले को तूल न देने के इरादे से मैं चुपचाप नीचे आया तो उसने चिन्तित होकर पूछा, ''यार, मैं जाऊँगा कैसे? वह धमाका मेरी साइकिल का था। उसका ट्यूब ही बर्स्ट हो गया। कैसे जाऊँगा? वर्मा इन्तजार कर रहा होगा। या तो अपनी साइकिल दो या खाने का बन्दोबस्त करो।''

[आकाशवाणी, 1984]

हवेली

ऐसे तो इस जमाने के बारे में जितना कुछ कहा जाए, कम होगा, लेकिन यह हर आदमी महसूस करता है कि आज किसी तरह इज्जत बची रह जाए, तो सबसे बड़ी बात है। बड़ी बात उनके लिए नहीं है, जिनकी इज्जत ही नहीं है, सिर्फ उनके लिए है, जिनके परिवार और खानदान की पुश्त-दर-पुश्त से इज्जत चली आ रही है और आज के हालात ने उसके लिए मुश्किल खड़ी कर दी है। यदि वह मर्द है, तो ऐसी मुश्किलों का डटकर सामना करे और घुटने कभी न टेके।

हमारे भाई साहब ऐसे ही मर्द हैं।

हमारे बाबा एक छोटे-मोटे ताल्लुकेदार के यहाँ खजांची थे। जब ताल्लुकेदारी खत्म होने लगी तो उन्होंने यह हवेली, जिसे आप देख रहे हैं, बाबा को उनकी ईमानदारी और नेकनीयती पर खुश होकर इनाम में दी। देने के पीछे उनकी और भी मजबूरियाँ रही होंगी, लेकिन उन्होंने अपनी ओर से बख्शीश ही कहा।

आज इस जर्जर खँडहरनुमा हवेली में हम तीन भाई और हमारी औरतें रहती हैं। बड़े भाई के बचपन का ज्यादा वक्त ताल्लुकेदार साहब के लड़कों के संग-साथ ही गुजरा, इसलिए ढंग से पढ़ाई नहीं हो सकी, लेकिन इस सोहबत ने उन्हें उठने-बैठने, बातचीत करने और रहने का सलीका सिखाया जो बड़े काम की चीज निकली। मँझले भाई पढ़-लिखकर जाने कितनी कोशिशों से जीवन-बीमा निगम में फील्ड ऑफिसर हुए। बड़े भाई साहब जब भी किसी से उनका परिचय कराते, उनकी छाती ऐसे दोगुनी होती, जैसे फील्ड मार्शल। शायद इस नाम की कुछ ऐसी ही गूँज थी, जिसके चलते उन्होंने इलाहाबाद में छह सौ रुपए की क्लर्की करने के बजाय घर पर अफसर के रूप में बने रहना पसन्द किया। रहा मैं, तो मुझे लेकर भाई साहब के मन में ऐसे ऊँचे सपने हैं कि बताते शर्म आती है, लेकिन यह अभी बाद की बात है। फिलहाल इतना ही कि जिम्मेदारी सँभालने के बाद भाई साहब ने इज्जत-आबरू को बनाए रखने के लिए हम दोनों भाइयों को कुछ खास हिदायतें दीं, जिनका हम पालन करना न भूलते।

भाई साहब का आदेश था कि अपने से छोटों के बीच उठने-बैठने और मिलने-जुलने से इज्जत घटती है। इस तरह अगर आप चाहें कि कस्बे के दुकानदार और

बाजार के लोग हवेली वालों की इज्जत करें, तो उनके बीच हफ्ते में एकाध बार ही जाया करें। लिहाजा हम दोनों भाई अपने दोस्तों के साथ सनीचर की साँझ को बाजार के लिए निकलते।

जिस वक्त मैं अपने चार-पाँच दोस्तों के साथ टहल रहा होता, सामने से भाई साहब का रिक्शा आकर खड़ा हो जाता।

''अरे बब्बन, तू इधर क्या कर रहा है?'' भाई साहब चौंककर पूछते।

''कुछ नहीं दादा, बस, ऐसे ही।'' हम उन्हें दादा कहते।

''ऐसे ही कैसे? अपने इन दोस्तों को कुछ खिलाया-पिलाया या नहीं?''

''इसकी कोई जरूरत नहीं।''

''अरे, जरूरत कैसे नहीं?'' वे हमें डाँटते हुए रामदास हलवाई की ओर मुखातिब होते, ''रामदास! ये बच्चे जो खाएँ, जितना खाएँ, इन्हें खिलाओ। और ये लो पैसे।''

वे रिक्शे पर बैठे-बैठे रामदास को बुलवाते और जेब से सौ का नोट निकालते। ''ये लो, लेकिन रुको। बहुत गंदे ढंग से तो रखते हो तुम लोग मिठाइयाँ? देखो, कितनी मक्खियाँ भिनभिना रही हैं? कब की बनी हैं ये?''

''आप भी जानते हैं कि छोटे कस्बों में मिठाइयों की कोई ऐसी खपत नहीं होती कि सुबह-शाम बना करें। एक बार बनाकर रख दी जाती हैं, और जब तक बिक न जाएँ, चलती रहती हैं।'' रामदास जैसे ही बताता, भाई साहब अपना रिक्शा आगे बढ़ाते हुए कहते जाते, ''तो, भाई, जाने दो आज। हमें अपने भाई और उसके दोस्तों से कोई दुश्मनी नहीं है। वे फिर खा लेंगे।''

भाई साहब रिक्शे पर बैठे हुए अपनी पतली और अधपकी मूँछों, मुस्कराते होंठों और कानों की दीवारों पर उगे लम्बे-घने बालों के साथ आगे बढ़ते जाते और इधर-उधर देखते हुए हाथ उठाते जाते। चौराहे के पास मेरे मँझले भाई का अड्डा था—बाटा के बगल में एक पान की दुकान। वे वहाँ रिक्शा से उतरते और साधो को बाँहों में लपेटते हुए कभी बाम्बे डाइंग में चले जाते और नए आए हुए माल के बारे में जानकारियाँ करते और कभी बाटा की दुकान में।

''कहो सेठ! कैसे हो? कुशल तो है?''

''कुशल कैसे रहेगा? आप कभी मेहरबानी ही नहीं करते।'' सेठ काउंटर पर खड़ा होकर उनके आगे पान बढ़ाता।

भाई साहब पान की गिलौरियाँ मुँह में दबाते, ''क्या बात कर रहे हो सेठ, ये लो, निकालो कोई बढ़िया-सा चप्पल—लेटेस्ट मॉडल का साधो के लिए।''

''नहीं दादा! हम तो चप्पल पहनते भी नहीं।'' मझले भाई कहते।

''अबे क्या बकता है? फील्ड ऑफिसर हुआ तो कोई तोप नहीं हो गया। रहेगा मुझसे छोटा ही, क्यों सेठ?'' भाई साहब सौ के नोट का एक कोना काउंटर पर दबाए खड़े रहते।

सेठ मुस्कराते हुए बोलता, ''साहब, लेटेस्ट मॉडल का बढ़िया चप्पल अगर चाहिए, तो बुधवार तक रुकना पड़ेगा। आदमी गया जरूर है, मगर लौटा नहीं।''

''बताओ भला, तब कैसे होगा? परसों खुद मुझे जाना है शहर, वहीं नहीं ले लूँगा।'' भाई साहब नोट जेब के हवाले करते हुए कहते, ''यही तो है! अपनी गलती नहीं देखते तुम लोग और तोहमत मुझ पर मढ़ते हो।''

भाई साहब जब हवेली लौटते, तो अक्सर दो-चार बैठकबाज कभी-कभी उनका इन्तजार करते रहते। इन लोगों में हमारे हाई स्कूल के एक-दो मास्टर और कस्बाई नेता जरूर होते। उन्हें देखते ही भाई साहब रिक्शा फाटक के अन्दर ले जाते और नाराजगी के स्वर में बोलते, ''बद्किस्मत आप लोग हैं, मेरा कोई कसूर नहीं। आज खासतौर से आप ही लोगों के लिए फालसा का शरबत बनवाया था। डेढ़-दो घंटे इन्तजार किया। अब तक पी गए होंगे। बब्बन-साधो के दोस्त-मित्र! कब के आए हुए हैं आप लोग?''

भाई साहब सीढ़ियों से चढ़ते हुए चबूतरे पर पहुँचते और अपनी खास आरामकुर्सी में पसर जाते।

वे हाईस्कूल के मैनेजर होने की वजह से नहीं, ऐसे भी बड़े सभा-चतुर और तजुर्बेकार आदमी थे। राजनीति, धर्म, दर्शन, साहित्य और दुनिया के बारे में उनकी समझदारी देखकर कोई सोच भी नहीं सकता था कि यह आदमी हाईस्कूल भी पास न होगा। वे बड़े करीने से विवाद के दौरान बीच का रास्ता निकालते। यही कारण था कि वहाँ बैठनेवालों में कभी किसी बात को लेकर मनमुटाव नहीं होता। बात-चीत के दौरान वे एक बार मँझले भाई को या मुझे जरूर बुलाते, ''जरा माचिस तो दे जा।''

मैं जैसे ही माचिस की डिबिया मेज पर रखकर मुड़ता, वे टोक देते, ''अरे सुन तो! मैं देख रहा हूँ, तेरा पाजामा भी फटा हुआ है और इस कमीज में भी खोंच लगी हुई है। कल भी तुमने यही पहना था। क्या तेरे पास और कपड़े नहीं हैं?''

''हैं तो, लेकिन इस वक्त तो जाना नहीं है कहीं।''

''अरे तो घर में नंगे घूमोगे?...क्या कहूँ मास्टर साहब, आप लोगों को? यही शिक्षा देते हैं अपने विद्यार्थियों को कि घर में नंगे घूमे, लेकिन अपने भाई से न कहे?'' वे कुर्सी पर बैठते और सौ का नोट मेरी ओर बढ़ाते, ''लो, जाओ और तुरन्त एक कुरता और पाजामा खरीदो।''

''आप भी हद कर रहे हैं साहब! सारी दुकानें बन्द हो चुकी हैं और आप कपड़े खरीदवा रहे हैं।'' कोई न कोई जरूर बोलता।

भाई साहब गम्भीर हो जाते, ''अच्छा तो कोई बात नहीं, उसे रखो, कल ले लेना।''

भाई साहब रुपए की ओर देखते हुए कहते, जैसे वह उनके लिए कोई अर्थ न रखता हो और बड़ी तुच्छ और हेय किस्म की चीज हो! वे अक्सर नोट को हाथ में

न पकड़ाते हुए फेंक देते। हम जानते थे कि यह नोट हफ्ते भर से बाजार में इसी तरह घूम रहा है और अभी घूमता रहेगा।

सबके चले जाने के बाद हम तीनों भाई खाने बैठते—आँगन में पीढ़े पर। खाने की मेज और कुर्सियाँ भी थीं लेकिन हॉल में। उनका उपयोग तभी होता, जब कोई मेहमान आता। खाते हुए अक्सर भाई साहब ही शुरू करते, "क्या कह रहे थे बाजार के लोग?"

"कुछ भी तो नहीं।"

"कुछ भी कैसे नहीं? यह हो नहीं सकता।"

"हो सकता है, कहा हो।"

"तुम लोग तो बहरे हो। कहा जरूर होगा।" वे प्याज दाँतों से काटते हुए बोलते।

हम चुप हो जाते।

"कहा होगा कि लोग अपने-अपने को बना करें। हवेली वालों की बात ही कुछ और है।"

"यह तो वे जानते ही हैं, इसमें कहने की कौन सी बात है?" साधो दबी जुबान से कहते।

भाई साहब थाली पटकते हुए भाभी पर चिल्लाते, "सब्जी नहीं थी, तो प्याज-कोहड़ौरी का चोखा नहीं बनाना था? साली की आदत हो गई है। जब देखो, तब टोर्रा नमक और प्याज की गाँठ रख देती है।"

वे गालियाँ देते हुए हवेली के लिए चल देते।

बहुत दिनों से मैं देखता आ रहा था कि रात में भाई साहब को नींद नहीं आती। वे चबूतरे पर लेटे-लेटे या तो आसमान ताका करते या खाँसा करते या उठ बैठते और टहलने लगते। मेरी समझ में नहीं आता कि उन्हें किस बात की चिन्ता या परेशानी है?

एक बार काफी रात गए मेरी नींद टूटी तो भाई साहब को सिरहाने लाठी रखकर बैठे हुए देखा। मैं उठकर उनके पास गया और चुपचाप खड़ा हो गया।

"बब्बन!" वे धीमी आवाज में बोले, "इन दिनों इस इलाके में सभी इज्जतदार और बड़े लोगों के घर में डाके पड़ रहे हैं और यहाँ कोई नहीं आ रहा है?"

उनकी बात मेरी समझ में नहीं आई, लेकिन अपने बाजार के ज्ञान के आधार पर कहा, "दादा, लोग कहते हैं कि उनके यहाँ डाके रुपये-पैसों के लिए नहीं, बन्दूक के लिए पड़ रहे हैं। आप निश्चिन्त रहें।"

भाई साहब थोड़ी देर चुप बैठे रहे, फिर बोले, "ठीक है, यही सही। परसों शहर जाऊँगा बन्दूक के लाइसेंस के लिए। जा, तू सो जा।"

मैं चुपचाप अपने बिस्तरे पर लौट आया।

[प्रभात खबर, 1990]

दौलत का दुखड़ा

नगर के मुख्य चौराहे के पहले ही दवाखाना है अब्दुल हलीम का। आसपास के जिलों के जाने-माने हकीम और यारबाश इंसान। रोड की ओर मुँह किए दवाखाना। उसके एक ओर गलियारा जिसमें मरीजों के बैठने की बेंचें पड़ी हैं और दूसरी ओर एकदम आधुनिक ढंग का सजा हुआ ड्राइंगरूम।

इस ड्राइंगरूम में हकीम फुर्सत के लमहों में गप्पें भी मारते हैं और खास मरीजों को भी देखते हैं। सच कहिए तो दिल का दौरा पड़ जाने के बाद से वे खास मरीजों को ही देखते हैं, बकिया मरीजों को उनका बेटा सँभालता है।

और खास मरीज इन दिनों एक ही जगह पैदा हो रहे हैं—भदोही में, जो इस मुल्क का कालीन उद्योग का सबसे बड़ा केन्द्र है और कम्बख्त रोग भी ऐसे-ऐसे हो रहे हैं कि सारी जिन्दगी दवा करते रहिए, ठीक होने का नाम ही नहीं लेंगे।

ऐसा ही एक मरीज शाम के वक्त तशरीफ लाया हलीम के दवाखाने में।

पहले उसके अर्दलीनुमा नौकर ने पर्दा खिसका के झाँककर देखा, ''हकीम साहब! साब बाहर गाड़ी में बैठे हैं।''

''कौन?'' हलीम ने पूछा।

''मिर्ची लाल सोनकर साब।''

''अरे!'' हलीम उठ खड़े हुए, ''हम तो शाम को आ ही रहे थे। उन्हें क्या जल्दी थी?''

हम ड्राइंगरूम से बाहर आए।

सड़क पर एक मर्सिडीज खड़ी थी और उसके पीछे टाटा सूमो।

टाटा सूमो के अन्दर से पहले दो गनर निकले, उसके बाद लिपटे हुए कालीन के भारी गट्ठर के साथ दो सेवक। वे गट्ठर उठाए सीधे ड्राइंगरूम में गए और रखकर बाहर आ गए।

फिर मर्सिडीज के अन्दर से सूट-बूट-टाई में एक युवक निकला और उसने सहारा देकर चिरकुट जैसे एक बूढ़े-से आदमी को बाहर निकाला। उस काले और दुबले-पतले आदमी के सिर के बाल उड़ गए थे। उसकी नाक तोते के ठोर की तरह ओठों पर झुक आई थी। उसकी आँखें सूजी और लाल थीं। वह घबराया हुआ भी था और परेशान भी। सीढ़ियों के ऊपर आने पर लगा कि बूढ़ा मालूम हो रहा है, है नहीं।

''फोन पर मैंने बता दिया था, आपने खामखाह तकलीफ की।'' हलीम जैसे माफी माँग रहे थे।

सोनकर ने सुनकर भी जैसे नहीं सुना। वह आया और सोफे पर इत्मीनान से ढह गया। जब साँसें सामान्य हो गईं तो उसने सूट वाले युवक को इशारा किया। वह बिना देर किए बाहर गया और तुरन्त दो बड़े-बड़े सूटकेस लिये हाजिर हो गया।

मेज पर दोनों सूटकेस रखकर वह एक कोने में खड़ा हो गया।

''तो आप मुझे देखें, इससे पहले इजाजत हो तो मैं कुछ कहूँ।'' उसने हकीम को देखने की जरूरत नहीं समझी और रूमाल से मुँह पोंछते हुए कहा, ''साहब, भगवान का दिया हुआ मेरे पास सब कुछ है—कार, बँगला, जमीन, नौकर-चाकर। आपकी दया से कालीन का एक बिजनेस भी है—छोटा-सा, एक्सपोर्ट-इम्पोर्ट का जिसके चलते महीने में एकाध बार विदेश का भी चक्कर लग जाता है। जौनपुर वाली रोड पर बसें भी चलती हैं और मिर्जापुर में ट्रकें भी। तो सब कुछ है आपके पास। अगर नहीं है तो एक मामूली-सी चीज—नींद।''

''जबकि साहब ने अपनी जिन्दगी कालीन के एक धागे से शुरू की थी। मजदूर थे। 'आइडियल कार्पेट' में। इसे पढ़िए...'' युवक ने हकीम के हाथ में कोई पत्रिका पकड़ाई—अंग्रेजी की, जिसमें सोनकर का फोटो भी था।

''बीच में मत बोलो। किसने कहा बोलने के लिए?'' सोनकर ने उसे डाँट पिलाई, ''तो आश्चर्य करोगे डॉक्टर कि मुझे कोई लत नहीं है—न दारू, न सिगरेट, न पान, न बीड़ी, न गाँजा, न भाँग। एक भी नहीं। डॉक्टर लोग हैरत में हैं। आज तक कोई नहीं समझ पाया कि ऐसा क्यों हो रहा है। जब मैं बताता हूँ कि पिछले डेढ़ साल से मैं सोया नहीं हूँ तो किसी को विश्वास नहीं होता। और साहब, मैं आपसे कसम खाकर कहता हूँ कि नींद तो नींद, इस दरमियान मुझे झपकी तक नहीं आई है। बस, देखिए, इसी तरह जम्हाई आती है—बार-बार...बार-बार...''

उसने जम्हाई ली और थोड़ी देर चुप रहा, ''मुझे पता चला कि आप बड़े नामी हकीम हैं। आपके हाथ में बड़ा जस है। सोचा, कौन जाने मेरी भलाई आप के ही भेस में छिपी हो! मैं बताता हूँ तो सुनकर लोग दहल उठते हैं कि अब तक जिन्दा कैसे हूँ? लेकिन सच कहिए तो मैं ही जानता हूँ कि किस तरह जिन्दा हूँ। मैं जानता हूँ कि आप मेरा ब्लड-प्रेशर जानना चाहेंगे, शुगर के बारे में पूछेंगे, ई.सी.- जी.सी. पूछेंगे। देखिए वे सूटकेस, डॉक्टरी रिपोर्टों से भरी पड़ी हैं। मैं जहाँ कहीं जाता हूँ, इन्हें साथ लिये जाता हूँ। मैं जहाँ कहीं जाता हूँ, पता कर रखता हूँ कि उस शहर का सबसे बड़ा डॉक्टर कौन है और उससे भी मिलने का मौका निकाल लेता हूँ।

''मेरे निजी डॉक्टर ने दो तरह से रिपोर्ट की फाइलें तैयार की हैं—एक, शहरों के हिसाब से और दूसरी, रोग के हिसाब से। एक फाइल न्यूयॉर्क, लन्दन, बम्बई, दिल्ली और बनारस की है और दूसरी सभी जाँच-रिपोर्टों की। ब्लड प्रेशर, शुगर,

खून, टट्टी, पेशाब आदि सबकी। और भगवान की लीला देखिए कि सब एन.ए.डी.। कोई रोग नहीं। एक से एक डॉक्टर ढूँढ़-ढूँढ़कर हार गए लेकिन कोई रोग नहीं। न हो, खुद देखिए अपनी आँखों से। पांडे, जरा वह सूटकेस तो देना डॉक्टर को।''

''न, अभी नहीं। इत्मीनान से देखूँगा। पहले सुन लूँ।'' हलीम ने सूटकेस उठाते युवक को रोका।

''हाँ, यह भी बताऊँ कि मैं सिर्फ डॉक्टरों-हकीमों के भरोसे नहीं रहा। लोगों ने सलाह दी झाड़-फूँक की, साधु-महात्माओं-बाबाओं के दर्शन की। मैंने वह सब भी किया। एक-एक बाबा के यहाँ गया। शायद ही कोई छूटा हो। उनके दर्शन किए, पूजा-पाठ तो करता ही रहता हूँ, उनके कहने पर दान-दक्षिणा दी, मन्दिर बनवाए, तालाब खुदवाए, हवन-यज्ञ भी कराए, मगर कोई फायदा नहीं। जो जैसा करने के लिए कहता है, वैसा करता हूँ, मगर कोई फायदा नहीं। और आज...तुम नहीं समझ सकते डॉक्टर कि मेरी हालत क्या है। पूरा शरीर थर-थर काँप रहा है, दिल धड़क रहा है, मन में बेचैनी है, खड़ा नहीं हुआ जाता। थोड़ी देर के लिए थककर आँखें बन्द कर लेता हूँ तो डर लगने लगता है—कभी मेरे भीतर एक साथ पचासों बसें दौड़ने लगती हैं, कभी पचासों ट्रकों से भिड़ जाती हैं, कभी जहाज चक्करघिन्नी की तरह चक्कर काटता है, कभी बुनकर और ड्राइवर अपने-अपने औजारों के साथ...''

''यही नहीं, साहब ने वह-वह भी किया जो ज्योतिषियों ने कहा।'' युवक ने सोनकर को याद दिलाया।

''हाँ, तांत्रिकों और ज्योतिषियों की तो पूछिए ही मत। ये उँगलियाँ देख रहे हैं? अँगूठों को छोड़कर कोई ऐसी उँगली नहीं जिसमें रत्न न हो। शान्ति के लिए जो-जो कहा, सो-सो किया और यह देखिए,'' उसने अपने कोटा सिल्क के कुर्ते के सारे बटन खोले और बाँहें चढ़ाईं। ''बाँहों में ये गंडे और ताबीज देखिए और ये मालाएँ...। इतनी हैं कि गरदन दर्द करने लगती है बोझ से। एक ज्योतिषी ने कहा कि तुम्हारे बँगले की नींव में हड्डियाँ हैं, उन्हें बाहर करो। आप यकीन नहीं करेंगे, मैंने अपना एक करोड़ से ऊपर का बँगला ही ढहा दिया। आदमी घर खड़ा करता है सुख-चैन के लिए, अगर वही नहीं तो धन-दौलत, जमीन-जायदाद किस काम की? सो उसे ढहा भी दिया और छोड़ भी दिया लेकिन इस दूसरे बँगले में भी वही हाल...अब आप की शरण में आया हूँ नाम और जस सुनकर।''

''आप परेशान न हों, कुछ नहीं है आपको'' हलीम ने गुरु-गम्भीर भाव से ढाढ़स बँधाते हुए कहा, ''अल्लाह चाहेगा तो सब ठीक हो जाएगा।''

''इसी उम्मीद में तो आए हैं साहब।'' उसने खुश होने के बजाय दुखी होते हुए कहा, ''अब आप भी वही कह रहे हैं जो और सभी डॉक्टर कहते हैं। कुछ नहीं है साहब! कुछ नहीं है तो मेरी यह हालत क्यों है?''

''दिल छोटा मत कीजिए, इधर आइए, पहले देखूँ तो।'' हलीम हँसने लगे।

वह उठते-उठते बैठ गया, "अरे, जरा इनको देखिए। यह क्या कर रहे हैं महाराज?" उसकी सहसा ऊँची आवाज सुनकर मैं सीधा हो गया।

हुआ यह था कि सोनकर की एकरस और बोरियत भरी बातों ने सहानुभूति के बजाय मेरे भीतर ऊब पैदा कर दी थी। मैं कुछ देर तो उसके जीवन-चरित्र वाली पत्रिका उलटता-पलटता रहा, फिर उसे एक किनारे रखकर सोचने लगा कि क्या करूँ—चलूँ या बैठूँ? इसी सोचने में पल भर के लिए पलक झपक गई थी शायद।

"यही, बस, यही मुझसे बर्दाश्त नहीं होता डॉक्टर। अभी इसी गर्मी की बात है, मैं लखनऊ गया था। जिस होटल में ठहरा था, उसकी दूसरी मंजिल पर मेरा कमरा था। कमरे के आगे एक छोटा-सा बरामदा था जिसमें खड़ा होने पर सड़क और सड़क के आगे का खुला मैदान साफ नजर आता था। मैं अपने कमरे में सोने के लिए तड़प रहा था। दोपहर के दो बजे थे, समझिए। बाहर लू चल रही थी लेकिन कमरे में ठंड थी—और ठंड भी कूलर की नहीं, ए. सी. की। मैं कभी आरामकुर्सी पर लेटता था,कभी सोफे पर बैठता था, कभी बेड पर लेटकर आँखें भींच लेता था। बस, समझिए कि छटपटा रहा था। हमेशा की तरह नींद मालूम होती थी लेकिन आती नहीं थी। मन करता था—फूट-फूटकर रोऊँ, खूब ऊँची आवाज में चीखूँ-चिल्लाऊँ...। जब मुझसे रहा नहीं गया तो मैंने दरवाजा खोला। आँच और लपट और धूल-धक्कड़ से एक बार हिम्मत छूट गई लेकिन मैं अन्दर नहीं रह सकता था। जैसे हर चीज मुझे नोच-बकोट रही थी। मैं साहस के साथ आगे बढ़ा और रेलिंग के सहारे खड़ा हो गया। और मैंने जो देखा—अब क्या बताऊँ डॉक्टर!" उसका स्वर बदल गया—उदास और भारी। "सारी जिन्दगी मैं नहीं भूल सकता उस नजारे को। सड़क के उस पार नीम के पेड़ के नीचे रिक्शे पर टाँगें फैलाए एक आदमी लेटा था। आदमी क्या, मेरी ही उम्र समझिए। यही कोई चालीस-पैंतालीस। और लेटा भी क्या था, सोया था। एकदम नंग-धड़ंग—सिर्फ कच्छा पहने हुए। लू-लपट, अन्धड़ का कोई असर नहीं। यही क्यों, आते-जाते रिक्शों की घंटियों, कारों और ट्रकों के हॉर्नों और खड़खड़-भड़भड़ का कोई असर नहीं। वह सोया है तो सोया है। दुनिया का कोई गम नहीं, कोई चिन्ता नहीं। ऐसी गहरी नींद और ऐसी निश्चिन्तता।

"डॉक्टर!" उसका स्वर भर्रा आया, "सच कहता हूँ डॉक्टर, मेरी इच्छा हुई कि रेलिंग से कूदकर दौड़ता हुआ जाऊँ और उसके पैरों पर गिरकर उससे कहूँ कि भैया, तुझे जो भी लेना है, जितना कुछ, बल्कि सारा का सारा ही मुझसे ले ले, अपनी नींद का जरा-सा हिस्सा मुझे दे दे। इधर देख। बस, इत्ता-सा!"

कहते-कहते वह हिचकियाँ लेने लगा। उसकी आवाज फट गई थी और आगे बोलना उसके लिए मुमकिन न था।

संयोग से उसी समय डॉक्टर का नौकर कॉफी और स्नैक्स के साथ कमरे में घुसा। हमने अपना-अपना प्याला उठाया। उसने हाथ जोड़े और नाक सुड़कने लगा।

प्यालों के उठने और रखने की आवाजों ने बोझिल और उदास वातावरण को जब कम किया तो मैंने आदतन मजाक में कहा, ''यहीं चूक हो गई आपसे। जाकर आपको कह देना चाहिए था।''

''मसखरी।'' उसने मुझे गौर से देखा और समझाने की कोशिश की, ''देखिए, मरीज के साथ मसखरी मत कीजिए। मुझ पर रहम खाइए और कुछ कर सकते हों तो कीजिए।''

''आप भी हद करते हैं सोनकर साहब!'' मैं भी गम्भीर हो गया, ''अरे, था तो रिक्शावाला ही, माँगता भी तो क्या माँगता?''

''अधिक से अधिक टेम्पो। (थ्री व्हीलर)'' हँसते हुए हकीम बोले।

''दे देता मैं। सच कहता हूँ, तुरन्त दे देता, उसी क्षण। पलभर भी देर न लगती।'' वह सहज हो गया।

''अगर उससे कहीं बड़ी चीज माँगता?''

''जैसे?'' उसने मुझसे पूछा।

''जैसे सिगरा वाला शो-रूम और शॉप या लखनऊ में ही लेना हो तो हजरतगंज वाला शो-रूम और उसके साथ लगी शॉप?''

वह मुस्कराया, ''देखिए, वह भी दे देता। जहाँ-जहाँ दो-चार शो-रूम हैं या दुकानें हैं या होटल हैं, उनमें से एक-आध चला ही जाए तो उससे क्या? लेकिन सच कहता हूँ, आँखों के आगे उसका भट्ठा बैठता या दिवाला पिटता देखकर तकलीफ होती। शो-रूम मेन्टेन करना रिक्शावाले के बस का है क्या? वह कितना जानता है बिजनेस के बारे में?''

''जब आपने दे दिया तो भट्ठा बैठे, दिवाला पिटे या जहन्नुम में जाए, आपसे क्या मतलब?''

''ठीक कहते हो आप। दे दिया तो दे दिया। चलो, तुम्हारी ही बात सही।'' लेकिन कहते-कहते वह रुक गया—थोड़ी देर के लिए, फिर बोला, ''गारन्टी कौन लेगा? लोगे आप?''

''कैसी गारंटी?''

''हम शो-रूम भी दे दें और नींद का भी यही हाल रहा तो?'' सहसा उसके तेवर बदल गए, ''देखिए जनाब! हम बनिया हैं, कोई दानवीर कर्ण नहीं। हमारा पहला उसूल होता है कि सौदे में फायदा हो न हो, नुकसान नहीं होना चाहिए।''

''तो यह आपकी नजर में सौदा है? जबकि आपने कहा—माँगो, और उसने माँग लिया।''

'' 'बदले में' मत भूलिए, मैंने 'बदले में' कहा।''

''ठीक है।'' मुझे हँसी आ गई, ''मैं गारंटी लेता हूँ लेकिन शो-रूम पर नहीं। आपने उससे कहा, 'सारा का सारा।' थोड़ी देर पहले यही कहा था न?''

‘‘हाँ, कहा था।’’ उसने उसी दृढ़ता से कहा।

‘‘और वह सारा कुछ माँग ले तो ?’’

‘‘देखो साब। वह तो मुमकिन नहीं। सारा का सारा कैसे दिया जा सकता है ? अकेले मेरा तो है नहीं। कई हिस्सेदार हैं, कइयों के शेयर हैं—देश के, विदेश के, नाते-रिश्तेदारों के, बेटे-बेटियों के, संगी-साथियों के, बीवी के। अकेले मेरा तो है नहीं सारा कुछ ?’’

‘‘आप अपना शेयर तो दे सकते हैं ?’’

‘‘साहब, गजब के आदमी हो आप भी। आप चाहते हैं, उसकी भी नींद हराम हो ?’’

‘‘उसकी हराम हो, हो। आप क्यों चिन्ता कर रहे हैं ? आप तो चैन से सोएँगे ?’’

वह ठठाकर हँसा और देर तक हँसने के बाद बोला, ‘‘आप भी क्या मजाक करते हैं ! देख रहे हैं डॉक्टर साहब ? सब कुछ गँवाने के बाद कहीं नींद आती है ?’’

मैं भी उसकी देखा-देखी हँसा लेकिन खिसियानी हँसी। अपनी बेवकूफी पर क्योंकि गरज उसकी थी, मेरी नहीं। नींद उसे चाहिए थी, मुझे नहीं और कौन जानता है कि रिक्शावाला इनमें से कुछ न माँगता और सीधे-सीधे कहता कि सोनकर साहब ! आप खुद इस दुनिया के सबसे निरीह और दयनीय प्राणी लग रहे हैं। आपसे कोई क्या माँगेगा ?

‘‘खुदा हाफिज, डॉक्टर साहब !’’ मैं चलने के लिए खड़ा हो गया।

‘‘ऐसे, साहब ! क्या नाम बताया आपने ? सुनील ! तो सुनील साहब ! आप तो पढ़े-लिखे हैं। आपको क्या बताना ! लेकिन ऐसी चीजें पैसों या सामानों के बदले मिलतीं तो मेरे पास इस वक्त नींद का सबसे बड़ा जखीरा होता।’’

[परिवेश, 1997]

खरोंच

“का रजा कासी, कुत्र हालं चालं?”
“सब ठीकं ठाकं?”
“अती उत्यं?”
“जी हाँ, अति उत्तम।”

कासी गुरु मगन थे।
पहली-पहली नौकरी और वह भी अपने ही गृह जनपद में
अट्ठाईस साला कासी गुरु मगन थे।
मस्त और चकाचक।
इतने विनम्र हो गए थे कि उनकी नजरें
सिर्फ दो ही चीजों पर जा रही थीं—
छोटों की बाछें और बड़ों के चरण।

जब वे बनारस में ज्वाइन करने के लिए चले थे
तो माँ-बाप और दोस्तों ने अपने अनुभवों से हिदायतें दी थीं—
देखो, गंगा नहाने जाना तो सिर्फ कपड़े-लत्ते लेकर जाना,
रुपए पैसे नहीं।
मन्दिरों में जाना तो जूते-चप्पल झोले में डाल लेना।
बाहर मती छोड़ना,
भीड़ में मोबाइल ऊपर सामने की जेब में रखना
बगल में या पीछे नहीं।
साइकिल अगर हो तो हमेशा डबल लाक
अगर रोड पर या कहीं और छोड़ना पड़े तो नजर में रखना,
बाकी तो अपहरण का डर नहीं
क्योंकि तुम डॉक्टर, इंजीनियर या ठेकेदार नहीं हो,
और ‘सुपारी’ का तो सवाल ही नहीं

क्योंकि तुम्हारा कभी किसी से लफड़ा ही नहीं रहा है।

पिता ने हिदायतें नहीं दी थीं, सिर्फ संस्कार याद दिलाए थे
कि न भूलना कि गरीबी में पले-बढ़े हो,
कि दीन-दुखियों की मदद करना,
कि दूसरों के साथ सुख-दुख बाँटना,
कि औरों की बरक्कत में ही अपनी भी बरक्कत समझना
आदि आदि...।
इस तरह मस्त और चकाचक थे कासी गुरु बनारस में
छोटी-सी नौकरी
किराये का डेरा
'हाउस वाइफ' बीवी
'लोन' की मोटरबाइक
मोटरबाइक नहीं, पहले साइकिल!
मोटरसाइकिल का ये है कि डेरा जो मिला था वह ऑफिस से घंटे भर दूर
अक्सर लेट पहुँचते और डाँट खाते।
आजिज आकर बॉस ने बुलाया और समझाया, "साइकिल छोड़ो!
बैंक से लोन लो और खरीदो मोटरबाइक!
तुमसे न हो तो कहो, मैं दिला दूँ लोन!"
सो, आ गई बाइक हीरो होंडा एक पंदरहिया के अन्दर
बीवी दुलारी भी बैठती चिपककर हीरो के साथ छुट्टी के दिन
और घूम आती 'काशी चाट भंडार' और 'आई.पी. माल'
सच कहिए तो मौजा ही मौजा!

कासी गुरु जितना बाइक पर चढ़ते नहीं,
उससे ज्यादा उसे नहलाते-धुलाते
पोंछते-पाँछते गो-सेवा भाव से।
क्या-क्या नहीं किया उन्होंने उसे खरोंच से बचाने के लिए!
यहाँ तक कि ऑफिस के लिए वे 'शार्टकट' छोड़ लम्बा रास्ता पकड़ते
उसी रास्ते घर लौटते और फिर घर से ऑफिस जाते।
ग्यारह महीने हो गए थे बाइक के
लेकिन कोई भी देखता तो पूछे बगैर न रहता,
'अरे गुरु, किस दिन खरीदा यह उड़नखटोला?'

तो एक दिन वे उसी रास्ते घर से ऑफिस जा रहे थे

कि लड़ गए रवीन्द्रपुरी चौराहे पर!
उस दिन न दुलारी को छींक आई थी, न बिल्ली ने रास्ता काटा था
लेकिन लड़ गए तो लड़ गए, वह भी साइकिल से।
(कहना मुश्किल है कि बाइक साइकिल से लड़ी या साइकिल बाइक से)
ऐन वक्त पर कासी गुरु ने ऐसा ब्रेक मारा कि बाइक स्टैंड स्टिल!
गुरु के मुँह से गुस्से में अपने-आप निकला, "सालो! अन्धे हो क्या? दिखाई नहीं पड़ता?"
उन्होंने वही गाली दी जो कभी-कभी कार वाले उन्हें देते थे।

जेठ की साँय-साँय दुपहरिया
सुनसान चौराहा
चारों तरफ सन्नाटा
न कहीं कोई आदमी, न जन
चिड़िया का पूत भी नहीं
धधकती धूप में उजाड़, वीरान, निर्जन दूर-दूर तक फैली कॉलोनी।

वे लड़के थे तेरह-चौदह साल के नादान
गली से आए थे
एक चला रहा था, दूसरा आगे साइकिल के डंडे पर बैठा था
गलती उन्हीं की थी
लेकिन जाने क्या हुआ कि साइकिल नाचकर गिरी बाइक के आगे
और लड़का उछलकर वहीं धम्म।
दूसरा घिसटता हुआ फुटपाथ के पास मोरी तक चला गया
बाइक के पास गिरा लड़का पीली शर्ट में था और मोरी वाला लाल।
पीली शर्ट वाला चीखा, छटपटाया और बेहोश हो गया।
लाल वाले को कहीं गहरी चोट लगी थी
वह कुछ देर हाथ-पाँव पटकता रहा
फिर तड़पता हुआ शान्त हो गया।

कासी गुरु की बाइक स्टार्ट की स्टार्ट ही थी,
वे यह कहते हुए आगे बढ़ चले कि "सालो! मरो, अपन चलते हैं।"

वे मुश्किल से दस कदम बढ़े थे कि बाइक पर 'खरोंच' की चिन्ता ने उन्हें खड़ा कर दिया। वे उतरे, घूमकर जायजा लिया। सब 'ओक्के' था।

जब वे दुबारा चढ़ने के लिए पैर उठा रहे थे, उनके अन्दर कहीं सनसनाहट हुई, कोई चीज कुनमुनाई, हिली-डुली और आँखें खोलकर बैठ गई—दयावान थी, सहृदय थी, करुणा कातर थी वह चीज। उन्हें लगा, इसे ही आत्मा कहते होंगे। उसके भीतर से उनके लिए धिक्कार उठी—अरे भलेमानस, वे बच्चे जलती सड़क पर तड़प रहे हैं और तू भाग रहा है? इन्सानियत खत्म हो गई है क्या दुनिया से? क्या उन्हें किसी डॉक्टर के यहाँ नहीं ले जा सकते? कुछ नहीं करते तो कम-से-कम ए. टी.एस. के टीके तो लगवा देते। और ले भी कहाँ जाना है? जहाँ खड़े हो, वहीं से सामने देखो बड़ी सी होर्डिंग—'जीवन रेखा क्लीनिक'। (24 घंटे सेवाएँ उपलब्ध)

कासी गुरु लौट पड़े।

फुटपाथ की नाली पास ही थी। बाइक खड़ी की और झुके।

शायद चोट अन्दरूनी थी, बाहरी नहीं।

लड़के का चेहरा कीचड़ में लिथड़ गया था, पहचान में नहीं आ रहा था कि कौन है, कैसा है? कुछ पूछने पर गुगुआने लग रहा था, साफ बोल नहीं पा रहा था। वह जब-तब इशारा कर रहा था उँगली से पीली शर्ट वाले लड़के की ओर जो अचेत पड़ा था। गुरु ने जब उसे उठाना चाहा तो उसने कराहते हुए किसी तरह सिर्फ इतना कहा कि "मुझे छोड़ो, पहले उसे देखो। मर रहा है वो।"

कासी गुरु का जी 'धक' से हो गया।

किस मुसीबत में फँसे वे?

वे उसे छोड़कर इधर आए।

"खून तो नजर नहीं आ रहा है। इसका मतलब, कुछ टूटा-फूटा नहीं है।" गुरु ने खुद से कहा। उनकी जान में जान आई। लड़का जलती कोलतार की सड़क पर औंधे मुँह पड़ा था साइकिल के पास। सिर और मुँह को गमछे में लपेटे। बदन और टाँगों में कोई हरकत नहीं। गुरु उसे पलटने के लिए जैसे ही बैठे, वैसे ही चिल्लाया वह, "पकड़ो! पकड़ो! बाइक लेकर भाग रहा है भोंसड़ी के!"

गुरु भौंचक! उठे और गली की तरफ भागे। देखा कि वह बाइक स्टार्ट करके तेजी से गली में घुस रहा है। वे वहाँ तक दौड़े हुए गए जहाँ गली कई गलियों में बँट रही थी। वे हाँफ रहे थे और तय नहीं कर पा रहे थे कि किस गली में देखा जाए। इधर या उधर या किधर? जब निराश वापस होने लगे तो सहसा आशा की एक किरण फूटी गुरु की आँखों के आगे कि जाएगा तो किधर जाएगा बाइक लेकर। उसका जोड़ीदार और साइकिल तो उनके कब्जे में है।

बिना समय गँवाए हड़बड़-हड़बड़ जब गली के मुँहाने पर पहुँचे तब देखा—वहाँ न वह लड़का है, न साइकिल। वे चकित और स्तब्ध। अब क्या करें?

वे धीरे-धीरे चलकर उस जगह आए जहाँ साइकिल थी और वह लड़का था—

शायद कोई सुराग छूटा हो। मगर वे लड़के अनाड़ी नहीं थे। खाली जगहें छोड़कर कुछ नहीं छोड़ा था उन्होंने।

कासी गुरु चौराहे पर देर तक खड़े रहे—चुपचाप।

आसमान आग बरसा रहा था और गुरु झुलस रहे थे लेकिन खड़े थे और खड़े रहे।

सड़कें वीरान थीं, बस्तियाँ उजाड़ थीं, हवाओं के थपेड़े कहीं नहीं थे।

चिल्लाएँ भी तो कहीं कोई सुनने वाला नहीं। कहीं पेड़ भी नहीं जो पत्ते डुला सके। मोटरसाइकिल की चिन्ता पीछे छूटने लगी थी अब। वह गई तो गई। बड़ी चिन्ता यह थी कि बीच में यह ससुरी 'आत्मा' कहाँ से चली आई? अगर वह इसी तरह रह गई तो अभी आगे जाने क्या-क्या अनर्थ करेगी!

काश! इसके बारे में भी कभी किसी ने चेताया होता।

[तद्भव, 2011]

बीमारी

जैसे ही मैं दफ्तर से लौटा और उदास हुआ कि सोनी गले में बाँहें डालकर झूल गई। बोली, "चलो न, कल हम भी सारनाथ घूम आएँ?"

मैंने उसे बाँहों में लिया। फर्श पर खड़ा कर दिया और खुद कुर्सी पर बैठ गया। इत्मीनान के साथ। वह भी बैठ गई। मेरी जाँघ पर कुहनी टिकाए। फिर माथे पर झुक आए मेरे बालों को उँगली में लपेटने लगी।

"सुबह चलेंगे और शाम तक लौट आएँगे।"

मैंने सोनी को देखा। वह कितनी प्यारी है! कितनी खूबसूरत! चूम लो तो शरमा जाए। मुस्करा दो तो गोद में आ जाए। गम्भीर हो जाओ तो रोने लग जाए सोनी!

"क्यों न रात भी वहीं बिता दें? खुले में? आकाश के नीचे?" मैं हँसा और उसकी नाक पकड़कर हिला दी।

"दत्, तुम तो मजाक करने लगे!" उसने मुँह बनाया।

"नहीं, सच कहता हूँ।"

वह गम्भीर हो गई। थोड़ा शरमाई भी!

"ऐसा अगर हो सके तो फिर क्या कहना?"

मैं कमीज के बटन खोलने लगा, "अच्छा, आज कोई डाक आई है?"

"ऊँ...हूँ।" उसने लापरवाही से सिर हिलाया।

सोनी उठ आई। उसने टाई खोली। कमीज उतारी। फिर पैंट का बकसुआ ढीला करने लगी, "यहाँ से बसें कब-कब जाया करती हैं?"

"बसों की चिन्ता न करो। दिन-भर जाती हैं। हमेशा। मगर चाय ले आओ।" मैं मुस्कराया।

वह सारे कपड़े लेकर अन्दर गई। थोड़ी देर में चाय ले आई। साथ में टोस्ट भी!

"तो दोपहर की क्या व्यवस्था रहेगी—वहीं बनाएँगे या यहाँ से कुछ ले चलेंगे?"

"पहले बैठ जाओ।" मैंने उसे पकड़ा और अपने आगे बिठा दिया। फिर थैला खोला। उससे एक मोटी फाइल निकाली और सोनी के आगे रख दी।

उसने मुझे देखा।

"तुम्हें पता है, इस बीच मेरे जिम्मे कितने काम हैं?" मैं बोला।

सोनी ने सिर झुका लिया और धीरे से पूछा, "टोस्ट और ले आऊँ?"

शाम को मुझे एक दोस्त के यहाँ जाना था। चला गया। रात को बाहर ही टहलता रहा। काफी देर तक। कुछ रात गए घर पहुँचा। सुना, सोनी बीमार है।

'अचानक यह कैसे हुआ?' मैंने सोचा। उसका माथा छुआ। बुखार नहीं था। लेकिन आँखें चढ़ी थीं। ओठ भिंचे थे। भीतर कहीं न कहीं गहरी पीड़ा है, मैंने अनुमान लगाया।

उसे किसी करवट चैन न था।

मैं सिरहाने बैठ गया और उसका सिर सहलाने लगा, "अच्छा हुआ जो सारनाथ की योजना नहीं बनी...।" मैंने कहा और झुककर उसके ओठ चूम लिये।

सुबह सोनी में कोई फर्क नहीं आया। घबड़ाकर डॉक्टर के यहाँ ले गया। दवाएँ दिलाईं। लेकिन सोनी पर कोई असर न हुआ। उसके बाद दो-एक और डॉक्टरों को दिखाया।

"हाँ, कुछ है जरूर। और सम्भव है कि गम्भीर हो!" सबने चिन्ता में सिर हिलाया। दवाएँ भी दीं। किन्तु सोनी कमजोर होती गई। मैं चिन्तित होता गया।

"तो तुम खुद चाहते हो, मैं न रहूँ?" एक रात सोनी ने कहा।

"यह तुम कैसी बात करती हो?"

"तुम्हारी तो दूसरी शादी हो जाएगी लेकिन मैं..." वह रोने लगी।

मैंने उसका सिर अपनी गोद में लिया। दुलार में गाल थपथपाये। बालों में उँगलियाँ कीं। फिर चुप कराया, "ऐसा नहीं कहते!"

लेकिन वह धीरे-धीरे काफी रात तक सिसकती रही।

दूसरे दिन मैंने सोनी को साथ में लिया। डॉ. राय शहर के डॉक्टर हैं। बड़े मशहूर और काबिल। उनके पास गया।

"कहिए?" डॉ. राय मुस्कराए।

"डॉक्टर साहब, यह सोनी है। मेरी पत्नी।"

"अच्छा, अच्छा। कहो बेटी, तुम्हें क्या तकलीफ है?"

"जी..." और सोनी ने बताया।

डॉ. राय ने आँखों के कोए देखे।

"जरा मुँह खोलना तो!"

डॉ. राय ने टॉर्च जलाई।

"जरा जीभ निकालो।"

उसने जीभ निकाली।

"हाँ-हाँ, बहुत अच्छा। भूख लगती है?"

''नहीं।''

डॉ. राय ने पेट दबाया। फिर थपथपाया।

''पेट में कब्ज रहता है?''

''जी नहीं।''

''मेन्सेज ठीक समय पर होता है?''

सोनी ने सिर झुकाया और मुझे देखा।

''जी हाँ।'' मैंने कहा।

''होने के पहले दर्द भी होता है?''

''जी नहीं।'' मैं ही बोला।

''रंग कैसा होता है?'' डॉ. राय ने सोनी को देखा।

उसने एक छोटा-सा जवाब दिया।

फिर डॉ. राय ने मात्रा के बारे में पूछा :

उसने भी कुछ हाँ-हूँ किया।

''सुबह कै भी महसूस होती है?''

''जी नहीं।''

''अच्छा, ठीक है। ठीक है। समझा!''

डॉ. राय चिटकियों में माथा रगड़ने लगे। कुछ देर तक सोचा। फिर फुसफुसाए?

''देखो, निश्चिन्त रहो। तुम्हें कहीं कुछ नहीं है—हाँ?'' उन्होंने घसीटकर एक नुस्खा लिखा और दिया, ''ऊपर की टिकिया। सुबह, दुपहर, शाम। एक-एक। दिन में तीन बार। और नीचे यह पीने की दवा है। रात में सोने से पहले। एक चम्मच।''

हम उठे।

''शनिवार को खबर कर देना। वैसे तुम्हें कुछ नहीं है।'' डॉ. राय ने विश्वास दिलाया।

हम दवाखाने से बाहर आए। आम सड़क पर।

''देखा? डॉक्टर अच्छा है।'' मैंने कहा।

''जिसे यह तक नहीं मालूम कि कौन-सा रोग है?'' सोनी बोली।

मेरा रहा-सहा उत्साह समाप्त हो गया। बात भी ठीक थी। अगर कुछ नहीं है, तो झूठे ही इतने डॉ. परेशान हुए? और राय ने भी तो साफ-साफ नहीं बताया कि क्या है।

हमने दवाएँ खरीदीं और रिक्शा लिया।

मैंने सोनी को देखा। पीला मुरझाया हुआ चेहरा। सूखे ओठ। आँखों के नीचे उगता नीलापन। एक अजीब-सी खामोश उदासी। मैंने एक लम्बी साँस ली। आँखें भींग आईं। 'मेरी सोनी!' मैंने मन में कहा। लगा, वह मुझसे छूट जाएगी। मैं अकेला रह जाऊँगा। हमेशा के लिए अकेला। मैंने अपने काँपते हाथों में उसका

हाथ लिया। सहलाता रहा—धीरे-धीरे। आत्मीयता से भर उठा। सड़क पर आते-जाते हँसते लोगों के बीच सबसे दुखी व्यक्ति मैं हूँ—मैंने सोचा। मुझे बीती बातें याद आने लगीं।

मैं अपना हाथ पीछे ले गया। फिर अपनी बाँह में उसके शरीर को घेर लिया। वह मुझसे सट आई।

आगे क्षण-भर के लिए रिक्शा रुका। भीड़ थी।

''शहर में बड़ी भीड़ है!'' सोनी बोली।

''हाँ, ये शायद सारनाथ के यात्री हैं।''

सोनी की साँसें मेरे गले पर तेज हो गईं।

''सावन अभी कितने रोज है?'' उसने थकी आवाज में पूछा।

सोनी पहले कभी सारनाथ जाना चाहती थी। मुझे स्मरण आया। मैं नहीं जा सका था। मैंने उसे देखा। देखता रहा। सोचा, पता नहीं सोनी का अब क्या होगा?

मैं दुखी हो आया, ''तुम अच्छी हो जातीं तो किसी दिन सारनाथ हो आते!''

''क्या सच कह रहे हो?'' उसने सिर उठाया!

मैं हँसा—उदास हँसी, ''पगली, पहले अच्छी तो हो जा!''

''मुझे हुआ क्या है? ठीक तो हूँ?'' उसकी आँखें चमक उठीं।

''ईश्वर करे, तुम्हें कुछ न हुआ हो!'' मैंने उसे धीरज बँधाया! कुछ देर तक चुप्पी रही।

''तो कब चल रहे हो?'' वह फिर बोली।

मैं मुस्कराया, ''मेरा क्या है? तुम अभी ठीक हो जाओ, अभी चलूँ। कल हो जाओ, कल। परसों हो जाओ, परसों।''

''तो चलो न, कल चलें!''

''कल?'' मैं चौंका।

लेकिन सोनी अपनी माँग के साथ पूरी स्वस्थ हो आई थी। उसके चेहरे पर बीमारी का कोई लक्षण न था। पीड़ा की कोई रेखा न थी। वह प्रसन्न थी और मुझे जोह रही थी।

''क्यों, तुम नहीं चाहते, मैं कल तक अच्छी हो जाऊँ?'' उसका सारा प्यार स्वर में भर आया।

''मैं...'' मैं चुप हो रहा।

''यों भी आज सुबह से कुछ कम पीड़ा है।...जरा वह टिकियावाली दवा तो देना!'' और सोनी ने अपने पासवाली मेरी जेब में हाथ डाल दिया! उस जेब नें डॉक्टरों के पुरजे और दवाखानों की रसीदें थीं।

मैंने टिकियावाली जेब उसके आगे कर दी!

[1964 सन्दभ]

हरी घास पर

वह समानान्तर खड़ी ऊँची चारदीवारियों के बीच की कच्ची सड़क से सामने खुले हुए मैदान की ओर बढ़ रही है चुपचाप। उसके पीछे एक लड़का है—पॉल।

उनके चेहरे, पहनावे, बातचीत के ढंग और तौर-तरीके से साफ है कि वे इस शहर के नहीं हैं। यह भी साफ है कि वे दोनों किसी एक शहर के नहीं हैं। अभी 'रिबेका' में जब उनका आपस में परिचय हुआ तो उन्हें खुशी हुई थी कि वे इस शहर के लिए भी नए हैं और एक दूसरे के लिए भी।

''समय होता तो हम नदी के पार चलते।''

''हाँ, जरूर चलते।'' क्षमा कहती है।

पॉल रह-रहकर उसे देख रहा है। कुछ इस तरह देखना चाहता है कि क्षमा भाँप न सके। उसका अनुमान है कि यह लड़की जैसी दिखनेवाली औरत भीतर कहीं-न-कहीं बेचैन है।

''तुम्हारे साथ यहाँ और कौन है?''

''माँ है।'' क्षमा उत्तर देती है।

''और कोई है?''

''नहीं।'' और क्षमा बताती है कि वह यहीं सेंट्रल होटल में ठहरी है और आज ही रात किसी गाड़ी से दिल्ली चली जाएगी जहाँ उसके पति हैं।

''मुझे भी आज़ ही जाना है—बर्दवान।'' पॉल कहता है। उसकी बातों से ज्ञात होता है कि वह भी बनारस घूमने के इरादे से रह गया था।

''चारदीवारियाँ समाप्त होतीं हैं और यहाँ से मैदान शुरू हो रहा है।''

''यह मैदान किसलिए है?'' क्षमा हरी घासों पर चलती है।

पाँवों के नीचे घास दबती है। फिर खड़ी हो जाती है। वह खुश होती है। चप्पल निकालती है और नंगे पाँव चलने लगती है। चलती हुई वह गोलाइयों में घूमती है।

''देखो, इस तरह चलो, ऐसे, बड़ा अच्छा लगता है। चलो।''

पॉल वहीं रुककर आगे-पीछे चलता है।

''ना, वैसे नहीं, जूता खोल दो।''

पॉल केवल मुस्करा देता है।

खाली बादलों से छितराए आकाश के नीचे खुला मैदान। हरी और फैली हुई घास। मैदान के थोड़ा आगे चौड़े और काफी ऊँचे ढूहों की उठती-गिरती कतार— जैसे छोटी पहाड़ियों की कोई टुकड़ी! उन पर धूप तेज और चटक लग रही है।

''गुड, वेरी गुड!'' क्षमा के मुँह से निकलता है, ''पॉल, वह धूप तो देखो, उधर, वहाँ।''

पॉल उधर ताकता है।

सूरज डूब रहा है। उसकी पीली धूप मैदानों में फैल रही है।

वे मैदान पार करते हैं। वहाँ एक-दूसरे से हिली-मिली कई ढूहें हैं। उन पर कहीं-कहीं झरबेरियों और ढेरे के पौधे हैं। छोटे-छोटे और बेतरतीब। पत्थरों की मामूली पट्टियाँ हैं और वे मैली हैं।

वे किनारे वाले सबसे ऊँचे ढूह पर चढ़ते हैं और बैठ जाते हैं। सूरज की धूप उनकी पीठ पर गिर रही है।

क्षमा खड़ी होकर चारों ओर देखती है। ढूह से अलग अमरूद का बगीचा है— बड़ा और सघन। उस बगीचे के इधर सीमेंट की एक लम्बी रेंगती-सी पुलिया है। सामने दूर तक फैला हुआ मैदान है। मैदान में खेतों की छोटी-छोटी क्यारियाँ हैं। उनमें तीसी, सरसों और गेहूँ लगे हैं। बीच-बीच में बबूल के नंगे पेड़ हैं। इन खेतों और बबूल के वनों के परे चमकता हुआ सोता है।

क्षमा कंधों से खींचकर शॉल गले में बाँध लेती है। उसके बाल चेहरे पर उड़ आते हैं।

''जगह अच्छी है, बहुत अच्छी।''

''ऐसी जगह रिखी को भी होना चाहिए था।'' वह फिर कहती है।

''रिखी कौन है?'' पॉल पूछता है।

''मेरा लड़का।''

''नहीं होना चाहिए था?'' वह पॉल की ओर घूमती है।

''चाहिए था।''

''वह नदी है न?''

''हाँ।''

''और वह घर? वहाँ नीचे?'' वह संकेत करती है।

''खटिक का होगा!''

''मछुए का क्यों नहीं हो सकता?''

पॉल हँस देता है।

''देखो, जरा खड़े हो जाओ।'' वह पॉल को खड़ा करती है, अपने बराबर। पॉल सामने निगाह डालता है।

''उधर देखो, वह बस्ती कैसी लग रही है, कितनी खूबसूरत!''

"हाँ, बहुत खूबसूरत।"

"उसे क्या बोलते हैं?"

"नगवा।"

"तुम इस शहर से परिचित हो?"

पॉल 'हाँ' करता है। वह पहले अपने पिता के साथ यहाँ कुछ दिनों के लिए रहा था। उसके पिता एक सरकारी नौकरी करते थे और वह स्कूल में पढ़ता था।

पॉल हवा के विरुद्ध हो जाता है। होंठों के बीच सिगरेट रखता है। माचिस हथेलियों के बीच लेता है। तीली घिसती है। आग बुझ जाती है। फिर कई तीलियाँ घिसती हैं।

"ऐसे नहीं, हवा तेज है।" क्षमा सुझाती है। दोनों बैठ जाते हैं। हवा की दिशा में अपना आँचल फैलाकर क्षमा झुक जाती है। पॉल सिगरेट जलाता है।

"तुमने अब तक शादी क्यों नहीं की?"

"कैसे मालूम, नहीं की है?"

"तुम्हीं ने तो कहा था।"

पॉल हँसने लगता है।

क्षमा दूसरी ओर देखती है।

"अगर मेरा घर करीब होता तो मैं यहाँ रोज आती। तुम भी आते?"

"हाँ।"

"रोज?"

पॉल कोई जवाब नहीं देता है।

"तुम्हारे पति क्या करते हैं?" पॉल पूछता है।

"मुझे प्यार करते हैं।" क्षमा कहती है और दोनों एक साथ ठहाका लगाते हैं।

अब चाँद का एक टुकड़ा दिखने लगा है—वहाँ, जहाँ आकाश पूरब के लिए झुकता है। वह उभरा और पीला है। कुछ समय पहले यह टुकड़ा कहीं नहीं था। पार के वन धुन्ध की शक्ल में बदलने लगे हैं।

"तुम यहाँ कितने दिन से हो?"

"नरसों से।"

"अगर तुम्हें महीने भर और रहना पड़े तो रह लोगे?"

पॉल प्रश्न में सिर उठाता है।

"मुझसे बिल्कुल न रहा जाएगा।" क्षमा कहती है और उदास हो उठती है।

वह फिर थोड़ी प्रतीक्षा के बाद बोलना शुरू करती है, "तुम सोच पाते कि मैं कितनी दुखी औरत हूँ। मेरी तीन बहनें हैं और तीनों की अच्छी शादी हुई है। मेरी भी हुई है—एक अच्छे घर में। मैं उनके साथ ही दिल्ली रहती हूँ। मुझे हर तरह की सुविधाएँ हैं। मेरी जब तक इच्छा होती है, दिल्ली रहती हूँ। जब वहाँ से ऊबती हूँ,

मैके चली आती हूँ। जब मैके में ऊबती हूँ; दिल्ली चली जाती हूँ। फिर भी मैं घबड़ाई हुई हूँ। मुझे आश्चर्य होता है कि मेरी बहनें कैसे सुखी और प्रसन्न हैं? या दूसरी औरतें कैसे खुश और निश्चिंत हैं?''

वह कुछ रुककर पॉल को देख लेती है, ''मैं उनके साथ साल में एकाध बार पहाड़ों पर भी जाती हूँ। जब जाती हूँ तो बहुत अच्छा लगता है। बहुत अच्छा। मैं खूब घूमती हूँ—कई तरह के लोगों में। बड़ी बातें करती हूँ और खुश होती हूँ। यहाँ जाती हूँ, वहाँ जाती हूँ। रात की ठंड में सारे पहाड़ देखती हूँ और सुबह सूरज की रोशनी में घुमड़ते हुए बादल, लाल चोटियाँ और धुआँसी पहाड़ियाँ देखती हूँ। कई तरह के पेड़, कई रंग की चिड़ियाँ। मुझे लगता है कि यही जिन्दगी है और अब मुझे कुछ नहीं चाहिए, कुछ भी नहीं चाहिए। लेकिन दस-पन्द्रह रोज बाद तबीयत घबड़ा जाती है। लगने लगता है कि यह जगह बड़ी एकरस है—बड़ी मनहूस! ऊब उठती हूँ और इच्छा होती है कि यहाँ से फिर कहीं और।''

वह कहते-कहते क्षोभ में पॉल के कन्धे पर सिर रख देती है। लगता है, वह रो पड़ेगी, ''देखो, मैं कल ही बनारस आई। पूरा शहर देख डाला। हर जगह घूम आई। बड़ी खुश हुई लेकिन कल तक और रहना पड़े तो फिर वही ऊब, फिर वही घुटन, फिर वही मौत! यह सब क्यों है? किसलिए है? कुछ भी मेरी समझ में नहीं आता।''

पॉल सांत्वना में अपने हाथ उसके कन्धे पर रखता है। वह कोई आपत्ति नहीं करती और उसके शरीर पर झुक जाती है।

''कभी-कभी फिर बच्चा हो जाने को जी करता है।'' क्षमा निराश स्वर में बोलती है।

पॉल अपना हाथ आगे बढ़ाता है। उसका हाथ क्षमा की छाती पर आता है। उठी और तनी-तनी सी घुंडियाँ। उसकी उँगलियाँ उन पर घूमने लगती हैं।

''तुम कब की आई हो?''

''कहा न, कल आई सुबह।''

''इस शहर में?''

''हाँ...'' क्षमा थोड़ी खामोशी के बाद फिर बोलती है, ''मैं कल ही आई और मैंने सब कुछ देख लिया।''

''तुमने भी देख लिया?''

''हाँ, मैंने भी सारी जगहें देख लीं।''

पॉल महसूस करता है कि छातियाँ कुछ ढीली-सी हैं, फिर भी गरम और भरी हैं।

''माँ होटल में चुपचाप पड़ी होंगी। खाँसती होंगी। कहो कि यह दवा खा लो तो कहेंगी, दवा रहने दो। मेरी चिन्ता मत करो। मैं मजे में हूँ। बच्चा, रिखी, बहू—

तुम, सब...नानसेंस।'' वह महसूस करती है कि पॉल का हाथ उसकी छातियाँ मसलता जा रहा है। जैसे ही उसे पीड़ा होती है, वह अपनी जाँघों पर झुक जाती है। उसकी जाँघों और छातियों के बीच पॉल का हाथ होता है।

''क्यों पॉल, यह सब नानसेंस नहीं तो क्या है?''

लेकिन पॉल कोई जवाब नहीं देता है। उसकी साँसें तेज हो रही हैं। क्षमा अपने गले पर, गाल पर और छातियों के आसपास उसकी साँसें महसूस करती है।

पॉल उसे अपनी ओर खींचता है। वह खिंच आती है—बिना किसी एतराज के। उसकी कमर के नीचे का हिस्सा ढलान पर झूल जाता है। ब्लाउज के बटन खुलते हैं और नंगी छातियाँ उभर आती हैं। उन पर अजीब तरह का प्रकाश है—चाँद के उजाले से भिन्न और अपने-आपमें कुछ अलग।

पॉल उसके ठीक समानान्तर कुहनी के बल लेट जाता है और अपना मुँह उसकी छातियों पर रगड़ने लगता है।

''शहर कैसा लगा?'' वह निर्जीव-सी होती हुई धीमी आवाज में पूछती है।

पॉल चुप रहता है। अपना सिर कुछ क्षण के लिए वहीं स्थिर कर देता है। फिर आवेश में अपनी उँगलियाँ उसके बालों में फँसा देता है और अनगिनत बाल उँगलियों में लिपटे हुए चले आते हैं।

क्षमा टूटते स्वर में फिर बोलती है, ''बताया नहीं?''

पॉल का दाहिना हाथ उसकी जाँघ सहलाने लगता है बड़ी बेसब्री के साथ। सहलाने के बीच साड़ी घुटनों तक खिंच आती है।

''नहीं, नहीं, प्लीज!'' क्षमा फुसफुसाती है।

पॉल सुन नहीं रहा है, केवल हाँफ रहा है। उसका हाथ अब नंगी जाँघों पर सरक रहा है—आहिस्ता-आहिस्ता।

''पॉल, नहीं, नहीं! यह ठीक नहीं है! यह सब...''

लेकिन पॉल कुछ नहीं सुनता।

क्षमा उसे धक्का देती है। वह उठकर बैठना चाहती है, लेकिन अपने ऊपर पॉल का दबाव महसूस करती है। वह बुरी तरह काँप रही है, डरी हुई है और वैसे ही कहती जा रही है, ''नहीं पॉल, यह गलत है! नहीं, प्लीज, उँह...ओ...आई डोंट...'' वह पूरी ताकत के साथ उसे धक्का देती है और छिटककर अलग हो जाती है।

वह पूरी उत्तेजित है। उसकी छातियाँ वैसे ही खुली हैं। उसकी नंगी जाँघें और अधिक गोरी दिख रही हैं।

''मेरा मतलब तुमने नहीं समझा?'' वह सिसकते स्वर में कहती है। ''अगर इसी से एकरसता टूटनी होती तो मैं सबसे सुखी औरत होती, समझा? सबसे सुखी।''

वह स्वस्थ हो गई है। ब्लाउज के बटन बन्द करती है, साड़ी ठीक करती है और उसके करीब आकर बैठ जाती है।

''ऐसा नहीं है कि मैं नहीं चाहती, लेकिन यही सब कुछ नहीं है; बल्कि यह कुछ भी नहीं है।''

पॉल कुछ भी नहीं बोलता है। उसके पैंट और कमीज में घास चिपकी है, वह उठकर उसे झाड़ता है, पहले की तरह बैठ जाता है निरीह–सा।

''तुम कुछ परेशान हो?'' क्षमा सहसा उसकी ओर झुकती है।

''नहीं।''

''तुम कुछ सोच रहे हो?''

''मैं बिल्कुल नहीं सोच रहा हूँ।''

''तो फिर चुप क्यों हो?''

पॉल उसे देखता है और पॉकेट से एक मुड़ी–तुड़ी सिगरेट निकालता है।

''देखो,'' क्षमा गम्भीर हो जाती है, ''शायद तुम बुरा मान गए। चाहिए तो यह कि तुम्हारे बुरा मानने का मैं बिल्कुल खयाल न करूँ। अगर अपरिचित न होते तो नहीं करती। ऐसे तुम मेरे साथ कुछ करके सुखी होना चाहो तो कर सकते हो। लेकिन उससे क्या होगा? सोचो तो, उससे क्या होनेवाला है?''

पॉल बोलता नहीं, सिगरेट जलाता है।

क्षमा मुस्कराकर बात बदल देती है। ''तुम्हें लगा कि मैं तीन बच्चों की माँ हूँ?''

''तीन बच्चे? तुम्हारे तो एक बच्चा है!''

''नहीं, तीन बच्चे हैं।''

पॉल धुआँ घूँटता है और क्षमा उसके चेहरे पर आँखें गड़ाती है।

''अगर तुम्हें मालूम होता तो...''

''नहीं, तब भी वह सब होता। तुम अब भी खूबसूरत हो। मुझे बिल्कुल नहीं लगा कि तुम इतने बच्चों की माँ हो।''

क्षमा उसे अविश्वास की दृष्टि से देखती है और दुखी हो जाती है, ''जाने क्यों, मुझे इधर एक अरसे से लग रहा था कि मेरी जिन्दगी बड़ी तेजी से भागी जा रही है। मैं बूढ़ी हो गई हूँ। मुझे कोई देखना नहीं चाहता। देखने लायक रही भी नहीं। तुमने मुझे देखा नहीं?...मेरे शरीर पर उभरती हुई नसें, चेहरे पर उगती हुई झुर्रियाँ—सब कुछ जैसे वहाँ लिये जा रही हैं जहाँ मैं जाने के लिए तैयार नहीं हूँ।''

''नहीं, तुम अब भी खूबसूरत हो।''

''तुम झूठ बोलते हो।''

पॉल थम जाता है।

''मेरा नंगे पाँव घास पर चलना, बच्चों की तरह बेमतलब टुप–टुप बोलना—क्या वह सब हास्यास्पद नहीं लग रहा था?''

''बिल्कुल नहीं, मेरा ध्यान ही उधर नहीं था।''

''सरासर झूठ। अगर आप इसी तरह आधे घंटे तक झूठ बोलते रहे तो मैं पागल हो जाऊँगी।'' क्षमा चीख पड़ती है, ''सच तो यह है कि इस ढूह पर जो कुछ भी हम कर रहे थे, वह तक मुझे व्यर्थ और बेमानी लगने लगा है।''

पॉल कुछ कहने के लिए मुँह खोलना चाहता है कि वह उठ खड़ी होती है। वह खड़ी होती है और कूदने की कोशिश में फिसल जाती है।

''मैं कुछ नहीं सुनना चाहती, कुछ नहीं कहना चाहती।'' वह तीखे स्वर में कहती हुई घास के बीच गिरती है और उठकर कुछ दूर तक ऐसे दौड़ती है, जैसे दौड़ती हुई वह आकाश में उड़ जाएगी, लेकिन कुछ ही फासले पर वह मुँह के बल लुढ़क जाती है—थककर।

फिर धीरे से उठती है, कपड़े ठीक करती है। पीछे देखती है—पॉल चुपचाप बैठा है। वह आवाज देती है, पॉल उसके करीब आता है। वह खींचकर बैठा लेती है। अपने पास—बिल्कुल पास।

''तुम बोलो और झूठ बोलो। मेरे रूप की तारीफ करो। कहो कि तुम बड़ी खूबसूरत हो, प्यारी हो, ताजा हो। मैं जानती हूँ कि सब झूठ होगा, लेकिन फिर भी मुझे अच्छा लगता है। एक अजीब तरह की राहत मिलती है। मैं सुनती रहना चाहती हूँ। बोलो, बोलते चलो।''

और क्षमा एक व्याकुल आग्रह के साथ उसका पाँव उठाकर अपनी गोद में रख लेती है।

[1965, रचना]

गरीबी में आटा गीला

दूर—बहुत दूर पूरब हेतमपुर के सिवान में, जहाँ दो पेड़ खड़े थे, उनके बीच से आनेवाले छौरे पर शुरू में एक चमकता हुआ काला धब्बा दिखाई पड़ा जो धीरे-धीरे दो हिस्सों में बँट गया।

और दोनों हिस्से कभी हिलते, कभी ऊपर-नीचे होते, कभी अगल-बगल चलते और कभी एक-दूसरे से जुड़ते उस रास्ते पर चले आ रहे थे जो आगे आकर शहीदगाँव भी जाता था और जीयनपुर भी।

बैसाख का महीना अभी खत्म नहीं हुआ था। सारे खेत कट चुके थे। अगर आँखें उठाओ तो सामने न कोई पेड़, न पालो—निचाट मैदान था और उस पर खड़ी दुपहरिया नाच रही थी और जहाँ-तहाँ बवंडर उठ रहे थे।

खलिहान काफी कुछ उठ चुके थे और ये बैठकी के दिन थे। खा-पीकर सारा ठकुरान दोपहर बाद लोचन के ओसारे में जुटता था और हा-हा, हू-हू करता था। लेकिन भीतर-ही-भीतर सारे लोग महसूस करते थे कि चाहे जो करो, अब इसकी रौनक नहीं वापस आने की। इन घरानों के जवान या तो नौकरी कर रहे हैं या इसकी टोह में बाहर निकल गए हैं। जो थोड़े-से पढ़नेवाले रह गए हैं और जिन्होंने शहर का मुँह देख लिया है, वे किसी-न-किसी बहाने उधर ही घूमना चाहते हैं।

ऐसा नहीं कि ठाकुरों में कोई आपसो मनमुटाव नहीं; है और गहरा है, लेकिन पंचायत के पिछले चुनाव में अहीरों और चमारों के गँठजोड़ ने उन्हें समय-समय पर एक जगह दिखने के लिए मजबूर कर दिया था।

ओसारे के उस किनारे जहाँ चाराकटाई की मशीन थी, दो पलंग घेरकर कुछ लौंडे बैठे थे और ताश खेल रहे थे। आज से उनकी छुट्टियाँ शुरू हुई थीं और वे पूरी मस्ती में थे।

जो भी इस ओसारे में आ रहा था और जिसकी भी नजर उनकी ओर उठती थी, दो-चार गालियाँ जरूर सुना देता था, 'देख रहे हो इन ससुरों का? न कोई काम, न धाम! जब देखो तब ताश! जब देखो तब ताश!'... 'ऐ, जरा एक लोटा पानी तो ले आ, और साथ में गुड़ भी लिए आना!' या 'ऐ गदहे, सुनता है? जरा गोबर तो हटा आना! भैंस उस पर बैठने ही वाली है!' या 'अबे डोमड़ा,

देखता है कि नहीं? सोकना को छाँह में क्यों नहीं बाँध देता? घाम आ गया है खूँटे तक!'

कोटपीस खेलनेवाले सबके लड़के जानते थे कि न किसी को प्यास लगी है, न भैंस गोबर पर बैठेगी, न घाम आया है—बेमतलब बक-बक करना और इन्हें चैन से खेलते हुए देखकर कुढ़ना इन सबकी आदत है!

''माधो भाई, भगेलू के लड़के मोहना को कभी देखा है ताश-जुआ खेलते हुए? घर का सारा काम भी करता है और देखो तो, पढ़ने में भी कितना तेज है! अरे उसे छोड़ो, गोपी चमार के ही नाती को देख लो!''

दुबले-पतले माधो—जो अपने सरंगी जैसे पेट के लिए गाँव भर में प्रसिद्ध हैं—इस समय कुछ और सोच रहे थे। आज शाम पूरी ठकुरान को आवाजापुर का झारा न्यौता है और उन्होंने पिछली ही गर्मी में कन्यादान किया है। वे कायदे से साल भर के भीतर कहीं भी श्राद्ध का भोज नहीं खा सकते। यह संयोग ही कहिए कि अबकी साल पास-पड़ोस में भवद्दी के बूढ़े भी पिछले सालों के मुकाबले अधिक मरे हैं। वे सोच रहे थे, ''देखो, आज बिहारी सुबह से ही कितना चहक रहा है? जबकि उसके मुँह में केवल चौहर ही बच रहा है, जीभ से ठेलकर पूड़ी का कौर वहाँ ले जाता है, तब कहीं कूँच पाता है। मगर देखो, उस चौहर पर ही कितना मगन है!'

''तो क्या चाहते हो? साल भर पढ़ते-पढ़ते तो सूखकर काँटा हो गए, छुट्टी में भी पढ़ें!'' माधो के चेहरे पर कोई भाव नहीं था। उन्हें पता था कि इनमें कितने फेल हैं और कितनों को पैसा देकर तरक्की दिलाई गई है, ''अरे, दो-चार रोज आराम कर लेने दो। उसके बाद तो कोई कहीं जाएगा, कोई कहीं।''

''राम भंजो माधो, तुम भी क्या बात करते हो! ये साले यहाँ से कहीं खिसकेंगे? हिताई-नताई सब छूटी जा रही है और इन्हें कोई ध्यान ही नहीं।'' बिहारी निचाट सिवान में ताकते हुए बोले।

कोई माने या न माने, बिहारी को जब से गठिया हुआ है, तब से उनकी नजर में सारी रिश्तेदारियाँ हाथ से निकली जा रही हैं। अपनी ही नहीं, पूरे घराने की। उन्हें घर का अन्न कभी नहीं भाया। वे सोंटा उठाकर साल भर किसी-न-किसी की लड़की के लिए वर ढूँढ़ते रहते थे और खरवाँस में—जब वर देखने की मनाही होती है—हिताई करते घूमते थे। इनसे कोई भी पूछ लो, 'कहाँ की रसोई में सफाई होती है, कहाँ में नफासत? अचार के शौकीन सबसे अधिक कहाँ वाले हैं? गोरस और दही की आजादी किस इलाके में है?' पूछने की जरूरत ही नहीं, मौका पाते ही खुद-ब-खुद बताने लगते हैं!

''यह नहीं कि बाहर का हवा-पानी ले आएँ। और कुछ करना भी नहीं है इन्हें। बस, यहाँ से उठें, टिकट कटाएँ और जेवरी पहुँच जाएँ; दस-पन्द्रह दिन वहाँ रहें फिर डेरा-डंडा उठाएँ और वहाँ से पैदल ही धनेछाँ गाँव, है ही कितने कट्ठे? वहाँ कुछ

दिन खाओ-पिओ, मौज करो, फिर उठाओ डेरा। दो-तीन रुपए टिकट के लगेंगे और पहुँचो दुर्गावती। सब लोग मुँह बाए हैं। देखते ही आछो-आछो करने लगेंगे— 'कौन आया है तो इतना भी नहीं पहचानते? बाबू बिहारी सिंह का बेटा!' कहीं से कुछ पाओगे तो कहीं से कुछ! अच्छी-खासी कमाई भी हो जाएगी और जी भी आन-मान हो जाएगा। लेकिन जाएगा यह? पूछो उससे!''

गोपाल की चाल थी। उसने बाप की बात से बेखबर सोच-समझकर पत्ता फेंका।

''तुम तो यार बिहारी, घर का अन्न बचाने पर तुल गए हो। जब नहीं जाना चाहता तो खामखा क्यों पीछे पड़े हो?'' लोचन, जो नाक पर चश्मा चढ़ाए ओसारे के बीच वाली खटिया पर बैठकर 'सटीक रामायण' पढ़ रहे थे, गोपाल की तरफ से बोले।

''न जाएँ, हमें क्या? नहीं जाएँगे, भोगेंगे। जब पारस बल्लीपुर से कपड़ा-लत्ता और दूसरे सर-सामान लेकर आएगा, तब इन्हें पता चलेगा!''

पारस लोचन का बेटा था और दो दिन पहले ही अपनी बहन की ससुराल गया था।

''मैंने नहीं भेजा, वह खुद गया। बहुत दिनों से उसका मन था। मैं तो मना कर रहा था।'' लोचन ने अपनी खल्वाट खोपड़ी पर हाथ फेरते हुए ऊपर देखा।

उनके ऊपर धरन से लटकते हुए छींके में पानी भरी हुई परई रखी थी जिसमें पानी पीकर और उन पर बीट करके गौरैया रस्सी पर झूल रही थी।

''हट्!'' गौरैया उड़ाते हुए माधो हँसे, ''देखो लोचन भाई, यह दूसरों को पढ़ाओ। अभी चंपिया के देवर को आए जुम्मा-जुम्मा चार दिन हुए थे कि बेचारे को भगाने के लिए उसके साथ बेटे को लगा दिया।''

''चार ही दिन रहा था?'' लोचन ने उनके झूठ पर अचरज जाहिर करते हुए कहा, ''दस दिन! बल्कि दोनों जून मिलाकर बीस दिन!''

उनकी इस बात पर बिहारी दिल खोलकर हँसे, ''अरे तो पारस पचास दिन रहेगा। उसे काम ही क्या है यहाँ जो जल्दी होगी! लेकिन लोचन भाई, तरकीब कोई तुमसे सीखे। अपने यहाँ कोई पाहुन पहुँचे, उसके पहले ही किसी को वहाँ भेज दो!''

लोचन कोई जवाब देते, इसके पहले ही मुनी जी की गालियों ने सबका ध्यान अपनी ओर खींच लिया। वे नहाने के बाद एक टाँग पर खड़े दोनों हाथों में लोटा उठाए सूर्य देवता को अर्घ्य दे रहे थे। लोटे से पानी की पतली धार गिरनी शुरू हुई थी कि उनकी नजर अपने खलिहान पर चली गई। वे दूसरी टाँग पीछे ताने हुए हिलते रहे और गालियाँ देते रहे—हालाँकि खलिहान लगभग खाली हो चुका था लेकिन किसी की गाय घूम-घूमकर उसमें कुछ तजबीज रही थी।

''आओ भाई नगीना, इधर आओ!'' लोचन ने आवाज दी।

नगीना अँगोछा बाँधे हुए सिवान की ओर जा रहे थे कि मुड़ आए।

नगीना के बारे में घराने की राय यह है कि उनसे बढ़कर सोंठ कोई दूसरा नहीं। वे जब भी बोलते हैं, सीधे 'बिख' हगते हैं। लेकिन आज उनके चेहरे पर मूँछों के दोनों किनारे खुशी फड़क रही थी।

वे हँसते हुए आए और बँसहटे पर बिहारी को खिसकाकर बैठ गए। उन्होंने उस खटिया पर नजर डाली जिसके सिरहाने ट्रांजिस्टर बज रहा था और कोई सुन नहीं रहा था। खुद रामकेर दादा—जिनके नाती के ब्याह में यह मिला था—खर्राटे ले रहे थे और मक्खियाँ उनके ओठों से बहते हुए लार के चक्कर में एक दूसरे पर झपट रही थीं।

"लोचन भाई, तुम भी गेहूँ बचाकर रखना, बेचना मत। कम-से-कम कुवार-कातिक तक। देख रहे हो न? कहा नहीं जा सकता कि बुढ़ऊ कब टें बोल जाएँ।" उन्होंने अँगोछा खोला और उसके छोर से चेहरे के आगे हवा करते हुए डकार ली।

"देखते हो, ऐसे डकर रहा है, जैसे सचमुच खाकर आ रहा हो!" लोचन ने चाचा वाली बात अनसुनी करते हुए कहा।

"नहीं तो तुम्हारी तरह तीन दिन से उपास कर रहा हूँ? माधो भाई, कुछ सुर्ती-वुर्ती निकालो। लोचन ने तो दादा की इज्जत माटी में मिला दी है—न सुर्ती, न बीड़ी, न कुछ! कोई बैठे तो क्या बैठे यहाँ?"

इस पर नगीना ने सामने ताकते हुए कुछ कहने के लिए मुँह खोला लेकिन वह खुला रह गया। मुँह की इस मुद्रा को उन्होंने जम्हाई में बदल दिया और सबकी ओर देखा, "ऐं, सबकी आँख के सामने दिन दोपहर 'ऐसी-ऐसी' बात हो रही है और कोई कुछ बोल नहीं रहा है। आखिर मामला क्या है?" उन्हें बड़ा अचरज हुआ। जैसे ससुर लोग माने बैठे हों कि यह अकेले नगीना की ही समस्या हो!

उन्होंने एकाध बार उधर देखते हुए खाँसा भी लेकिन किसी ने ध्यान नहीं दिया। फिर उन्हें क्या पड़ी थी?

फिर भी उनका मन मेहमानों की ओर से हट नहीं सका। 'साले दो-चार दिन के लिए भी आ जाएँ तो जख हो जाते हैं। 'आज तरकारी बनवाओ', तो 'आज पूड़ी-गुर्मा बनाओ', तो 'आज मूँछी-फुलौरी बनाओ'। अगर कोई दामाद या समधी हो तो बकरा भी कटवाओ। ऐसे पाहुन तो चल जाते हैं जो नखड़ा-तिल्ला नहीं करते, महीन-मोटा जो दे दो, खा लेते हैं—तरकारी रहे चाहे नहीं।'

उन्हें गुस्सा आने लगा। वे दाँत किटकिटाते हुए अपने बेटे को ताकने लगे, 'देखो जरा, हँसली की हड्डी निकल आई है, जैसे महीनों से अन्न से भेंट नहीं है! अगर कोई राय बताओ तो कानून चोदने लगता है! और कहीं नहीं, जसुरी ही चला जाता तो कुछ बिगड़ जाता? नई-नई हिताई है, बिदाई भी चौचक मिलती।

'ये भी तो किसी के लड़के ही होंगे। या जो भी हो, इससे मतलब? चाहे जिसके घर जाएँ लेकिन देखो तो कितने अच्छे हैं! अब जितने दिन चाहेंगे, उतने दिन

डँटकर पहुनई खाएँगे। उसके बाद साल भर पढ़ो न, सेहत चौचक रहेगी। लड़कों को ऐसा ही होना चाहिए! ऐं, क्या ताव के साथ गाते-बजाते चले आ रहे हैं, जरा देखो तो!'

''अच्छा, ईमान-धरम से बताओ नगीना,'' गमछे के खूँट की सुर्ती अपनी हथेली पर झाड़ते हुए माधो बोले, ''सबेरे से आज कै बार झाड़ा फिरने गए हो? देखो, सच-सच बोलना, तीन बार तो मैंने ही देखा है!''

''यार, तब तो यह बामन से भी बढ़ गया!'' बिहारी ने कहा।

नगीना माधो की हथेली पर झपटते हुई बोले, ''अब पेट ही खराब है, तो मैं क्या करूँ?''

''पेट खराब है या खलिया रहे हो? जबकि लोचन भाई, भगवान झूठ न बुलवाएँ—आज तक आवाजापुर के भोज से कभी मन नहीं भरा मेरा। ससुरे परोसना नहीं जानते। किसी को मिलता है, किसी को नहीं।''

बिहारी की यह बात माधो को नहीं जमी। उन्होंने बताया कि भोज-भात में सबसे खास चीज है पाँत में बैठकी। कायदे से बैठना वहाँ चाहिए जिधर से परोसने वाले चलते हैं।

भोज की बातें सुनते-सुनते और बब्बन को देखते-देखते जब उनसे रहा नहीं गया तो बोले, ''तुम लोग इन ससुरों को न डाँटते हो, न मारते हो, ये अपने मन के होते चले जा रहे हैं। मैंने कल ही उस लोमड़े से कहा—जरा बुलबुली देखिए उसकी! और सुना है माधो, तुम्हारा वाला और ये, दोनों पान भी खाते हैं चोरी-चोरी! कभी देख जाऊँगा तो मारकर हाथ-पैर तोड़ दूँगा! तो कहा कल कि बरहनी वाले ठकुराई जब भी मिलते हैं तब बोलते हैं—उसे भेजिए दस-पन्द्रह दिन के लिए। जब मिलते हैं तब कहते हैं कि उसकी मौसी उसे देखना चाहती है, आकर भेंट कर ले! लेकिन ये ससुर! साल भर तो छाती पर रहेंगे ही, यह नहीं कि महीने भर की छुट्टी है, घूम आएँ। फिर पढ़ें, चाहे जहन्नुम जाएँ!''

''क्यों नहीं हो आता बब्बन? जब इतना बुलाया है तो हो आना चाहिए!'' बिहारी ने गोपाल की ओर देखते हुए बब्बन से कहा।

''कहिए, वही जाएँ। जब इतना बुलाया है तो खुद क्यों नहीं चले जाते?'' बब्बन ने पत्ते फेंटते हुए कहा।

''देखो, देखो माधो भाई, सुनो। यह तो बड़े से बात करने का ढंग है इनका!'' नगीना ने माधो की ओर देखा।

माधो ने नीम की ओर ताकते हुए हवा में अपना हाथ उड़ाया—एक कौआ कुएँ की ओर बँधे किसी बैल को चैन नहीं लेने दे रहा था। जैसे ही वह आँखें मूँदता, कौआ उड़कर उसके सींगों के बीच माथे पर बैठ जाता और झुककर उसकी आँख के किनारे—जहाँ कीचड़ था—चोंच मारने लगता।

"मैं क्या गलत बोल रहा हूँ, आप ही बताइए?" बब्बन ने सिर उठाया, "इनसे मिलते हैं तो इतना बुलाते हैं और हमसे एक बार भी नहीं कहते। इन्हीं की जिद पर पिछले साल चला गया था। दूसरे दिन से ही पूछने लगे, 'तुम्हारा इस्कूल कब खुल रहा है बेटा?'"

बब्बन ने जिस तरह मुँह बनाकर ठकुराई की नकल उतारी, सारे लड़के हँस पड़े—एकसाथ।

"और ओहू कम बदमाश नहीं है बिहारी भाई, अपने वाले को कम मत जानो। देखो जरा, कैसा ही-ही कर रहा है उन ससुरों के साथ! ये सब पता नहीं क्या सौंजा करते रहते हैं दिन-भर आपस में!" नगीना ने गुरमुसाकर कहा।

"कम?" बिहारी ऐसे बोले, जैसे इसी का इन्तजार करते रहे हों, "आएगा तो यही सब इम्तहान में। ताश, कबड्डी, कूड़ी—इम्तहान में यही सब लिखेंगे ससुरे। मैं और किसी चीज से नहीं, परेशान अपने रोग से हूँ, वरना इसका मुँह जोहना पड़ता? और नगीना भाई, सच कहता हूँ, केवल आए-गए बिना हिताई छूट रही है।"

"क्यों, अभी जाड़े में ही नहीं आया था मामा का लड़का?" पत्ते समेटते हुए बिहारी का बेटा बोला।

"अरे तो एक हाथ से कहीं ताली बजती है?"

"कै दिन रहने दिया आपने उसे? तीसरे दिन ही तो हूँस-हूँसकर भगा दिया!"

बिहारी इस पर उखड़ गए, "मैंने भगाया या उसे फुर्सत नहीं थी? तुम्हारी तरह सबको सिर्फ ताश नहीं खेलना होता।"

"अपने तो जिभचटोर की तरह सारी जिन्दगी घूम-घूमकर दूसरों का अन्न खाते रहे और अब चाहते हैं कि मैं भी यही सब करूँ। नहीं करूँगा!" गोपाल ने जोर देकर अपना फैसला सुनाया।

मजाक-मजाक में शुरू हुई बात गम्भीर हो गई। बावजूद इसके कि बिहारी की तरफ से माधो और नगीना बोल रहे थे, गोपाल उन सब पर भारी पड़ रहा था। हालाँकि उसे भी अकेला नहीं कहा जा सकता, बब्बन भी बीच-बीच में टपक पड़ता था। उन दोनों की आवाज में कहीं-न-कहीं 'लताड़' और 'धिक्कार' का भाव था—कि मान लीजिए, हम दस-पन्द्रह दिन बाहर खा ही लें तो उससे आप लोगों का कौन-सा फायदा हो जाएगा? कितना राशन बच जाएगा?

बिहारी लोगों का कहना था कि यह फायदा-नुकसान की बात ही नहीं है, तुम्हीं लोगों की भलाई के लिए कही जा रही है—जाना हो जाओ, चाहे अपनी गाँड़ मराओ!

लोचन खुश थे कि अच्छा हुआ, पारस मेरी आँखों से अन्ह हो गया। अगर वह होता तो इन्हीं बदमाशों का पक्ष लेता और उन्हें भी सरेआम जलील होना पड़ता। उन्हें यह भी लग रहा था कि नगीना लोगों को इतनी कोफ्त—इतनी जलन इसीलिए हो रही है कि लोचन बाजी मार ले गया और हम टापते रह गए।

'मजा तो तब आए जब इसी दरमियान इनके यहाँ दो-चार पाहुन धमक आएँ! फिर न कहीं इनके बेटे जा पाएँगे और न ये ही हिल-डुल पाएँगे। कैसा किम्मा कर रहा था नगीना कि कुवार-कातिक तक गेहूँ न बेचना!' वे मन में सोचते हुए कभी इनका समर्थन करते, कभी इनके बेटों का।

"यही सब देखकर मैंने तो कुछ कहना ही छोड़ दिया!" माधो को सन्तोष था कि उन्होंने खुद ही अपनी इज्जत रख ली लेकिन जब-जब अपने बेटे संजय की ओर देखते थे, कसमसा उठते थे, "जबकि लोचन भाई, तुम्हें मालूम है कि पिछले साल वाले हमारे समधी कितने बड़े लोग हैं! बचिया कितनी सुखी है! वहाँ कपड़े-लत्ते, खाने-पीने, उठने-बैठने—हर चीज की आजादी है। जब कचहरी में उनसे भेंट हुई तो अपने-आप ही बोले, 'बहू संजय को बहुत याद करती है', लेकिन मैंने इस भकुए से एक बार भी नहीं कहा। कौन मुँह पिटाने जाए?"

"लगता है, अब ये भी कुछ सुनना चाहते हैं; चलो, उठो यहाँ से।" अपने बाप को भी औरों की तरह परोगा पढ़ते देखकर संजय ने कहा और उठ खड़ा हुआ।

उसके पीछे-पीछे और लड़के भी ओसारे के बाहर हो गए।

"जाने दो, चाहे जो करें ये नालायक; आँख के सामने से दूर तो हुए," कहते हुए माधो ने बीड़ी जलाई।

"ए भाई!" लोचन ने पोथी बन्द कर दी, "मैं कब से देख रहा हूँ कि वह सामने छाता लगाए दो जन चले आ रहे हैं अड़ार की ओर। जरा पहचानो तो बिहारी, कौन हैं ये?"

शहीदगाँव वाले रास्ते से अलग होनेवाला छौरा अड़ार तक आकर तीन रास्तों में बँट जाता था। एक पगडंडी अहिरान और चमटोल की ओर जाती थी जो सिर्फ पैदल वालों के लिए थी। दूसरा रास्ता थोड़ा चौड़ा था जो गाँव के बाहर निकलता था और जिस पर साइकिल भी जाती थीं। अगर किसी को आवाजापुर जाना हो और प्यास न लगी हो तो गाँव के अन्दर आने की जरूरत नहीं।

तीसरा रास्ता—जो सबसे अधिक चालू था और जिस पर बैलगाड़ियाँ, ट्रैक्टर, साइकिल, जीप, पैदल सब आ-जा सकते थे—गाँव के बीच लोचन के दुआर के बगल से जाता था।

ऐसा नहीं कि इन राहगीरों को सिर्फ लोचन ने ही देखा था, देखा सबने था लेकिन बारी-बारी, एक-दूसरे की चोरी और वह भी एक बार नहीं, कई-कई बार। बल्कि यूँ कहिए कि बातचीत और हँसी-ठट्टा के बीच न चाहते हुए भी उनकी नजरें अपने आप पल भर के लिए ही सही लेकिन उठ जाती थीं। हुआ बस इतना कि लोचन के बोल देने पर सबने एक साथ पहली बार देखा क्योंकि अब बात खुल गई थी और किसी भी हालत में छिपाई नहीं जा सकती थी।

आपस में पूछे-जाँचे बिना मन-ही-मन चारों लोग इस बात से सहमत थे कि राहगीर बूढ़े नहीं हैं। इसलिए नहीं कि उनके हाथ में छड़ी या डंडा नहीं था या उनके

कदम आहिस्ता-आहिस्ता नहीं पड़ रहे थे या कपड़े मटमैले नहीं थे बल्कि इसलिए कि जब तक कोई गमी या गम्भीर बीमारी का मामला न हो तब तक बूढ़े अपना दुआर नहीं छोड़ते। और वह भी ऐसी दुपहरिया में? राम भजो!

रह गए जवान! ऐसी भी उम्मीद कम ही थी क्योंकि वे प्राय: साइकिल उठाते हैं, भेंट-मुलाकात करते हैं और वापस लौट जाते हैं। और उनमें जो नौकरिहा हैं, उन्हें मुश्किल से दस-पाँच रोज की छुट्टी मिलती है। इसे वे अपने गाँव-घर में बिताएँगे या रिश्तेदारी में खाते घूमेंगे? हाँ, वे रिश्ते में भी जा सकते हैं लेकिन कहाँ? वहाँ जहाँ बिजली हो, पानी हो, पंखे की हवा हो, घूमने के लिए बाजार हो, देखने के लिए सनीमा हो।

आखिर जीयनपुर जैसे सड़ियल ऊसर में आकर वे क्यों मरेंगे?

इसलिए हो न हो—

या तो ये आवाजापुर भोज के न्यौतहरू हों!

या बैल खरीदने जा रहे सकलडीहा मेले के मेलहरू हों!

या इस्कूली लड़के हों—और सच कहिए तो सबसे खराब बात यही थी।

''तो नगीना भाई, लगाओ तो कुछ अटकल। जरा हम भी देखें, अपनी बुद्धि काम नहीं कर रही है।'' बिहारी ने आसन बदलते हुए पूछा।

नगीना ने कुछ सोचते हुए सिर हिलाया—यानी ठहरो! थोड़ी मुहलत दो।

लोचन ने बनी-बनाई खैनी की डिबिया खोली, थोड़ी अपने ली और थोड़ी सबको दी। सबने निचले ओठ के नीचे दबाई और चुपचाप सामने देखने लगे।

''क्या अटकल लगाएँ बिहारी भाई, भोज का मजा तो गया!''

''झूठे गया?'' लोचन ने मसखरी की, ''अगर आएँ तो इन्हें भी साथ लिवाए चलना!''

बिहारी मुस्कराए, ''यह तो थोड़ी देर में ही पता चल जाएगा कि उन्हें लिवा कर कौन चलता है?'

मामला इसलिए फँस रहा था कि जीयनपुर में बाप-दादों के जमाने से लड़कियों का ब्याह पच्छिम होता रहा है और लड़कों का पूरब और संयोग से इन चारों के समधियान भी उसी तरफ हैं और लड़कों के ननिहाल भी—जिधर से ये राहगीर आ रहे थे। कमालपुर में चारों ओर से आनेवाली बसें रुकती थीं। सबका मन कह रहा था कि हो न हो, ये पाहुन ही हैं लेकिन अकल कह रही थी—जरूरी नहीं, न्यौतहरू या मेलहरू भी हो सकते हैं।

जब वे दोनों राहगीर अड़ार में घुसे तो नगीना की दृष्टि नीम के नीचे 'में-में' करती बकरी पर पड़ी। ठकुरान के बच्चे उसे घेर-घारकर खड़े थे, दो ने कान पकड़ रखे थे और कोई एक बर्तन में दूध दूह रहा था। वह सींगें इधर-उधर डुलाती और अपने को छुड़ाने की कोशिश करती हुई झटके मार रही थी।

नगीना ने गौर किया कि बकरी अहिरान की है।

"ऐ, क्या कर रहे हो?" उन्होंने कड़ककर डाँटा,"साले फसाद करवाने पर तुले हुए हैं, देखते हो?"

उनके चिल्लाने का बच्चों पर कोई असर नहीं पड़ा।

"माधो भाई, लगता है, बिपत तुम्हारे ही सिर घहराने वाली है।" नगीना ने खड़ा होते हुए कहा, "रुको, सालों को जरा भगा तो दूँ।"

वे बच्चों को हटाने के लिए दौड़े और बकरी को भगाते हुए खलिहान के पिछवाड़े तक चले गए।

माधो ने मदद के खयाल से लोचन की ओर देखा।

राहगीर अड़ार के अन्दर आते ही अपना-अपना छाता बन्द करके बरगद के नीचे खड़े हो गए। फिर ऐसा लगा, जैसे उन्होंने आपस में कुछ बातें कीं और उनकी गरदनें गाँव की ओर मुड़ीं। यही नहीं, उनमें से एक उत्तर की ओर थोड़ी दूर तक बढ़ा और उसने हाथ उठाकर गाँव की ओर कुछ दिखाया।

दोपहर में इतना साफ नजर आया कि वे कुर्ता-धोती नहीं, कमीज पतलून पहने हैं। उनमें से एक जो तने के करीब था, अपने बालों में कंघी जैसा करता लग रहा था। इसका मतलब कि वे सयाने नहीं थे।

बिहारी ने माधो और लोचन को अपनी ओर ताकते पाकर पलकें झुका लीं फिर हाथ की असलियत को जानने के लिए सिर उठाया। अबकी उन्हें हाथ की दिशा कुछ बदली हुई लगी। या हो सकता है, पहले भी यही रही हो और उन दोनों से भूल हुई हो! उन्होंने जब कुतूहल से लोचन को देखा तो उन्हें और माधो को एक-दूसरे की ओर ताकते पाया।

"एक बात यह है कि मान लो, ये मेरे घर के पाहुन हुए," लोचन ने सुर्ती थूककर कहा, "एक बात कह रहे हैं। ऐसे, हैं तो तुम्हारे ही घर के लेकिन मान लो तो मुझे कोई डर नहीं। क्यों? क्योंकि लड़के वहाँ दो-तीन दिन से ज्यादा नहीं ठहरते जहाँ उनकी उमर वाले न हों। और पारस के इधर लौटने की उम्मीद नहीं।"

"वाह-वा! ये इन्तजार नहीं कर लेंगे उसका?" बिहारी ने हँसते हुए पूछा।

लोचन ने इसका कोई उत्तर नहीं दिया।

"इतनी लू और तपन में जब सब लोग खा-पी चुके हों तो सोचो जरा, कोई भला आदमी किसी के यहाँ जाता है?" माधो ने चिन्ता करते हुए अपनी राय जाहिर की।

उनकी बात से लोचन को बल मिला। उन्होंने अनुमान लगाते हुए कहा, "मुझे तो लगता है, उन्हें कहीं दूर जाना है!"

"कैसे लगता है?" माधो ने उत्सुकता से पूछा।

"अगर यहाँ आना होता तो ग्वैड़े पहुँचकर अड़ार पर आराम क्यों करते?"

बिहारी को हँसी छूट आई, ''वाह रे बाबू लोचन सिंह, जियो! क्या बेवकूफी की बात कर रहे हो! हमें कहीं जाना होता है तो गाँव के अन्दर घुसने के पहले बगीचे में नहीं रुकते, नशा-पानी नहीं करते, झाड़ा-झटका नहीं करते? हुँह! बेतुकी बात!''

बात कुछ गलत नहीं थी लेकिन लोचन ने माधो का भाव जानने के लिए उधर देखा।

''बकवास है सब! वह गाँव दिखा रहा था, मैंने ध्यान से देखा था। तुम्हारे सामने तो झोंपड़ा है, तुमने देखा कहाँ?'' माधो ने बिहारी से कहा।

''अरे,'' बिहारी को गुस्सा आ गया, ''वह सीधे दुआर की ओर इशारा कर रहा था, इतना भी नहीं देखते?''

बिहारी को बेमतलब तैश खाते और लाल-पीला होते देखकर लोचन और माधो हँसने लगे। बिहारी कुछ देर रुककर उन्हें—उनकी हँसी को समझने की कोशिश करते रहे और जब समझ गए तो गम्भीर हो गए।

उन्होंने बीड़ी फेंक दी और कान पर जनेऊ लपेट लिया।

''लोचन भाई, एक बात कहें तो बुरा मत मानो!'' माधो ने कुछ-कुछ आश्वस्त होकर कहा, ''मैं देख रहा हूँ कि मेरी जितनी रिश्तेदारियाँ हैं, उनमें कोई भी जवान लड़का घर नहीं बैठा है। सब कहीं न कहीं काम से लगे हैं। और मेरी जानकारी में इतने बड़े-बड़े—जो अपने से कहीं आ-जा सकें—इस्कूली लड़के भी नहीं हैं। इसलिए सच पूछो तो मुझे कोई चिन्ता नहीं!''

लोचन पर उनकी इस धौंस का कोई असर नहीं पड़ा, इसे उन्होंने भी देखा। लोचन मुस्कराते रहे, फिर बोले, ''और मैं सच बताऊँ? तुमने पहले ही बता दिया, नहीं तो मैं कहने ही वाला था कि वह लड़का जो हाथ से इशारा कर रहा था—उसका चलना मुझे उस लड़के की याद दिला रहा था जो पिछले साल तुम्हारे घर आया था। देखा उसे? कैसा ठुमक-ठुमककर चल रहा था! क्या नाम था उसका, कुछ याद है?''

माधो के ध्यान से जाने कैसे वह उतर गया था। शायद भुवन नाम था उसका—निठल्ला और खब्बू। उसका काम ही था यहाँ-वहाँ घूम-घूमकर खाना। जहाँ पहुँच गया, वहीं जमकर बैठ गया—एकदम अपने बिहारी भाई की तरह। लेकिन उसकी चाल ऐसी नहीं थी, जैसी लोचन बोल रहे हैं। फिर भी उन्होंने याद करने की कोशिश की।

''बिहारी!'' उन्होंने बिहारी को आवाज दी, फिर लोचन से पूछा, ''बिहारी कहाँ गया?''

''गया होगा कहीं लेकिन बैठो तो!''

''नहीं, जरा चलने दो।'' माधो उठ खड़े हुए, ''अभी बैलों को चरनी पर बाँधना है, भैंस भी दूहना है। और क्यों, आवाजापुर भी तो चलना है! नहीं चलना है क्या?''

माधो को जाते हुए देखकर लोचन खिलखिलाकर हँसे। उन्होंने सुर्ती की डिबिया उठाई और जरा-सी खैनी ओठ के अन्दर दबाई फिर पोथी उठाकर बँसहटे के नीचे फर्श पर रखी और अधलेटे हो गए।

"अब?" वे अड़ार की ओर ताकते हुए बोले, "जरा देखो उन्हें। वे बैठे हुए हैं और बातें कर रहे हैं। लेकिन कैसी बातें हैं, जो खतम ही नहीं हो रही हैं? क्या हो सकती हैं वे? शायद ये कि पता नहीं, पारस होगा कि नहीं। और नहीं होगा तो कितने दिन में लौटेगा? लेकिन उससे फरक क्या पड़ेगा? तब तक हम लोग रेडियो बजाएँगे, गाना सुनेंगे, बगीचे में आम मारेंगे, नहर पर घूमेंगे, ताश खेलेंगे। चाहे जब आएगा, आएगा तो!"

वे झटके से उठे और रेडियो दालान में छिपाकर फिर लेट गए।

जब वे दोनों लड़के उठ खड़े हुए और चलने के लिए मुड़े तो उन्होंने पैरों पर चादर फेंकी और मुँह ढँककर सो गए।

लोचन ने कई बार आजमाकर देखा था कि जिस चीज से जितना ही डरो, वह उतनी ही अदबदाकर तुम्हारे सिर घहराती है। इस खयाल से उन्हें तसल्ली हुई कि जहाँ घराने के और लोग अपना-अपना दुआर छोड़कर भाग खड़े हुए हैं, वहाँ वह अकेले शख्स हैं जो डटे रह गए हैं। फिर भी उनसे रहा न गया। उन्होंने ताख पर रखे गुटका के 'श्रीरामशलाका प्रश्नावली' पर ध्यान लगाया और मन-ही-मन भविष्य का अन्दाजा लेने के लिए आँख बन्द किए नीम की सींक एक खाने पर रख दी। जब आँखें खोलीं तो देखा—'होइहैं वहि जो राम रचि राखा'।

इससे उन्हें डर भी लगा और राहत भी मिली।

जब लड़कों का हल्ला-गुल्ला सुनाई पड़ने लगा तो उन्होंने चादर खिसकाकर कान बाहर कर दिया। उन्हें विश्वास हो गया कि ये इसी मुहल्ले के पाहुन हैं। अब कैसे पता चले कि ये किस घर जाएँगे? बब्बन, संजय, गोपाल—सब कौआरोर मचाए थे और कहना कठिन था कि इनमें से कौन ज्यादा खुश है! जब उनमें से किसी ने पारस का नाम लिया तो लोचन के कान अपने-आप ही चादर के अन्दर ढँक गए।

'राधे भैया' नाम सुनने पर लोचन चादर फेंककर उठ बैठे। लड़कों का झुंड नीम के पास आ गया था और बब्बन राधे का झोला अपने कन्धे पर लटकाए कूद-कूदकर सबसे आगे चल रहा था।

"अरे कौन है भाई इस दुपहरिया में?" उन्होंने उत्साह में जूते पहने और बाहर आ गए।

राधे और उसके साथी ने झुककर उनके पैर छुए।

"कौन, राधे मोहन? और यह कौन है?"

"बुआ का लड़का है, राजकिशोर!'

''वाह-वा! वाह-वा!'' उन्होंने उन दोनों के सिर पर हाथ रखा, ''अच्छा तो चलो! नगीना कल से ही कह रहे थे कि छुट्टियाँ हो गईं और राधे का पता नहीं। तो बब्बन! लिवा चल। घाम में भूखे-प्यासे बेचारे चले आ रहे हैं, जरा इनका मुँह तो देखो!''

एक पल वहाँ ठहरकर लोचन की अगुवाई में लड़कों का हुजूम नगीना के दुआर की ओर चला।

बब्बन की भाभी अपने चार भाइयों में अकेली बहन थी और माँ अभी जीवित थी इसलिए मायके के लोग उसका खास खयाल रखते थे। वहाँ से समय-समय पर कोई-न-कोई आता रहता था। इसकी एक वजह यह भी थी कि बब्बन का भैया फौजी था और साल में एक बार ही आ पाता था। लड़की की माँ को इसलिए भी अपने बेटी की बड़ी फिक्र रहा करती थी।

लेकिन इससे सबसे अधिक परेशानी और झुँझलाहट नगीना को होती थी। जिस इरादे से यह रिश्ता किया था, वह बात बनी नहीं। सोचा यह था कि चावल का देश और अकेली बेटी—और है ही कौन जिसे वे देंगे? बराबर कुछ-न-कुछ आता रहेगा। और यहाँ देना-दिलाना कुछ नहीं, ससुर लोग चले आते हैं रोज-रोज पहुनई खाने! उन्हें सबसे अधिक गुस्सा बब्बन पर आता था। साला खुद तो कहीं जाएगा नहीं और कोई चला आएगा तो रात-दिन पीछे-पीछे घूमता रहेगा। उनके हिसाब से यह सारा लस्तगा उसी के कारण था।

लोचन बरसाती जूते पहने हुए ऐसे चल रहे थे, जैसे जग जीत लिया हो, ''तो राधे बेटा, इस्कूल तो दो महीने बन्द रहेगा न! चलो, बड़ा अच्छा हुआ जो आ गए। आते हो तो घराना गुलजार हो जाता है। अब तो आम भी पकने के दिन आ रहे हैं। इसके बाद जामुन का मौसम आएगा। अबकी बार गाँव में शादियाँ भी खूब हैं। रंडियों और भाँडों के नाच देखने को मिलेंगे। समझो कि मजा ही मजा है!''

''यह राधे है क्या भाई?'' जाने कहाँ से बीड़ी फूँकते हुए बिहारी आ गए, ''खुश रहो, और सुनाओ गाँव-घर का हाल?''

जब सब लोग नगीना के ओसारे में पहुँचे और मेहमानों को घेरकर सारे बच्चे बैठ गए तो खिड़की के पास चौकी पर लेटे बुढ़ऊ—नगीना के बाप—ने आँखें खोलीं और गौर से एक-एक को देखना शुरू किया। अन्त में उनकी निगाहें आकर राधे पर ठहर गईं, ''कवन है रे बब्बन?''

''राधे भैया!'' बब्बन ने चिल्लाकर कहा।

''कौन राधे?''

''जसुरी वाले!''

''अच्छा!'' बुढ़ऊ ने कुछ सोचते हुए कहा, ''तो कहाँ जा रहे हैं?''

उनके इस अटपटे सवाल पर राधे समेत सभी बच्चे हँसने लगे।

''कहीं नहीं।'' संजय बोला।

''तो जल्दी कर, पानी-वानी पिला। थोड़ा आराम कर लें, तब जाएँ।'' बुढ़ऊ ने जैसे कुछ सुना नहीं।

शायद बुढ़ऊ का मकसद रमरेपुर से था जहाँ राधे की ननिहाल थी और जो यहाँ से कोस भर दूर था लेकिन सचाई सब लोग समझते थे। उन्हें पता था कि बुढ़ऊ नगीना से भी जौ भर आगे हैं। बिहारी ने खिसियाकर लोचन से कहा, ''भई, लोचन, बुढ़ऊ तो गजब हैं। कहने का एक ढंग होता है लेकिन ये तो सीधे भद्‌दगी कर बैठते हैं।''

''बब्बन!'' लोचन ने घराने में बड़े होने की जिम्मेदारी महसूस करते हुए हुकुम दिया, ''जाओ, रस-वस लाओ और अभी तुरन्त! लपक जाओ!''

''और संजय, देखो, नगीना कहाँ है?'' बिहारी ने कहा। उनके चेहरे पर चमक थी। उन्हें याद आ गया था कि जब दशहरे में यही राधे आया था तो नगीना कहते घूमते थे, 'अरे, उसे बच्चा मत समझो। उसकी खोराकी देखो तो तुम्हारी आँख खुल जाए!' वे मन-ही-मन हँस रहे थे कि अब उनकी आँखें खुलेंगी।

''नगीना आएँगे ही, जाएँगे कहाँ?'' लोचन बोले।

बुढ़ऊ से रहा न गया। वे बोल उठे, ''नगीना से लौटानी में ही भेंट हो पाएगी बेटा। वे हेतमपुर गए होंगे एक काम से।''

''अरे चुप भी रहिए, आपसे कौन पूछ्ता है?'' बिहारी ने नगीना की जगह से उन्हें डाँटा, ''वे विलायत नहीं गए हैं न!''

बुढ़ऊ कुछ देर तो वैसे ही बैठे टुकुर-टुकुर ताकते रहे फिर अँगोछे का सिरहाना बनाकर लेट गए, ''हुँह। मोसे का मतलब? हम तो एक बात कर रहे थे।''

बब्बन झटपट दही मिले रस की बाल्टी लेकर आ गया। मेहमानों ने बारी-बारी हाथ-पैर धोया, कुल्ला किया और अपनी जगह आकर बैठ गए। बिहारी ने देखा कि रस खाँड़ का नहीं, चीनी का है। इसका मतलब कि नगीना ने पहले से ही मेहमानों के लिए जुगाड़ कर रखा है।

''पियो बेटा, गरमी में गुन करेगा रस।'' बिहारी ने लड़कों को ललकारा लेकिन उनसे दो-दो गिलास से अधिक नहीं चला। बाल्टी में दो-तीन गिलास और बच रहा था। बब्बन ने 'नहीं, नहीं' करने के बावजूद जबर्दस्ती लोचन और बिहारी को भी एक-एक गिलास पिलाया। लेकिन जब उसने बाबा को देना चाहा तो बुढ़ऊ ने उसे बड़ी बेमुरव्वती से झटक दिया।

''ऐसे तो पारस दस-पन्द्रह रोज में आएगा ही लेकिन सुनेगा तो पहले ही भागा आएगा।'' लोचन ने राधे से बताया।

''आओ, आओ नगीना, देखो जरा, कौन आया है?'' बिहारी ने बड़े हुलास के साथ नगीना को आवाज दी।

नगीना पिछवाड़े से भैंस को हाँकते हुए निश्चिन्त चले आ रहे थे लेकिन जब

ओसारे की ओर देखा तो थम गए। वे कभी लोचन को देखते थे, कभी बिहारी को और कभी नीचे पड़ी बालटी को। अन्त में उनकी नजर राधे पर जाकर ठहर गई।

"ओए बब्बन! नगीना को भी दे एक गिलास।" लोचन बब्बन से बोले।

नगीना ने पलटकर देखा तो भैंस अपनी नाँद पर न जाकर चरनी में मुँह मार रही थी। उन्होंने गोबर के पास पड़ी फरुही उठाई और गरियाते हुए उसे तीन-चार फरुही मारी। वह चरनी का चक्कर लगाकर महुए के नीचे नाँद के पास खड़ी हो गई।

मेहमान ओसारे के पास खड़े होकर उनका इन्तजार कर रहे थे कि आएँ तो पैर छुएँ। थोड़ी देर बाद भैंस को कोसते और भुनभुनाते हुए नगीना आए और बैठ गए।

उनके आने के बाद वातावरण कुछ देर के लिए गम्भीर हो गया।

"भई नगीना!" लोचन ने ही शुरू किया, "लड़के दिन-भर के भूखे-प्यासे हैं। इनके खाने-पीने का कुछ बन्दोबस्त करो!"

नगीना ने लड़कों को देखा और अँगोछे से हवा करने लगे, "यह खाने का समय तो नहीं रह गया है मेरी समझ में! कुछ रस-पानी कराया?"

बब्बन ने सिर हिलाया।

"और भाई लोचन, आवाजापुर भी तो चलना है थोड़ी देर में।" बिहारी ने मुस्कराते हुए व्यंग्य किया।

नगीना ने कोई ध्यान नहीं दिया, "आवाजापुर चलना हो तो, न चलना हो तो; अब साँझ होने को आ रही है। अभी खा लेंगे तो रात को क्या खाएँगे?"

"हम खाने के लिए थोड़े कह रहे हैं भाई! अरे, हलुआ-पकौड़ी जो ही बन जाए।" लोचन बोले।

"ये कोई पाहुन हैं?" नगीना ने उसी स्वर में सुनाया, "इनका अपना घर है। जब मन होगा, जाएँगे; रूखा-सूखा जो कुछ होगा, खा लेंगे। लेकिन यह भी है, यहीं पेट भर लेंगे तो वहाँ क्या खाएँगे?"

[1976]

एक गुड्डी

आया—यानी बिखरे बालों और गन्दे हाथोंवाली आया आई। उसने गुड्डी को उठाया। इधर-उधर देखा और बैठक में डाल दिया।

गुड्डी चुप हो गई।

बैठक में गुड्डी के पापा थे। लाल चेहरा। कचौड़ी की तरह फूले गाल। वे सोफे पर बैठे थे और परेशान थे। उनके सामने टेबल पर एक बही थी। मोटी-सी। बही के सामने तीन व्यक्ति थे। गुड्डी के आने का किसी को पता न था।

''उन ट्रकों को परसों ही आना था, वे क्यों नहीं आईं?'' पापा बात-बात पर झल्ला रहे थे।

''सामान न लदा होगा। और तो दूसरी वजह नहीं।''

''मैं कुछ नहीं जानता। ट्रकें क्यों नहीं आईं?'' पापा गरजे।

पापा की तेज आवाज सुनकर गुड्डी सहम गई। वह धीरे-से बोली, दुलार में, ''पा-पा!''

''एक न आती तो कोई बात नहीं। लेकिन दस-दस ट्रकों का न आना...''

''आज शाम तक सब आ जाएँगी।''

''आज आएँ या भाड़ में जाएँ,'' पापा कड़क उठे। उनकी उँगली बही पर गई। ''मैं पूछता हूँ—एक दिन का इतने रुपयों का जो लॉस हो रहा है, वह कौन देगा?''

उन तीनों व्यक्तियों ने सिर झुका लिया।

गुड्डी ने एक बार उनकी तरफ देखा। फिर पापा की ओर। फिर बही को। और जोर से रो पड़ी।

''तू यहाँ क्या पें-पें कर रही है?''

गुड्डी सकपकाकर चुप हो गई।

पापा गुस्से में उठे। उन्होंने उसकी बाँह पकड़ी। बरामदे में झटका और चिल्लाए, ''आया!''

वे थोड़ी देर खड़े रहे फिर किवाड़ बन्द कर लिया।

जैसे ही उन्होंने दरवाजा बन्द किया, गुड्डी फिर रोने लगी। वह आज बहुत रो रही थी; बल्कि वहाँ रो नहीं, ऊँ-ऊँ कर रही थी।

आया फिर दौड़ी आई। इस बार उसके हाथों में कालिख थी। उसने दाँत पीसे। थप्पड़ ताने—धमकी में। उसके बाद पुचकारा, बगल में दबाया और पास वाले कमरे में खड़ा कर दिया।

वहाँ गुड्डी के अंकल थे। दरवाजे की ओर पीठ किए। पालथी मारे हुए। उनकी गरदन थी और उस पर सोने की जंजीर थी। कन्धा था और उस पर एक सितार टिका था। सामने फर्श पर एक चित्र था—सरस्वती का। दूसरा चित्र ऊपर दीवाल में टँगा था। शायद रविशंकर का। कमरे के कोने में दूसरे कई बाजे थे।

अंकल ने तारों पर उँगलियाँ फेरीं। किर्र-किर्र की ध्वनि निकली। देखते-देखते वह ध्वनि खिड़की की छड़ों से झूल गई। काँपती किरन की तरह। अंकल ने किरन को खींचा और उँगलियों में लपेट लिया। फिर कमरे भर ढेरों किरणें फैला दीं। वे बहुत प्रसन्न हुए। उन्होंने पहले बाजे को देखा, फिर सरस्वती को। उसके बाद सितार को आहिस्ता फर्श पर लिटा दिया और सरस्वती के चरणों पर गिर पड़े, ''माँ!'' उन्होंने भाव-विह्वल होकर पुकारा, ''आज भी जलसे होते हैं। आज भी कला-प्रेमियों की कमी नहीं है। लेकिन कला को समझने वाले—उसकी बारीकियों को बूझनेवाले कितने हैं?''

गुड्डी चुप रही—कुछ देर तक। फिर वह कोने की ओर बढ़ी। बाजों के समीप पहुँची। उसने अंकल को देखा और मुस्कराई। धीरे-धीरे एक बाजे की तरफ हाथ बढ़ाया। ''नहीं, नहीं,'' वह अंकल की नकल में बोली। और हाथ हटा लिया। फिर उसके तारों को अपनी नन्ही उँगलियों से छुआ। उसे अच्छा लगा। उसके बाद कई तारों को उसने मुट्ठी में पकड़ा और खींचा। बाजा गिरा और कई तार झनझनाकर टूट गए। वह डरकर रोने लगी।

अंकल चौंककर उठे—हड़बड़ी में। वे आकर गुड्डी के पास खड़े हो गए।

''कंकी।'' अंकल को देखकर गुड्डी का स्वर और तेज हो गया।

''कंकी की बच्ची!'' अंकल का चेहरा तमतमा गया।

उन्होंने गुड्डी के हाथ पकड़कर ऊपर फेंका और लोक लिया। वे बाहर आकर चिंग्घाड़ उठे, ''आया!''

कोई उत्तर नहीं आया।

''आया!'' वे फिर गरजे।

गुड्डी सख्ते में आ गई।

''नन्हे!'' उन्होंने नन्हे को दो-तीन आवाजें दीं।

उत्तर आया, नन्हे बाबू आराम कर रहे हैं।

''आराम कर रहा है तो इसे फुसला नहीं सकता?'' अंकल बिगड़े और सीढ़ियाँ चढ़कर नन्हे के कमरे तक गए।

किवाड़ अन्दर से बन्द थे। उनमें ऊपर शीशे लगे थे। मोटे शीशे। शीशे की बीच की पॉलिश छूट गई थी। उन्होंने उचककर देखा—सीता—आया की लड़की नन्हे की

जाँघ पर सिर रखे लेटी है। उसकी आँखें बन्द हैं। नन्हे के होंठ उसके होंठों पर हैं। सीता के हाथ में झाड़ू है और वह फर्श पर झूल रहा है। नन्हे फुसफुसा रहा है, ''उसके बगल में एक और दुकान होगी। गहनों की। उसके बगल में फिर एक और। कपड़ों की। फिर तो गहने पर गहने, साड़ी पर साड़ी। आज तो बस यही चवन्नी है लेकिन उस दिन देखना, मैं तुम्हें किस तरह प्यार करूँगा! इस तरह...''

अंकल गुड्डी को लिये वहीं से उछले और बिचले कमरे में आ पहुँचे। देखा, आंटी भोजन में लगी हैं।

''तुम लोग बहरी हो गई हो? मैं घंटे भर से चिल्ला रहा हूँ मगर कोई नहीं सुनता।'' वे बड़बड़ाते हुए वहाँ गए जहाँ भौजाई सोई थीं।

''भाबी!'' वे खड़े हो गए, ''आप समझतीं-बूझतीं नहीं। इसे नीचे भेज दिया और इसने सैकड़ों का बाजा तोड़ दिया।'' कहने के साथ ही उन्होंने गुड्डी को भौजाई के बिस्तरे पर दे मारा।

गुड्डी बिस्तरे पर गिरी और जैसे-तैसे उठ बैठी। उसने फिर रोना शुरू किया। भौजाई करवट ले उतान हो गईं। बड़ी मेहनत से उन्होंने गुड्डी को ठोंककर चुप कराया। गुड्डी बैठकर नाक सुड़कने लगी। उसने अपनी मम्मी के शरीर पर आँखें घुमाईं। उसे उनके शरीर में सबसे अच्छा फूला हुआ पेट लगता—चिकना, पीला और भरा-भरा।

गुड्डी ने पेट से कपड़ा हटाया। उस पर दो-तीन बार गदोरियाँ फेरीं।

''मम्मी,'' वह इठलाकर बोली।

''हाँ, बेटी।'' मम्मी ने कहा और सुख से आँखें बन्द कर लीं। उन्हें सिहरन हो रही थी। गुड्डी हाथ फेरती रही—फेरती रही। झुककर हल्के-हल्के उसे चूमा, और सहसा काट लिया।

मम्मी चीख उठीं। उन्होंने सोए-सोए गुड्डी को दो-चार हाथ लगा दिया।

''आया!'' मम्मी चिल्लाईं।

आया गुसलखाने से आई।

''मैंने तुमसे बीसियों बार कहा कि इसे मुझसे दूर रख। लेकिन तू सुनती नहीं।''

आया खड़ी रही।

''इसे दूध पिलाया है?''

''हाँ!'

''फिर क्यों रो रही है?''

आया नहीं बोली।

''तू क्या कर रही है?''

''कपड़े धो रही हूँ।''

''सीता क्या कर रही है?''

"झाड़ू दे रही है।"

"और अम्मा जी?"

"वे ऊपर हैं।"

"तो वहीं क्यों नहीं दे आती?"

आया ने गुड्डी को उठाया और खीजकर ऊपर ले गई।

अम्मा जी अर्थात गुड्डी की दादी एक आसनी पर बैठी थीं। नाक पर चश्मा लगाए। वे अभी कुछ रोज पहले हरिद्वार और द्वारिका जी की यात्रा से लौटी थीं। उनके आगे रामायण का गुटका खुला था। एक ओर अगरबत्ती सुलग रही थी। दूसरी ओर दीया में दसाँध। दीया से धुआँ उठ रहा था। वे गा-गाकर चौपाई पढ़ रही थीं। आया ने गुड्डी को उनके पास खड़ा कर दिया।

गुड्डी ने दादी को देखा। "दी-दी!" वह बोली।

"बेटू, दी-दी।" दादी ने कहा।

"दी-दी।" गुड्डी फिर बोली।

"राम-राम कहु बारंबारा—बेटू।" दादी गाते-गाते पोपले मुँह से मुस्कराईं।

गुड्डी भी हँसी। दादी का सिर हिलाना देखकर गुड्डी भी सिर हिलाने लगी। फिर वहीं उनके सामने पंजों पर बैठ गई। वह जैसे ही बैठी कि एक तेज आवाज हुई। आवाज के साथ कुछ पीले-हरे छींटे गुटके पर फैल गए। दादी सँभालें, तब तक गुटका पानी में भी तर हो गया।

"राम-राम, सब भरभंड हो गया!" दादी गुटका और गाना छोड़कर जोर-जोर से रोने लगीं।

उनका रोना सुनकर नीचे से आंटी और आया दौड़ी आईं।

"क्या हुआ?"

"इसने मेरा लोक-परलोक सब चौपट कर दिया। सारा तीरथ-व्रत..." और दादी अहँ-हँहँ करने लगीं।

एक-एक करके सभी लोग आ गए। अपनी बही लिये पापा। सितार के साथ अंकल। पेट के साथ मम्मी। सब लोग परेशान होकर दादी को देख रहे थे लेकिन दादी किसी को नहीं देख रही थीं। वे केवल कराह रही थीं।

दादी के समीप गुड्डी थी। उसका चित्त इस समय हल्का था। वह खुश थी और हाथ हिलाकर सबको 'ता-ता' कर रही थी।

[1966]

जाड़ा

दिसम्बर का महीना। जाड़े की रात। बन्द खिड़कियाँ। अधखुला दरवाजा। ठंडी-ठंडी हवाएँ। कल इतनी ठंड नहीं थी। कहीं बर्फ गिरी होगी। पति उठता है। किवाड़ चिपका देता है।

पति-पत्नी बैठे हैं। पति कम्बल ओढ़े है। पत्नी चादर लपेटे है। भोजन हो चुका है। दोनों के बीच अँगीठी है। अँगीठी सुलगती रहती है। बीच-बीच में धुआँ भी देती है। धुआँ पत्नी की आँखों में लगता है। वह मुँह एक ओर फेर लेती है।

''आज कुछ अधिक ठंड है।'' पत्नी कहती है।

पति सुन लेता।

पत्नी अँगीठी पर हाथ सेंकती। फिर उसे माथा, गाल और आँख पर फेरती। कुछ देर फेरती रहती है।

पति बैठे-बैठे पीठ कड़ी करता। थोड़ा लम्बा होता। हाथ पेट के पास ले जाता। एक बीड़ी निकल आती। उसे अँगीठी में डालता। मुँह से लगाता। फिर धुआँ छोड़ता।

''पीना ही है तो सिगरेट क्यों नहीं पीते?''

''जिसे बीड़ी की लत लग जाती है, उसे सिगरेट अच्छी नहीं लगती।''

''तुम तो कहते थे, मुझे सिगरेट पसन्द है? बीड़ी कड़ी होती है!''

''कहा होगा।'' पति बोलता। कहने के ढंग में लापरवाही होती।

''शादी के बाद तो सिगरेट ही पीते रहे थे।''

पति कोई जवाब नहीं देता। चुपचाप बीड़ी पीता रहता। धुआँ छोड़ता जाता।

पत्नी इत्मीनान से बैठ जाती। साड़ी समेट लेती। दोनों बाँहें जाँघों के दोनों ओर से नीचे जातीं। फिर उँगलियाँ एक दूसरे में फँसा दी जातीं। गहुए की शक्ल में। और जाँघें गुँथी उँगलियों के सहारे ऊपर उठतीं। पाँव थोड़ा लम्बे हो जाते। तलुए अँगीठी के समीप होते।

''परसों तिवारी जी के घर गई थी।''

''कब?'' पति पूछता नहीं, कहता।

''शाम को।''

''तो?'' वह सिर उठाता।

''तिवराइन जी इन दिनों स्वेटर बुनने में व्यस्त हैं।''

''किसके लिए?'' पति धुआँ छोड़ता।

''तिवारी जी के लिए। डिजाइन बिल्कुल नई है।'' पत्नी की आँखें चमक उठतीं।

''तिवारी जी कतई अच्छे आदमी नहीं हैं।'' पति अत्यन्त लापरवाही से कहता। ''वह घूस लेता है।''

फिर थोड़ी देर की चुप्पी। पति बीड़ी उलटता। वह उसका जलता हिस्सा मुँह के भीतर रखता। ओठ बन्द करता। थोड़ी देर बाद बीड़ी निकालता। वह जलती होती। उसे कोई खुशी नहीं होती।

पत्नी पास में पड़ी बबूल की सूखी दातून उठाती। अँगीठी की आग कुरेदने लगती।

''कल गुप्ता की बीवी आई थीं।'' पत्नी शुरू करती।

''उन्हें दूसरा काम ही क्या है?''

''गुप्ता जी ने उन्हें एक ऊनी स्वेटर खरीदा है। रंग लाल है। बड़ा अच्छा है।''

पत्नी चुप होकर वाक्य की प्रतिक्रिया देखना चाहती। फिर बोलती, ''गोरी देह पर लाल रंग खिलता है।''

''गुप्ता जी मेरा बड़ा अदब करते हैं। झुककर 'नमस्ते' करते हैं।'' पति सुनाता। और बीड़ी झटक देता। वह गिर पड़ती। वहीं कहीं पाँव पोंछने के लिए बोरा पड़ा होता। कहीं जल न जाए। पत्नी पीछे लटक जाती। बोरा खींचती। फिर दूर कर देती।

''मुझ पर कौन-सा रंग फबेगा? मैं तो समझ ही नहीं पाती।'' पत्नी एक निराश हँसी हँसती है।

''क्यों?'' पति उत्साह दिखाता, ''नीला अच्छा लगेगा।''

पत्नी कुछ देर और प्रतीक्षा करती, फिर एक लम्बी साँस लेती, ''मेरे गाँव एक चेस्टर पड़ी है। बाबूजी ने खरीदा था। सोचती हूँ, चिट्ठी लिख दूँ।''

पति को चुपचाप पाकर फिर कहती, ''कोई जाता तो मँगवा लेती।''

''रहने दो। कल सुबह मैं तुम्हारे लिए ऊन ला दूँगा।''

''लेकिन लोग क्या कहेंगे? मैं पहनूँ, तुम ऐसे ही रहो!''

पति कोई जवाब नहीं दे रहा।

''ऊन ला दो, तो तुम्हारे लिए भी तैयार कर दूँ।'' पत्नी सामने देखती।

पति अपने चारों ओर कम्बल लपेटता उठ खड़ा होता। किवाड़ धीरे-से खोलता। बाथरूम की ओर मुड़ता।

थोड़ी देर बाद वापस लौटता। किवाड़ उढ़का देता। कमरे में हवा प्रवेश किए होती। पत्नी सिहर उठती। पति सी-सी करता बैठ जाता। बैठने के लिए झुकते समय उसके मुँह की भाप पत्नी के गालों पर लगती।

"तो कल ला दोगे?" पत्नी पूछती।

"मैं कुछ और सोच रहा हूँ।" पति सोचता-सा बोलता।

"क्या?" पत्नी को आशंका होती।

"स्वेटर मुझसे जरूरी तो दीनू के लिए है।" दीनू शायद पति का छोटा भाई है।

"दीनू बाबू तो एक स्वेटर पहनते हैं।"

"वह पुराना हुआ।"

कुछ सोचती हुई पत्नी कहती, "ठीक है, उन्हें भी ला दो। बुन दूँगी।"

पति कुछ उलझन महसूस करता, "देखो, आग कम हो गई है। कुछ और बुरादा डाल दो।"

पत्नी उठने में आलस करती। शायद उसकी उठने की इच्छा नहीं करती। फिर भी उठती। उस कमरे से सटे दूसरे कमरे में जाती। अंजुली भर बुरादा लाती। अँगीठी में डालती। सूखी दातून से उसे चलाती। अँगीठी में धुआँ उठने लगता।

"किन्तु क्या यह अच्छा है कि हम स्वेटर पहनें? पप्पू, देबू, बीना वैसे ही रहें?" सम्भव है, ये पति के भाई और बहन हों!

पत्नी को कुछ अड़चन होती। वह कुछ देर खामोश रहती।

"लेकिन इतने रुपए तुम्हारे पास हैं?"

"इससे तुमसे मतलब? तुम्हें ऊन ही चाहिए न?" पति के शब्दों में गति आ जाती। पिछले कमरे में कनस्तर हैं। और दूसरे सामान भी हैं। वहाँ से चीं-चीं की ध्वनि आती। शायद चूहे परस्पर लड़ रहे होते।

पत्नी एक लम्बी साँस लेती, "सुना है, ऊन इस साल बड़ा महँगा है?"

पति चुप रहता।

"तो ठीक है। तुम जितनों के लिए लाओ, मैं तैयार कर दूँगी।" पत्नी विवाद से थकी-सी लगती। उसके चेहरे पर झुँझलाहट के चिह्न होते।

किवाड़ों पर पछुआ का धक्का महसूस होता। एक पल्ला खुल जाता। अँगीठी जल उठती। दोनों सिहर उठते। पति उठकर दरवाजे में साँकल चढ़ा देता। किन्तु वह जाड़े से काँप रहा होता।

"लेकिन सुनो। एक ही साथ तो सबके बुने नहीं जाएँगे?" पत्नी चिटकियों में अपना माथा मलने लगती।

"हाँ, तो?" पति की आवाज में ठंड होती।

"तो पहले दो के लिए ऊन ला दो। बाद में फिर दो-तीन के लिए लाना।" स्वर खुशी के आस-पास लगता।

पति अपने शरीर को थोड़ा सिकोड़ते हुए कहता, "तुम्हारा मतलब दीनू और पप्पू से है?" वह अँगीठी के अधिक समीप खिसक गया।

पत्नी कुछ नहीं बोलती। वह नीचे देखने लगती। उसकी उँगलियाँ माथे को रगड़ती रहतीं।

''सिर में बहुत दर्द हो रहा है।'' वह कहती। फिर घुटनों पर दोनों हाथ लगाती। उठ खड़ी होती। उठते समय खाँसी और हुँह के बीच ध्वनि निकलती। पैरों में चप्पल डालती। बिस्तरे पर लेट जाती। ऊपर रजाई डाल लेती।

पति वैसे ही बैठा रहता। वह दूसरी बीड़ी निकालता। सुलगाता और मुँह से खींचता। धुआँ निकलता। फिर बीड़ी को उलटता। मुँह के भीतर रखता। ओठ बन्द करता। थोड़ी देर बाद बाहर लाता। उसकी आग बुझती नहीं। जलती रहती।

[1964]

कोंपलें

वसन्त का आरम्भ है। दिन-भर हवाएँ चलती हैं। पत्ते झड़ा करते हैं। वातावरण में एक ऊब है—एक खास मोहक उदासी। जैसी विवाह के थोड़ा पूर्व सयानी लड़कियों में आ जाती है। शाम थोड़ी नम हो जाती है। घासों पर ओस पड़ती रहती है। मन अपने-आप उचट जाता है। तुम बैठे हो, लेटे हो—लगेगा, तुम हवाओं में हो!

धूप दोपहर-भर गर्म होगी। पसीने आएँगे। लेकिन सुबह और शाम—तुम अपने सीने के बटन खोल दो। छाती के बीच का हिस्सा खुला छोड़ दो। लगेगा, धूप तुम्हें चाट रही है। उसकी खुरदुरी और नमकीन जीभ तुम्हारी त्वचा को रगड़ेगी। तुम गुदगुदी महसूस करोगे। और अगर तुम थोड़ी देर बाद बटन बन्द कर लो तो पाओगे—वह त्वचा के भीतर पसलियों तक चली गई है। वहाँ रक्त में पहुँचकर शरीर के अन्य भागों में भीन रही है।

विश्वविद्यालय में परीक्षाएँ हो रही हैं। कुछ समाप्त भी हो गई हैं। चारों ओर रिक्शे हैं—सड़कों और मुहानियों पर। हॉस्टलों और कॉलेजों के आगे। वे आ-जा रहे हैं। उन पर लड़के हैं और सामान हैं। एक कोलाहल है—बाई-बाई का, हिलते हुए हाथों का, काँपते रूमालों का।

शाम को अक्सर सड़कें भरी होती हैं। लोगों के छोटे-छोटे समूह गुप-चुप आते हैं। जाते हैं। अच्छी-खासी भीड़ रहती है। फिर भी हर एक को लगता है कि ऐसा कुछ है जो कहीं नहीं है। जिसका न होना खटकता है। कभी-कभी अखरता भी है। इच्छा होती है, कहीं कोई मिले तो बातें कर लूँ। ढेरों बातें, यहाँ-वहाँ की। किन्तु मिलने पर मेरे पास कुछ नहीं होता। लगता है, उन बातों ने अभी कोई शक्ल नहीं पकड़ी है।

और ये सड़कें? जिग-जैग। कहीं से चलो, घूमकर वहीं आओगे जहाँ खाली तुम रहोगे। तुम्हें कोई बात न मिलेगी। और मिली हुई बातें बिना शक्ल के होंगी।

आज हमारी परीक्षा समाप्त हो गई। हॉल से निकलने पर प्रसन्नता हुई थी। एक बोझ था जो टल गया। हम गाए, हँसे। खुशियाँ मनाईं। गर्ग ने माउथ-ऑर्गन पर सिनेमा का कोई गीत गाया। बड़ा ही उदास और प्यार-भरा। माथुर ने टेबल पर तबला बजाया। सिन्हा काफी देर तक बरामदे में फर्श पर पाँव घसीटकर चलता रहा।

मैं कई बार सड़क की ओर मुँह कर बेमतलब चिल्लाया। चीखा। जोर-जोर से हँसा। उछला। कूदा। और सामने के मैदान में तब तक दौड़ता रहा, जब तक थककर—घास पर लुढ़ककर—ढेर नहीं हो गया।

उछलने-कूदने के बाद लगा, हम जैसे बेकार हो गए हैं। अब कुछ करना चाहिए। कुछ नया होना चाहिए। जीवन अर्थहीन और निरुद्देश्य मालूम पड़ने लगा। अकारण तबीयत उखड़ी-उखड़ी हो आई।

गर्ग घर जा रहा है। पता चला। हमने आग्रह किया, "रुक जाओ। आज भर। प्लीज... !"

लेकिन उसका मन नहीं लग रहा था। वह शहर छोड़ने के मूड में था। "अब मैं यहाँ नहीं रुक सकता। रुका नहीं जाता।" कहते-कहते वह बड़ा दयनीय हो गया था।

कल भोर सिन्हा चला जाएगा। रात में माथुर को जाना है। मेरा क्या होगा, जिसे कहीं नहीं जाना है? मैं कुछ देर तक सोचता रह गया था।

गर्ग को छोड़ आने के बाद हम कहीं भी चल देने के लिए निकले। रोड पर एक आदमी से रिक्शावाला लड़ता दिखा। मन बड़ा प्रसन्न हुआ। हम उस तरफ दौड़ पड़े। 'चलो, कुछ देर के लिए कोई बात तो मिली।' हमने सोचा। हमें देखकर दोनों चकराए। आदमी ने चुपके से रिक्शा वाले के हाथ पर कुछ रखा। उसने गिने बिना पैसा पॉकेट में रखा। और दोनों अलग हो गए।

"अरे भाई, सुनो तो। जरा हमें भी तो समझाओ, क्या बात है?" हमने पुकारा किन्तु वे जा चुके थे।

"अब?" हमने एक दूसरे को देखा। इतना शीघ्र सब समाप्त हो जाने से हमें थोड़ा दुख हुआ।

हम बाईं ओर मुड़ गए। इधर विश्वविद्यालय की सीमा है। सीमा के पीछे एक बस्ती है। उसे नरिया कहते हैं। नरिया कोई नहीं जाता। कभी नहीं जाता।

वहाँ एक बूढ़ा आइसक्रीम बेच रहा था। हम उधर घूम गए। तीन आइसक्रीम ली गई। बूढ़े ने पैसा माँगा। "कितना?" हमने पूछा। उसने दाम बताया। हमने कहा, "तुम्हारी आइसक्रीम रद्दी है। बासी है। सड़ी है। एक पैसा नहीं देंगे।"

उसने कहा, "जैसी मरजी।"

"मरजी-वरजी नहीं। ठीक बताओ।" हम बिगड़े।

वह जवाब में हँसकर रह गया था।

"अच्छा, तो हम चले।" और हम दूसरी ओर चल पड़े।

बूढ़े ने बड़ी लापरवाही से अपनी गाड़ी एक ओर ढुगरा दी। उसके इस अनुत्साह से हमें निराशा हुई। सिन्हा लौटकर गया। उसका हिसाब दे आया।

"लोग कितने जाहिल और मुर्दा होते जा रहे हैं!" उसने विचार प्रकट किया।

"अब क्या हो?" फिर हम ठिठक गए। चारदीवारी और झाड़-झँखाड़ों के बीच से लंका के लिए एक सड़क जाती है। हम निर्णय किए बिना उधर बढ़ गए।

रास्ते में हमने आपस में कोई बात नहीं की। और जो की—वह बात न थी। अजीब-अजीब खयाल दिमाग में यों आते रहे, जैसे हम सिन्हा, माथुर, वर्मा नहीं रह गए हों। केवल बेमानी खयालों के ढेर हों। और खयाल भी कैसे? अभी ऊपर से हवाओं का झोंका गुजरे। कुछ पत्ते और धूल उड़ आएँ। हम सोचने लग जाएँ कि जिन्दगी कितनी हल्की-फुल्की है। और दूसरे ही क्षण हवा थम जाए। ऊमस बढ़ जाए। जीने का सारा स्वाद कड़वा हो उठे। हमें लगने लगे कि हमारे विचार वह नहीं हैं, जो हम मान बैठे थे।

लगा था कि उन दोनों की उपस्थिति मेरे एकान्त में बाधक हो रही है। मैंने ध्यान दिया, वे भी मुझसे कटकर चलना चाह रहे हैं। हमारा एकान्त कहीं-न-कहीं परस्पर टकराता चल रहा था। हालाँकि हम उससे बचने का अपने तईं कम प्रयास नहीं कर रहे हैं।

हम लंका पर यूनिवर्सिटी गेट के पास रुक गए। थोड़ी देर बाद सिन्हा ने कहा, "मुझे चौक से सामान लेना है। घर के लिए। यदि मैं तुम्हें यहीं छोड़ दूँ तो..."

उसे वाक्य पूरा करना नहीं था। हम मुस्कराए। कभी-कभी कुछ खास स्थितियों में जानते हुए भी हम अनावश्यक रूप से औपचारिक हो उठते हैं। माथुर भी थोड़ी देर बाद अलग हो गया। घर जाने से पहले उसे एक प्रोफेसर से मिलना था।

"देखो, हमें अलग होना है। एक अनिश्चित काल के लिए। लेकिन हमें यह क्या हो गया है?" मैंने क्षण भर के लिए सोचा। और अनजाने ही मुझे इस बात से तकलीफ हुई कि अलग होने का हमें दुख क्यों नहीं हो रहा है।

"छोड़ो इन बातों को।" और मैं अकेले वीमेंस कॉलेज की तिमुहानी के लिए तेज हो गया। कुछ ही डग चल पाया था कि ठिठका। 'गेट से तिमुहानी कितने कदम पड़ेगी?' मेरे दिमाग में एक बात आई। बीच का फासला अगर नापा जाए तो कैसा हो? भीड़ बड़ी मामूली थी। सबसे बचकर आसानी से यह काम किया जा सकता था। मैंने शुरू किया—एक-दो-दस-बीस-पच्चीस...

"तुम तो ऐसे कदम सँभालकर रख रहे हो गोया..." मैंने सामने देखा। मेरे सामने एक साइकिल खड़ी हो आई थी। मैं उन्हें सुनकर हँसा। अगर उन्होंने ध्यान दिया होता तो मेरी हँसी का रहस्य खुल गया होता। वह हँसी मेरी कम, उनकी ज्यादा थी। वे एक लम्हे तक बातें करते रहे। मैं उत्तर में हँसता रहा।

मैंने उन्हें टाला। किन्तु कितने कदम पर आकर रुक गया था। संख्या भूल गई थी। मुझे थोड़ी झुँझलाहट हुई। लेकिन मैं तुरन्त एक बच्चे की तरह उछला। मेरा दाहिना पैर हवा में एक पल के लिए तैरा। और यूँ ही तिमुहानी तक दौड़ गया।

तिमुहानी पिछले दिन की तुलना में सूनी-सी दिखी। यों रिक्शे भी थे और

आने-जानेवाले लड़के भी। सड़कों पर पानी का छिड़काव भी था। फिर भी एक मनहूँसी थी, जो अवकाशों में रुँध गई थी।

कॉलेज गेट के आगे पीली साड़ी में एक लड़की थी। वह कहीं नहीं जा रही थी। खड़ी थी और उदास थी। वह प्राय: सोचती-सी लगती थी। कभी-कभी आँखें ऊपर उठाती थी। इत्मीनान से इधर-उधर देख लेती थी। थकी आँखों से।

'शायद उसे किसी की प्रतीक्षा हो!' मैंने सोचा। लेकिन रिक्शे रुके हैं। बस आती है, रुकती है, चली जाती है। और यह खड़ी है। हम हैं कि इस मौसम में एक जगह ज्यादा टिका नहीं जाता। एक यह है कि हिलना-डुलना भी मना है।

वह प्रत्येक जानेवाले को ध्यान से देखती है। जैसे मैं उसे देख रहा हूँ, वैसे नहीं। वह किसी का जाना देखती है, तो पलकें झुका लेती है। लेकिन आँखें उसके पीछे-पीछे जाने कहाँ तक चली जाती हैं। जैसे उन आँखों में दृष्टि नहीं, गन्ध हो जो हवा के संग उड़कर चली गई हो!

मैं वहाँ बड़ी देर तक रुका रहा। उसके चेहरे पर जरा भी मुस्कराहट न आई।

"हुश्, लड़की हो तो क्या मुस्करा भी नहीं सकती?" मैंने धीरे से कहा। लगा, अब मैं उस लड़की को सह न सकूँगा।

मुझे अजीब-सी अनुभूति हुई। मैं आगे बढ़ा। वह मेरा जाना भी देख रही है। मेरे पीछे एक गन्ध है। वह लड़की—मैं याद करता हूँ तो लगता है, वहाँ एक अरसे से अन्तहीन प्रतीक्षा का वास रहा हो! और वह एक लड़की नहीं, उस प्रतीक्षा का एक क्षण हो जो वहीं भूल से छूट गया हो!

झरबेरियों की पाँत से आगे बढ़ने पर पैरों के आगे प्रकाश मिला—बिखरा पड़ा। 'सूरज डूब रहा है।' मैंने सोचा। मैं माली के घर के पिछवाड़े से बोटॉनिकल गार्डन की ओर भागा। घासों पर बिछे बेतरतीब पत्तों के बीच से। पलाश के पेड़ों के बीच एक चौतरा था। मैं उस पर खड़ा हो गया। वहाँ से डूबते हुए सूरज का लाल गोला स्पष्ट दीख रहा था। मैंने उचककर हाथ हिलाया। जोर से चिल्लाया—टा-टा!

उसकी किरणें मेरे बाल, चेहरे और कमीज को रँग रही थीं। मैंने कमीज के बटन खोल दिये। किरणों का फेन मेरे बालों, मेरी छाती में उतर आया।...और सूरज के पूरी तरह डूब जाने तक हवा में मेरा हाथ हिलता रहा।

सूर्यास्त के बाद मैंने एक लम्बी साँस ली। दोनों बाँहें ऊपर कीं और देह तोड़ी। 'अब?' मैंने मन-ही-मन कहा। फिर हॉस्टल ले जानेवाली सड़क पर हो गया।

अँधेरा बढ़ने लगा है—मैंने ध्यान दिया। लेकिन इस तरह अँधेरे का बढ़ना मैंने इसके पहले नहीं देखा था। सुबह के उजाले की तरह नहीं कि सूरज उगे और सारी धरती सफेदी में भींग जाए। जगह-जगह जैसे अन्धकार के बगूले उठ रहे हैं। कभी यहाँ—कभी वहाँ। जहाँ कहीं लैम्पपोस्ट हैं, बगूले वहाँ प्रकाश के ऊपर थम गए हैं। फिर चारों ओर रफ्त:-रफ्त: बिखर रहे हैं।

अँधेरा मुझे प्रिय है। इसलिए कि उसमें मैं बड़ी आसानी से अँट जाता हूँ। मैंने प्राय: अनुभव किया है कि रोशनी में मेरा कोई–न–कोई हिस्सा हमेशा बाहर है। इस समय बाईं तरफ फैले मैदानों से बिल्कुल अलग मेरे ऊपर धुँधलके का एक झिलमिल जाल है। जब कभी हवा का झकोला आता है, आहिस्ता से जाल सिमट आता है। फिर मेरे भीतर एक सिहरन भरने लगती है।

मेरे कुछ ही आगे तीन लड़कियाँ चली जा रही हैं—मैंने देखा। मैं अनायास तेज चलने लगा और उनके पीछे हो गया। लेकिन थोड़ी देर बाद मुझे लगा—पीछे-पीछे चलना गलत बात है। और कोई माने भी नहीं रखता। मैंने दूसरे फुटपाथ पर उनके समानान्तर चलने का निश्चय किया।

मैंने सड़क पार की। उनके समानान्तर चलने लगा। मैंने उन्हें ध्यान से देखा। 'लड़की भी क्या खूबसूरत चीज है! लम्बी, गोरी और देखने में अच्छी। जरा एक टक देख दो, तो मुँह में आइसक्रीम की तरह घुल जाए!' मैंने मन–ही–मन सोचा। 'और इनकी चाल तो देखो। कितनी शानदार! कितनी प्यारी! यूँ कि घुटनों और कमर के बीच के हिस्से पीछे छूट जाएँ लेकिन पाँव हैं कि चलते चले जाएँ...।'

चलते समय अनजाने ही अपने बचपन के एक अध्यापक स्मरण आए। उन्होंने हमें लेख शुरू करने का एक तरीका बताया था—विषय चाहे जैसा हो। काश, वे इस समय होते! और उन्हें यह विषय दे दिया जाता। बोलते—लड़की ? ईश्वर ने दुनिया में घोड़े, खच्चर, भैंस, टमाटर, आलू और पापड़ जैसी अनेक चीजें बनाई हैं। उनमें से एक लड़की भी है। मैं इस विचार के साथ मुस्करा उठा।

'हैऽऽय!' मैं अचानक रुक गया। मैं धीरे–धीरे चलते हुए भी आगे बढ़ आया था। मैंने पास में खड़े नीम के चारों ओर चक्कर लगाया—यूँ ही, ताकि मैं फिर उनके साथ हो लूँ।

मैं उनके बराबर चलता रहा—खामोश। वे भी काफी दूर तक चुपचाप चलती रहीं। किसी ने भी एक शब्द नहीं कहा।

'आखिर इन्हें क्या हो गया है? ये इस तरह चुप क्यों हैं?' मुझे आश्चर्य होने लगा। सिर्फ चलना—चलना—चलना।

किन्तु एक ही रास्ते पर वे अपना चलती रहें। मैं अपना चलूँ। हममें परिचय न हो। एक दूसरे को जानने की जिज्ञासा न हो। और यह समानान्तर चलना कहीं समाप्त न हो। कितना अच्छा रहेगा!

वे दो हॉस्टलों के बीच की एक पगडंडी के सामने रुक गईं। मर्करी की रोशनी में कुछ देर तक खड़ी रहीं। फिर दो चोटियों वाली लड़की आगे बढ़ी। सनील की ब्लाउज पहने पास वाली लड़की के बाले के करीब मुँह किया। कुछ कहने के अन्दाज में। एक झटके से चूमा। थोड़ा पीछे की ओर झुकी। और हँसती हुई प्रोफेसर कॉलोनी के रास्ते पर दौड़ गई।

अँधेरे से हिलते हुए हाथ के साथ एक शरमाती आवाज आई—बाई-बाई। और पाँवों की ध्वनि हल्की पड़ गई। दोनों लड़कियाँ भी वापस लौटने लगीं।

मेरी इच्छा हुई—मैं सामने के मैदान में गिर पड़ूँ और लुढ़कता हुआ न दिखने वाले किनारे तक चला जाऊँ। किन्तु मैं उसी जमीन पर कुछ छलाँगें लगाकर रह गया। आसमान की ओर मुँह करके हवा में एक चुम्बन उछाल दिया। बस, यूँ ही उस लड़की की नकल में। लगा, वह हल्के गुब्बारे की तरह ऊपर—बहुत ऊपर उड़ा जा रहा है। शाख के लम्बे और नंगे वृक्षों से बचकर। और कुछ दूर जाकर तारकोल की काली सड़क पर गिर गया है। हल्के-हल्के लुढ़कता रहा।

'वह लड़का कितना खुश होगा—जिसे वह प्यार करती होगी!' मैंने चलते हुए सोचा।

'प्यार।' मैं रुक गया। देखो, छोटी-सी बात। मैंने रात-दिन सुना है। पुस्तकों में पढ़ा है। इस पर बहसें की हैं। लड़कियों से इस विषय पर बातें की हैं। जाने कितनी लड़कियों से। प्रायः करता हूँ। लेकिन आज तक मेरे दिमाग में एक क्षण के लिए भी नहीं आया कि किसी लड़की से मेरा प्यार नहीं हुआ है।

मुझे इस विचार से एक अजीब किस्म की अनुभूति हुई। अनुभूति के अभाव के ज्ञान की पीड़ा। लगा, मेरा खालीपन मर रहा है। बूँद-बूँद करके। मैंने थोड़ी राहत महसूस की। मेरी बेचैनी, या उखड़ेपन या उदासी को एक अर्थ मिल गया था।

किन्तु कुछ ही देर बाद मैं डरने लगा कि कौन जाने, यह अर्थ सच ही हो! अभी हवा ठहर सकती है। ऊमस बढ़ सकती है। मैं सोचने लग सकता हूँ—कि यह भी एक खालीपन है—एक खोखली रिक्तता।

[1966]

जरा-सी बात

दशाश्वमेध। इससे थोड़ा हटकर एक घाट है। दूसरा घाट। या सम्भव है, यह भी वही हो! किनारे एक नाव है। बँधी और स्थिर। उस पर एक नवविवाहित जोड़ा बैठा है।

एक छोटी बहस के बाद वे चुप हो गए हैं। पत्नी थोड़ा झुककर पानी नें हाथ हिला रही है। पति हथेलियों के बीच सिगरेट सुलगा रहा है।

इस भीड़ और हलचल से कहीं दूर बैठें—उन्होंने चाहा था। लेकिन तय हुआ कि वे इस वातावरण से बिल्कुल अलग न रहें। कुछ ऐसे हो कि वे अलग भी रहें और इसे एंज्वाय भी कर सकें।

''दा को जानते हो?'' पत्नी सहसा पूछती है।

''कौन से दा?''

''बड़े वाले।''

''हाँ।''

''लीला को नहीं जानते होगे?''

पति धुआँ छोड़ता है।

''दा लीला को प्यार करते थे।''

वह कुछ सोचता है।

''यह बहुत बुरी बात है!''

घाट की बत्तियाँ जल उठती हैं। वे प्रकाश में जैसे हिल जाते हैं।

पत्नी कुछ देर बाद बोलती है, ''दा कहते हैं कि सब करते हैं।''

''सब करते हैं?''

''हाँ, शादी के पहले सब करते हैं।''

''तुमने भी किया है?''

पत्नी अचकचा उठती है। वह उत्तर ढूँढ़ने लगती है।

''हाँ, मैंने किया है।''

पति उसे घूरता है।

''लेकिन किसे किया है?''

पति सिगरेट झाड़ता है। धीरे-धीरे।

"बाबूजी को। अम्मा को!"

"अम्मा को?" पति मुस्कराता है।

थोड़ी देर तक खामोशी रहती है।

"और तुमने?" पत्नी पूछती है।

"मैंने?"

पति हँस पड़ता है। जोर से।

"इसमें हँसने की क्या बात है?"

"तुम्हारे पास कोई और बात नहीं है?"

"और क्या हो सकती है?"

"नहीं हो सकती है? लहरें हो सकती हैं। चाँद, ठंड, अँधेरा कुछ भी हो सकता है!"

"नहीं। मैं सिर्फ जानना चाहती हूँ।"

"अच्छा!" पति गम्भीर हो जाता है।

"हाँ, तुमने किसे किया है?"

"क्यों, मेरे माँ-बाप नहीं हैं?"

"माँ-बाप तो दा के भी थे!"

"ओह!" वह चुप हो जाता है।

"तो तुम क्या समझते थे?"

"समझता नहीं, सोचता था।"

"क्या सोचते थे?"

वह सिगरेट पानी में फेंक देता है।

"सोचता था, दा के लिए तो लीला थी और तुम्हारे लिए कोई क्यों नहीं था?"

"था तो।"

पत्नी मुस्कराती है।

"तुम किसके लिए थे?"

पति हँसता है, "हाँ, मैं किसके लिए था?"

फिर वह जेब से माचिस निकालता है। और खेलने लगता है।

किनारे से एक ठेला गुजरता है। ऊपर एक पेट्रोमैक्स जल रही है। ठेले पर खाने के सामान हैं। ठेलेवाला घंटियाँ बजा रहा है और बेच रहा है।

"छोले खाओगी?"

"नहीं।"

"गोलगप्पे खाओगी?"

"नहीं।"

"मेरा सिर ही खाओगी?"

"क्या यह सिर खाना है?"

"लो, रूठने लगी!"

पत्नी बुरा मानती है।

"मैं कौन होती हूँ, रूठने वाली?"

पति उसके हाथ अपने हाथों में ले लेता है। उसे प्रसन्न करने की कोशिश करता है।

"मजाक उड़ा रहे हो?" पत्नी पूछती है।

"नहीं, ऐसा नहीं।"

'तो बताते क्यों नहीं?"

"मैंने तो तुमसे कह दिया था।"

"लेकिन फिर सुनना चाहती हूँ।"

"यानी तुम्हें मुझ पर सन्देह है?"

पत्नी रूठने का भाव व्यक्त करती है! "लो, फिर वही बात!"

उनके पास से कहकहे लगाते हुए कुछ लोग जाते हैं। पति उनके चले जाने तक रुका रहता है।

फिर एक तीली जलाता है। और उसे ऊपर उठाता रहता है।

"इधर देखो। मेरे चेहरे को।"

पत्नी देखती है।

वह तीली झटककर फेंक देता है।

"अब बोलो।"

"क्या बोलूँ?"

"चेहरे पर प्यार के निशान हैं?" वह पूछता है।

पत्नी उसकी आँखें देखती है—अँधेरे में भी जिनके कोए चमक रहे हैं। वह उसके पास खिसक आती है, "तुम कितने अच्छे हो! कितने प्यारे हो।"

वह सुखी होती है। शहर के बाहर—भीड़ से अलग एकान्त और खुली जगह में वह आत्मीयता अनुभव करती है। एक सुखद आत्मीयता। उसका हाथ अपने-आप पति की कमर के गिर्द चला जाता है। "तुम्हारा सारा प्यार मेरे लिए है—सिर्फ मेरे लिए।"

पति अपने दाहिने कन्धे पर उसका गाल महसूस करता है। गाल की तरलता-कोमलता का दबाव महसूस करता है। लगता है, जैसे उसका सारा शरीर सिमटकर केवल कन्धा रह गया है! और वह वहीं जीवित है। पत्नी की साँसों के संग है।

"...वह लड़की कितनी खुश होती जिसने तुम्हें प्यार किया होता!" वह आवेश में बुदबुदाती है और पति सुनता है।

वह सहसा सिर उठाती है।

"तुमने चाहा ही नहीं या..."

"कब कहा कि मैंने नहीं चाहा था?"

"तो क्या एक ने भी नहीं किया?"

"यही तो दुख है।"

पत्नी अपना मुँह उसके सामने करती है। उसकी आँखों के सामने।

"सचमुच किसी ने नहीं किया?"

"क्या मैं झूठ बोल रहा हूँ?"

पत्नी सिर झुका लेती है। वह कुछ-कुछ परेशान होने लगती है।

"इसका क्या कारण हो सकता है?" वह दबे स्वर से कहती है। पति से नहीं। अपने से भी नहीं।

"कारण? मैंने कभी नहीं सोचा।" पति बोलता है।

फिर एक चुप्पी छा जाती है।

पति कुछ देर तक जोहता है, "तुम चुप क्यों हो गईं?"

"जिसे किसी ने प्यार नहीं किया है, कभी नहीं किया है—उसे प्यार करना कितना कठिन हो सकता है, कितना मुश्किल है, तुम सोच नहीं सकते।"

"क्यों?"

"तुममें ऐसा क्या हो सकता है?"

पति केवल मुँह ताकता है।

"तुममें ऐसा क्या है जिसके लिए तुम प्यार किए जाओगे?"

वह गरदन घुमाता है। दूसरी ओर देखने लगता है। अँधेरे की ओर।...

"अगर मैं कहूँ कि उस लड़की के बारे में तुम्हारा सन्देह सही है... ?"

"तो क्या सचमुच तुमने उसे प्यार किया है?"

"न, मैंने सिर्फ एक बात कही है कि सही हो तो..."

"क्या सचमुच तुमने किया है?"

"मैंने नहीं, उसने किया हो?"

"चाहे जिसने किया हो, लेकिन सच है?"

"यह केवल एक बात है!"

"बात तो बहुत कुछ है!" पत्नी की आँखें भर आती हैं। गला फँस जाता है। वह क्षण भर के लिए रुक जाती है।

"आखिर यह क्या मजाक है? तुम कुछ भी साफ-साफ क्यों नहीं कहते?" वह आवेश में चीख उठती है।

"तुम सुनना क्या चाहती हो?" पति के चेहरे पर एक भाव उगता है—झुँझलाहट का।

"यही तो। यही तो नहीं समझ पा रही हूँ कि मैं क्या चाहती हूँ। लेकिन कुछ चाहती हूँ। जरूर चाहती हूँ। और तुम...सच में मुझे खुद नहीं मालूम, मैं क्या चाहती हूँ?" वह अपना सिर हथेलियों के बीच कर लेती है और सिसक पड़ती है। उसका शरीर बेतरह हिल रहा है।

पति सशंकित होकर एक बार चारों ओर देखता है। फिर उठता है, देह तोड़ता है और बैठ जाता है।

[ज्ञानोदय, 1964]

मेरा भी हाथ है

जब बाहर के किवाड़ धक्के से अलग हुए और कोई पाँव सीढ़ियों पर दबाव डालता हुआ ऊपर चला गया तो मेरी तन्द्रा को एक झटका-सा लगा। शायद डॉक्टर भैया हैं। वे अस्पताल से देर करके लौटे हैं। मैं कुछ समय पूर्व नीना के बारे में सोच रहा था। वह महीनों बाद 'कैजुअल' के रूप में भर्ती होकर कॉलेज आई थी।

मुझे ठंड लगती है। मेरा ध्यान सिरहाने वाली खिड़की के पल्ले पर जाता है। पल्ला हवा के कारण खुल गया है। मैं बन्द करने के लिए हाथ ऊपर उठाता हूँ। मेरी हथेली का ऊपरी हिस्सा चाँदनी की पकड़ में आ जाता है। मुझे बड़ा अच्छा लगता है। उठकर बैठ जाता हूँ। अब चाँदनी कुछ पत्तों की छाया के साथ मेरे गालों पर फैल आई है। मुझे पहली बार लगा कि चाँद भी कोई चीज है जो बड़ा प्यारा है और बरगद के पत्तों के बीच से मेरे होंठों तक आ सकता है।

मैं सो जाने के लिए लिहाफ में अपने शरीर को ढँक लेता हूँ।

मैं कुछ दिनों से अनुभव कर रहा था कि मेरी उम्र एक खास बिन्दु तक आकर रुक गई है और वहाँ से आगे बढ़ने की अपेक्षा वह फैलना अधिक पसन्द करने लगी है। उदाहरण के लिए—'इस समय रात के ग्यारह बजे हैं। मैं निचले कमरे में सोया हूँ। चाँद चमक रहा है।' किसी समय बात केवल इतनी थी लेकिन इस बीच नहीं। अब मैं 'कमरे' को भले ही यह कहकर छोड़ दूँ कि इसमें पूरब की ओर खुलने वाली दो खिड़कियाँ हैं और एक बुझा हुआ बल्ब। लेकिन मैं 'रात' और 'चाँद' को इतनी आसानी से न जाने दूँगा।

मैं 'रात' के साथ 'अगहन मास', 'ठंड', 'सूनापन', 'अकेलेपन' का विस्तार से उल्लेख करना चाहूँगा। और यह भी बताना न भूलूँगा कि इस साल पिछले वर्ष की तुलना में जाड़ा अपने ठीक समय से पहले आ गया है। इसी तरह 'चाँद' के पहले 'दूधिया' या 'खूबसूरत', साथ ही 'काला आकाश', 'छिटके हुए तारों', 'गंगा की लहरों' और 'ठंडी हवाओं' की ओर संकेत करना अच्छा समझूँगा; बल्कि मैं 'काला' की जगह 'सफेद' किरणों की शेडिंग वाला 'पीला आकाश' कहूँगा।

लेकिन यह उम्र के फैलाव की एक दिशा है। और भी कई बातें हैं जिनसे मस्तिष्क पूरी तरह परिचित नहीं था। जैसे मेरे नित्य के प्रयोग में आनेवाले शब्दकोश

में विशेषणों—जैसे 'सुन्दर', 'आकर्षक', 'मोहक', 'रूपवान', 'प्यारा', 'रसमय' आदि—की संख्या बढ़ने लगी है। और ये शब्द मेरे मुँह से ऐसे अनायास निकलने लगे हैं, जैसे बच्चे के मुँह से 'लेमनचूस' और 'टॉफी'। इसके अतिरिक्त मैं एक खास ढंग की कल्पनाओं में खोने लगा हूँ—यहाँ से दूर—बहुत दूर एक लहराता हुआ सागर है। चाँदनी रात में मैं किनारे एक टीले पर बैठा हूँ। बैठा हूँ और कुछ सोच रहा हूँ। क्या सोच रहा हूँ, मुझे नहीं पता। आँखें दूर अन्तरिक्ष की ओर लगी हैं। एक धुन्ध की तरह कोई जहाज उभरता है। जहाज हल्के-हल्के मेरी ओर आ रहा है।...

और कभी-कभी तो मैं ऐसे व्यवस्थित ढंग से बिल्कुल नहीं सोच पाता। मेरे दिमाग में एक क्षण के लिए 'बाजरे की बालों' और 'पोखर के सिंघाड़े' की याद आती है, तो दूसरे ही क्षण विशेषणों वाली स्मृतियों की। और इस तरह किसी निष्कर्ष तक पहुँचने की कोशिश के बिना स्वयं को उलझाता चला जाता हूँ।...

रात को किसी कारण से...सम्भवत: ठंड महसूस होने लगी थी और लिहाफ का कुछ हिस्सा मेरे शरीर से दूसरी ओर गिर पड़ा था—मेरी नींद उचट जाती है। मुझे लगा कि जाड़ा मुझ अकेले के लिए कुछ जरूरत से अधिक भारी है। मैं आँखें बन्द किए ही लिहाफ खींचने लगा कि कहीं पास से कराह सुन पड़ी।

मैंने अपने को चारों ओर से ढँक लिया लेकिन फिर पीड़ा की एक मद्धिम चीख कानों में आई। मेरा ध्यान पूरी तरह टूट गया। मैं कुतूहलवश उसे सुनने के लिए तैयार हो गया। कराह थोड़ी देर के लिए बन्द हो गई थी और मैं उसकी फिर से प्रतीक्षा करने लगा था। वह आवाज केवल सूखी चीख नहीं लगी थी—उसमें थोड़ा-सा भीगापन था और थोड़ी-सी मिठास। वह मेरे भीतर एक विलक्षण प्रकार का भय पैदा कर गई थी। मैं डरने लगा था। मैंने हाथ बढ़ाकर टेबल से घड़ी उठाई। खिड़की से सरकती हुई चाँदनी में छोटी सुई एक से कुछ आगे बढ़ रही थी। मैं फिर अपना ध्यान पीछे वाले कमरे की ओर ले गया जिसे हमेशा बन्द रहने वाला एक दरवाजा इस कमरे से अलगाता है। स्वर यद्यपि अपरिचित था, फिर भी अपने पतलेपन के कारण स्पष्टत: नारी—और उसमें भी एक लड़की—का मालूम पड़ा।

एक अजीब प्रकार की कसमसाहट-सी होने लगती है। मैं उस स्वर के इर्द-गिर्द एक अर्थ का वातावरण ढूँढ़ने लगता हूँ। किसी उलझते अर्थ को उसकी सीमाओं के बाहर निकालने का प्रयास करता हूँ किन्तु सीमाएँ टूट नहीं रही हैं। टूटना चाह नहीं रही हैं।

थोड़ी देर पश्चात् चूड़ियों की एक छोटी-सी खनक और सीत्कार की-सी ध्वनि आती है।

यह आवाज जाने कहाँ से मेरे दिमाग में विपिन को लाकर रख जाती है, जिसका पिछली गर्मी में विवाह हुआ था। वह लड़कियों के सम्बन्धों के विषय में कुछ ऐसी गोल-मटोल ढंग की बातें कहा करता था जिसे मैं सही रूप में नहीं समझ पाया था...

"...असह्य पीड़ा होती है। सम्पूर्ण शरीर की नसें तड़फड़ाकर तार-तार होने लगती हैं। उनमें एक उफान भर आता है। और स्नायुओं को भिन्न कर फट पड़ना चाहता है और..."—इसी प्रकार की अबूझ भाषा में वह जाने क्या-क्या कहा करता था। यह चीख और खनक और सीत्कार मुझे उसके उस वक्तव्य के समीप ही चक्कर काटती दिखाई पड़ती है।

"...और?" हम चार-पाँच साथी कान लगाए हुए विपिन के और समीप सिमट आते थे।

विपिन संकेत करता था। हममें से कोई एक दरवाजे से झाँक आता था कि वार्डेन तो नहीं आ रहे हैं!

इसके बाद वह कुछ झेंपते और शरमाते हुए कहता, "और फिर...जैसे तुम उथले समुद्र में बीचोबीच बैठ गए हो और चारों ओर से लहरें तुम्हारे समूचे शरीर को उछालती, फलाँगती, भिंगोती हुई आसमान में ऊपर—बहुत ऊपर उठा ले गई हों और अचानक छोड़कर हट गई हों...और तुम काँपकर हवा में तैरते हुए आ गिरे हो...और..." वह इस तरह की और भी हवाई और सांकेतिक भाषा में बोलता चला जाता था।

मैं विपिन की बातों की स्मृतियों के घिराव में आता जाता हूँ। एक विशेष प्रकार का भयमिश्रित कुतूहल मुझमें व्याप्त होने लगता है। मैं लिहाफ में अपने बदन को ढँके हुए उठ खड़ा होता हूँ। एक बार सो लेने के बाद मुझे अधिक ठंड अनुभव होने लगती है। अपनी ही भुजाओं में मैं स्वयं को बाँध लेता हूँ। लगता है कि कमरे से जो पीड़ा की कराह निकली थी, वह उधर के किवाड़ों से बाहर न जाकर अलगाने वाले तख्तों की दराज से इधर चली आई है और कमरे में चक्कर काट रही है। कमरे में टहलते हुए मैं उस ध्वनि से अनेक बार टकराया हूँ।

फिर पलंग की चरमर सुन पड़ती है। लगता है, जैसे कोई अंगड़ाइयाँ ले रहा हो या खाट के किसी विशेष हिस्से पर आवश्यकता से अधिक बल पड़ा हो!

आज प्रात:काल चाय के समय भौजी कह रही थीं कि कल-परसों कोई माथुर सपरिवार इसी मकान के पिछले हिस्से में आकर बस गए हैं। उनका कहना था कि माथुर अपनी पत्नी को गौना लाए हैं और उनकी पत्नी कम उम्र की बड़ी खूबसूरत और प्यारी लड़की है।

'माथुर कहीं इसी कमरे में तो नहीं हैं?' मेरे दिमाग में यह भावना अकस्मात् उठती है।

मेरे पाँव चुप-चुप फर्श पर पड़ते रहते हैं। पाँवों का मद्धिम दबाव जमीन पर बिखरता रहता है। हवाएँ हल्के-हल्के मुझे छूने लगती हैं। लेकिन भय है, ऐसा करने से जो कुछ भी घटित हो रहा है, कहीं ओझल न हो जाए!

और मेरी आँखों के आगे एक झटके से रिबन की शक्ल के कई फीते तैर जाते हैं। प्रत्येक फीते का रंग भिन्न और चटख है। धीरे-धीरे एक फीता फैल जाता है।

उसके वृत्त में मेरा अंग-प्रत्यंग घिर जाता है। फिर वृत्त में संकोच आने लगता है...उसकी जकड़ में मेरा शरीर कस जाता है। कसता जा रहा है...

मैं अपने भीतर ऊष्मा महसूस करता हूँ। शरीर के भीतर एक तनाव प्रवेश करने लगता है। एक अनवरोध्य उत्तेजना में मेरा शरीर ऐंठ जाता है। मुझे लिहाफ शरीर पर भारी और बोझिल प्रतीत होता है। मैं उसे अपने से अलग रख देता हूँ। मेरी छाती की तहों में धड़कन तीव्र हो उठती है। मुझे लगता है कि मैं ऐसे ही सोचता रहा तो मेरे माथे पर पसीना आ सकता है। मैं थककर-हारकर बैठ सकता हूँ। मैं बीमार हो सकता हूँ और...

फिर अचानक लगा, जैसे किसी के सीने पर बहुत बड़ा पत्थर पड़ा हो! दबाव से उसकी साँसें तेज चलने लगी हों! और अन्त में वह तड़फड़ाकर शान्त हो गया हो!

मैं तख्तों के जोड़ के पास पहुँचता हूँ। कुछ और सुनना चाहता हूँ—कुछ आवाजें, कुछ फुसफुसाहट, कुछ शब्द। लेकिन कहीं कुछ नहीं होता। कुछ नहीं घटता।

प्रातः आँख खुली। मुझमें सबसे पहले मिसेज माथुर को देखने की बात आती है। मैं आँखें मलते हुए उठ खड़ा होता हूँ और पिछवाड़े की ओर भागता हूँ...

पिछवाड़े एक सँकरी गली जाती है। पीछे वाले कमरे के सामने एक मोड़ है। उस मोड़ पर भीड़ है। भीड़ में डॉक्टर भैया खामोश खड़े हैं। औरतों और मर्दों के बीच कफन से ढँकी एक लाश है।

'कौन है? क्या हो गया है? कहाँ की है?' नए-नए लोग आ रहे हैं। तरह-तरह की जिज्ञासाएँ की जा रही हैं। आकस्मिक मृत्यु के लिए दुख प्रकट किया जा रहा है, 'ओफ्फो, बेचारी!'

पूछने पर कुछ नहीं ज्ञात हो सका। केवल इतना ही कि कोई औरत है। कल दोपहर नहाने के लिए आई थी। रात में अचानक मर गई!

उसकी मृत्यु में कहीं-न-कहीं मेरा भी हाथ है, मुझे लगा।

[1963]

समस्या

अस्सी चौमुहानी पर जो आदमी मुझे मिला, उसे देखकर यह समझते देर न लगी कि यह किसी ऑफिस में क्लर्क है। लेकिन आश्चर्य इस बात से हुआ कि अगर यह क्लर्क है तो इसकी नाक पर कमानी वाला चश्मा क्यों नहीं है?

पिछले दो दिनों की तरह आज भी बादलों की एक पतली परत से आसमान ढँका था। पानी बरस रहा था। कोलतार की काली सड़क पर बूँदें बेतरह गिर-गिरकर छिटक रही थीं। सड़क की दोनों पटरियों से इक्के-दुक्के व्यक्ति छाता लगाए आ-जा रहे थे।

चौमुहानी की बाईं पटरी पर—सब्जी की दुकान के टीन के नीचे वह व्यक्ति खड़ा था। कमीज और पतलून, अधेड़ उम्र, लम्बा कद और दुबला शरीर। उसके सामने सड़क पर चार-पाँच रिक्शे थे। कुछ को शायद उसी ने बुलाया था और कुछ खुद ही सवारी लेने आ गए थे। रिक्शे वाले भीग रहे थे।

वह बड़ा ही घबराया-सा था, जैसे किसी खतरे में हो! बीच-बीच में वह जैसी दृष्टि से रिक्शे वालों को देखता था, उससे पता लगाना मुश्किल था कि वह उन पर गुस्सा कर रहा है या दया की भीख माँग रहा है। जब कभी सड़क से दक्खिन की ओर हैट लगाए कोई आदमी गुजरता, उसका हाथ अपने-आप उठ जाता। हाथ उठ जाने के बाद वह जब भी झेंपता या लज्जित होता तो उससे साफ जाहिर होता कि भूल से उसने किसी ऐसे व्यक्ति को 'नमस्ते' कर दिया है जिससे उसका कोई परिचय नहीं।

दुकान की बगल में मैं भी खड़ा था। उसने मुझे गौर से देखा! लगा, मुझे देखकर कुछ आश्वस्त हुआ है। क्षण-भर के लिए उसके चेहरे पर चमक आई। उसने घड़ी देखी। अभी दस बजने में कुछ देर थी।

"क्यों जी, चल रहे हो?" उसने सबसे अगले रिक्शे को सम्बोधित किया।

"आखिर मैं खड़ा किसलिए हूँ साहब, लेकिन कह तो दिया!"

उस व्यक्ति ने मुझे देखा, "देखा न आपने? देख रहे हैं सब कि मैं एक घंटे से खड़ा हूँ। मेरा ऑफिस छूट रहा है। बस साली भी नहीं आ रही है। लेकिन ये अड़े हैं तो अड़े हैं। जाने दो, पैसे में क्या रखा है? बदमाश कहीं के!" वर्षा का पानी टीन

की छाजन से गिर रहा था। छिटकी से बचने के लिए वह पतलून ऊपर को समेटने लगा, फिर सिर झटककर अपने-आपसे कहा, ''इन सालों से बात करना भी हराम है।''

रिक्शे वाला चुप रहा। थोड़ी देर बाद बोला, ''क्यों बाबू, जाना रिक्शे से है तो बात मोटर वाले से करने जाइएगा! और दो पैसे में कुछ नहीं रखा है तो फिर क्यों नहीं चलते?''

उसने जवाब सुना। वह काँपने लगा, लेकिन यह काँपना शायद सर्दी का नहीं, गुस्से का था। कुछ क्षण बाद उसने जैसी कातर दृष्टि से मुझे देखा—उससे लगा, वह अपनी सहायता के लिए मुझे पुकार रहा है। उसकी सूरत साफ कह रही थी, 'काश! आज यह कम्बख्त रिक्शा चलानेवाला न होकर कहीं मेरे ऑफिस का चपरासी हुआ होता!'

इस बीच अचानक उसने पैर को झटका दिया। हुआ यह था कि एक चींटा पानी के डर से उसकी पैंट के ऊपर चढ़ आया था। झटका खाकर वह मोरी के नीचे गिरा और बहने लगा। उसने पैर बढ़ाकर चींटे को खींच लिया और जूते की हील से कुचलने लगा। थोड़ी देर बाद उसने पैर उठाया तो देखा—चींटा बूट के बीच की खाली जगह से निकलकर भागा जा रहा है।

मुझे यह सब-का-सब बड़ा अजीब लगा। मैंने रिक्शा बुलाया और चुपके जा बैठा। मेरे इस तरह बैठने से उसे ठेस लगी। मैंने उसे भी आने का संकेत किया। उसने अपना मुँह नफरत से फेर लिया। फिर बहती हुई मोरी में 'पच' से थूक दिया। मैंने दुबारा बुलाया। उसने घड़ी देखी। समय दस से अधिक हो रहा था। वह इनकार न कर सका, ''देखो, छह पैसे कह दिया है, उससे एक कौड़ी भी अधिक न देंगे, समझा?''

रिक्शा वाला भी कुछ कहने ही को था कि मैंने उस आदमी को खींचकर बिठा लिया। वह रिक्शे पर एक ओर चुपचाप सिमटकर बैठ गया।

फिर अचानक नीचे झुककर वह अपने भीगते जूतों की गाँठ खोलने लगा।

''साला अच्छा से अच्छा जूता पानी में भीगकर खराब हो जाता है।'' मेरी ओर को जरा-सा खिसक आया। उन दोनों जूतों को अपनी बगल में रख दिया। और पॉकेट से रूमाल निकालकर उन्हें पोंछने लगा।

थोड़ी देर तक खामोशी रही। मैंने तनाव कम करने के लिए कहा, ''दो-तीन रोज से मौसम बहुत बुरा है।''

''मौसम बुरा है सो तो है ही—जमाना कहाँ कम बुरा है?''

उसे फिर जैसे किसी बात की याद हो आई।

मैंने एकदम से बात बदलने की सोची, ''आप सेंट्रल ऑफिस...।''

''जी हाँ, काम तो वहीं करता हूँ, लेकिन उससे क्या होता है? आपको याद होगा, अभी साल भर पहले यहाँ से सेंट्रल ऑफिस का छह पैसा देता था, लेकिन

अब ? कोई साला रिक्शा दुअन्नी से कम में नहीं जाना चाहता।'' उसके ओठ व्यग्रता में हिलते रहे।

मैंने बात फिर बदली, ''आपका नाम ?''

''नाम तो जोशी है, आर.टी. जोशी, लेकिन...'' जोशी फिर कुछ कहना चाहते थे लेकिन...।

''....आप किस कॉलेज में पढ़ते हैं ?''

''मैं पढ़ता नहीं, बिजनेस करता हूँ।''

रिक्शा उस समय एक पाकड़ के करीब से गुजर रहा था।

''यह साला पकड़ी का पेड़ भी क्या है! बनारस में जहाँ देखो, वहीं पकड़ी का पेड़! और अव्वल तो यह है कि इसमें और इमली के पेड़ में कोई फर्क नहीं है।''

जोशी जी मुझे देख रहे थे। और मैं सोच रहा था कि इमली के पेड़ भी कई किस्म के तो नहीं होते ? मैंने उनसे पूछकर अपनी अज्ञानता जाहिर कर देना ठीक नहीं समझा।

जोशी जी ने जिस रूमाल से जूते का पानी पोंछा था, उसी से अपनी नाक पोंछ रहे थे। फिर सहसा किसी बात को याद करते-से बोले, ''उसके प्रिंसिपल तो सिन्हा साहब हैं—के.पी. सिन्हा ?''

''जी, किसके ?'' मैं चौंका!

''उसी आर्ट्स कॉलेज के ?''

अब मैंने समझा कि जोशी जी ने कुछ ठीक नहीं सुना है, ''जी, मैं पढ़ता नहीं, बिजनेस करता हूँ!''

''ओह, तो यूँ कहिए कि आप पढ़ते नहीं, बिजनेस करते हैं!''

उस समय हम लोग अपनी बाईं ओर एक गली छोड़ रहे थे।

''जितनी गलियाँ इस शहर में हैं, उतनी गलियाँ किसी शहर में नहीं। हो ही नहीं सकतीं। और ये गलियाँ भी क्या हैं, जैसे सुरंगें बिछी हुई हैं! जिस समय शेरशाह ने शाहजहाँ को पानीपत की लड़ाई में हराया, उस समय इन गलियों से कम सुरंगें नहीं रही होंगी! कहिए, क्या अनुमान है आपका ?'' कहकर जोशी जी ने मुझे देखा। उन्होंने गलियों के माध्यम से यह जना दिया कि उनकी इतिहास में बड़ी दिलचस्पी रही है।

''इतिहास भी बड़ा अच्छा सब्जेक्ट है, क्यों ?'' वे मुझसे पूछ पड़े!

मैंने इतिहास पढ़ा नहीं था—चुप लगा गया। उस गली के पास ही एक रिक्शा खड़ा था और एक आदमी। दोनों बात कर रहे थे शायद।

''देख रहे हैं वह रिक्शा और आदमी, दोनों में घंटे भर से तकझक चल रही होगी! और वह भी दो-चार आने के लिए नहीं—एक-दो पैसे के लिए! अब यह

नहीं कि इन्हें पहुँचाना है तो झट से पहुँचा के कोई दूसरी सवारी ढूँढ़ लें!'' वे थोड़ी देर के लिए चुप हो गए। ''हाँ, तो आप किस मुहल्ले में रहते हैं?''

''भदैनी।''

उन्होंने मेरे संक्षिप्त उत्तर से चिढ़कर कहा, ''भदैनी! आखिर किसका मकान, कौन-सी जगह, कितना किराया! कैसी लोकैलिटी! हद हैं आप भी! सबके लिए मैं बारी-बारी से पूछूँ?''

मैं बतलाने को हुआ कि उन्होंने शुरू किया, ''यह कम्बख्त डॉक्टरी!'' रिक्शा उस समय एक दवाखाने के समीप से गुजर रहा था। ''डॉक्टर बढ़ते जा रहे हैं, आदमी मरते जा रहे हैं। आपको यकीन न होगा, सुबह मेरे बच्चे को निमोनिया हुआ और शाम को मर गया। डॉक्टर तो ये तब कहलाते जब इन्होंने उसे बचा लिया होता। क्यों?''

सीट से उनका जूता सरक रहा था, उन्होंने खींचकर अपने पास कर लिया।

मेरे हाथ में एक पुस्तक पड़ी थी— 'कामायनी-दर्शन'। किताब मेरे छोटे भाई की थी जो हिन्दी से एम.ए. कर रहा था। जोशी जी ने किताब मेरे हाथ से ली और शीर्षक पढ़कर लौटाते हुए कहा, ''मेरा बेटा मोहन जोशी भी फिलासफी में एम.ए. कर रहा है। सब्जेक्ट अच्छा है, क्यों?''

मैं उनसे कुछ कहूँ कि मेरे जंघे पर रखा हुआ अखबार भी उन्होंने उठा लिया। अखबार पिछले रोज का था। पहले ही पेज पर दो भयंकर शीर्षक थे, 'भारत-चीन सीमा-विवाद' और 'आइसनहॉवर की भारत यात्रा'! उन्होंने देखकर अखबार रख दिया। सामने सब्जी की एक दुकान थी।

''अगर राशन महँगा हो गया है, तो सब्जी कहाँ सस्ती है? आलू, बैंगन, अरुई और कोंहड़ा की तो बात छोड़िए, लौकी पाँच पैसा सेर हो गई है और साग एक आने सेर। और वह भी पालक का नहीं, मेथी का! और तो और, मिर्चा साला छह पैसा सेर हो गया है!''

मैंने जोशी जी के ध्यान को खींचने के इरादे से पूछा, ''एम.ए. का फार्म कब भरा जा रहा है, आपको तो पता होगा?''

''आई डोंट नो। आर्ट्स कॉलेज के ऑफिस से पता लगाइए।'' जोशी जी ने खीझकर बड़ी लापरवाही से कहा, ''यह साला पानी भी क्या बरस रहा है? वहाँ जरा-जरा-सा और यहाँ इतना कि हद!'' उन्होंने अपनी घड़ी की ओर देखा, ''समय सवा दस हो गया और अभी आधा भी नहीं आए! क्यों बे?'' वे रिक्शे वाले को घूर रहे थे। ''दो पैसे के लिए घंटे भर रोके रहा और अब खींचा नहीं जा रहा है?...असल में देखा जाए तो हमारे देश के सामने चीन-अमेरिका का सवाल तो बाद का है, सबसे बड़ी समस्या तो ये रिक्शे हैं। रोज-रोज छह पैसे आना, छह पैसे जाना और उस पर भी इनका देर करना...आखिर हद है!'' वे चुप होकर सिर खुजलाने लगे, ''हाँ, प्रिंसिपल साहब भी तो भदैनी में ही रहते हैं?''

"जी हाँ, वे एक तरह से मेरे पड़ोसी हैं। पड़ोसी क्या, उन्हें अपना ही आदमी समझिए!"

मुझे प्रिंसिपल साहब की चर्चा से खुशी हुई। उनसे मेरा परिचय तो नहीं था लेकिन बगल में ही रहते थे। उनमें मेरी दिलचस्पी जरूर थी।

"अच्छा?" जोशी जी विस्मय से मेरी ओर देखने लगे। बड़ी देर तक देखते रहे। "प्रिंसिपल साहब बड़े नेक आदमी हैं—वेरी गुड मैन! स्कॉलर भी बहुत बड़े हैं। और सज्जन तो इतने हैं कि कोई क्या होगा!" वे रुक गए, "लेकिन आपने अपना नाम नहीं बताया?"

"बी.पी. सिन्हा!"

"ओह, तो आप भी सिन्हा ही हैं?" कहकर जोशी जी सीट से जूता उतारकर पहनने लगे। पहन लेने के बाद वे उठने को हुए। फिर वहीं सिमटकर बैठ गए। उस समय रिक्शा पुल तक पहुँच चुका था।

"नहीं, दरअसल इन बेचारे रिक्शे वालों का दोष नहीं है। रात-दिन तो रिक्शा चलाते हैं और पाते कितना हैं—चार-पाँच रुपया! और उसमें भी डेढ़-दो के करीब मालिक ले लेता है। अब बच रहे तो-तीन रुपए। अगर दिन-भर मेहनत करके कोई दो रुपया पाता है तो उसका दिमाग न खराब होगा तो किसका होगा? अगर ये हमसे, आपसे या किसी और से लड़ बैठते हैं तो इसमें इनका क्या कसूर है?" वे फिर जाँचती आँखों से मुझे देखने लगे, "आपका प्रिंसिपल साहब से कोई..."

"नहीं, कोई खास नहीं—बस, मुहल्ले का सम्बन्ध है।"

मेरे जवाब से वे हँसने लगे, "नहीं, बस यों ही पूछा था। ऐसे प्रिंसिपल साहब ने वेलफेयर का भी मोहन को आश्वासन दिया है, लेकिन बड़े आदमी हैं। भूल जाते हैं, कोई कितना याद दिलाए! और बार-बार कहना भी तो फूहड़ होता है, क्यों?"

मैंने जोशी जी को देखा। वे रुआनी आँखों से अपने जूतों की ओर ताक रहे थे, जो लाख बचाने पर भी पानी की बौछार में बुरी तरह भीग रहे थे।

"हाँ, आप एम.ए. के फार्म के लिए पूछ रहे थे। वह शायद परसों से भरा जाएगा। देखिए, यही तो है—उस समय नहीं याद पड़ा था और अब!" वे हँसने लगे, "समय से कोई बात नहीं याद आती है।"

लंका आ गया। मुझे वहीं रुक जाना था। रिक्शा रुका।

"क्यों, यहीं उतरिएगा?" कहते हुए जोशी जी मुझसे पहले ही नीचे आ गए।

पानी कोई खास तेज नहीं था—सिर्फ फुहियाँ थीं। मैंने पैसा देने के लिए पॉकेट में हाथ डाला। जोशी जी रोकते हुए बोल उठे, "जी नहीं, जी नहीं, ऐसा न कीजिए। मैं दे लूँगा!"

उनके कहने के ढंग से समझना मुश्किल हो गया कि जोशी जी मेरा भी किराया खुद ही देने की बात कर रहे हैं या यह कि मैं अपना दे दूँ, उनका रहने दूँ।

मैंने पॉकेट से पैसा निकाला और हथेली पर गिनने लगा। जोशी जी फिर बोले, ''नहीं साहब, रहने दीजिए!'' और उचककर देखने लगे कि कितना दे रहा हूँ! मैंने जोशी जी का भी पैसा दे देना ठीक समझा। मैं रिक्शा वाले को देकर चला। कुछ ही कदम चल पाया था कि जोशी जी की आवाज सुनाई दी, ''सिन्हा साहब!''

मैं खड़ा हो गया। जोशी जी लपककर करीब आ गए।

''मैंने छह पैसा कहा था, आपने कितना दे दिया?'' वे ऐसे पूछ रहे थे, जैसे मुझसे भूल हो गई हो!

''जाने दीजिए, जितना दे दिया, दे दिया!''

वे क्षण-भर गम्भीर रहकर हँस पड़े, ''नहीं, बहुत अच्छा किया। जाने दीजिए, बेचारा गरीब था!'' और हाथ जोड़कर रिक्शे के लिए मुड़ गए।

[कृति, 1961]

स्वागत

इधर एक अर्से से उसे लगने लगा है—और जब से लगा है तब से लिखना बन्द है। लिखना क्यों, जैसे बहुत कुछ बन्द है। लगा है, जैसे वह एक बहुत बड़ी साजिश में कैद हो गया है। उसका दिमाग ठीक से काम नहीं करता है, जबान का स्वाद चला गया है। कोई चीज तो अच्छी लगती। न, ऐसी एक भी चीज नहीं रह गई है। कहने की जरूरत नहीं कि वह अक्सर चुप रहता है। जिन छोटी-छोटी चीजों में वह दिलचस्पी लिया करता था, बात-बात पर ठहाके लगाया करता था, दोस्तों के बीच अपनी मजाकिया हरकतों और जुमलों के कारण याद किया जाता था, वे सारी बातें उसके लिए धीरे-धीरे सपना हो गई हैं।

अब भी लोग उसके यहाँ आते हैं और कभी-कभार खाने पर बुला जाया करते हैं। यह अलग बात है कि खिलाने के बाद अपने हित या स्वार्थ को उसके माथे मढ़ देते हैं। वे बुलाते हैं लेकिन खाने में उसकी कोई दिलचस्पी नहीं होती। आपका घर हो या किसी का या उसका अपना ही क्यों न हो, उसे उस नाज की शख्सियत मालूम पड़ गई है। वह बेस्वाद लाल गेहूँ—जिसे आप सरकारी राशन की दुकान से लाए हैं, उसमें वियतनाम या ऐसे ही मुल्क के आदमी का खून है और वह यह सोचकर तड़प उठता है कि मैं रोटी की शक्ल में यह क्या पी रहा हूँ? या कि क्या इस छोटी-सी जिन्दगी में जल्लादों की दया पर ही जीना रह गया है? इस तरह कब तक जिया जाए?

पिछले दिनों उसने यह तय किया कि वह केवल बाजार का ही अनाज खाएगा। लोग कहते हैं कि उसका स्वाद अच्छा होता है। वह बेहयाई से कहे कि तनख्वाह के रूप में वह बुरी रकम नहीं पाता और उसने बाजार के राशन का इस्तेमाल शुरू किया लेकिन फिर गड़बड़। उसका दिमाग तो नहीं खराब हो गया है—वह सोचता। उसे कुछ न कुछ जरूर हो गया था क्योंकि वहीं उसकी बीवी, उसके बच्चे, भतीजे, भतीजियाँ—सब-के-सब बेमुरव्वत खा रहे थे और यहाँ बार-बार उसके दाँतों के बीच गोश्त के रेशे फँस रहे थे और उसका खाना मुश्किल किए दे रहे थे। आप विश्वास करें, उसके जबड़ों में गोश्त के वे टुकड़े उसके चाचा-बाप के शरीर के थे, जो सारी जिन्दगी खेत में उगते और कटते रहे हैं। वह उनके बदन की गन्ध पहचानता है।

गो, वे उससे दूर हैं—बहुत दूर। वे खेत में हैं और वह दफ्तर में। वे सारी जिन्दगी पुश्त-दर-पुश्त खेत में हैं और वह यहाँ दस साल से। वे कभी-कभी उसके वहाँ आते हैं और वह भी उनके पास हो आता है। उनके रिश्ते आर्थिक तो हैं लेकिन जीवन्त नहीं। उसने उन्हें बीस साल पहले छोड़ा था और शहर आ गया था। जिसने भी घर छोड़ा, शहर का हो गया। शुरू में उसे लगा था कि वह उनके द्वारा फेंका हुआ काँटा है जो समय-समय पर बहुत कुछ लेकर उनकी बराबर में लौट आया करेगा, जो यहाँ की रकम मारेगा और उन्हें सुखी कर देगा। उन्होंने अपने इस चेक को शहर में भुनाने के लिए भेजा था। लेकिन धीरे-धीरे लगा कि वह गाँव और शहर के बीच कहीं बुरी तरह फँस गया है...

एक दिन शहर उसके करीब आया और बोला, 'तुम क्यों गाँव और मेरे बीच टुकड़े-टुकड़े हो रहे हो? और गाँव...'' वह हँसा, उसके पीले दाँत तपेदिक के मरीज की आँखों की तरह सफेद होकर नीले पड़ गए, जैसे उनमें जहर उतर आया हो! 'तुम्हारे पास पन्द्रह बीघे खेत हैं। एक झोंपड़ी है। दो बैल हैं। कोई भैंस नहीं, कोई गाय नहीं। पन्द्रह बीघे खेत, तीन भाई, माँ-बाप, बाल-बच्चे। खैर, यह पन्द्रह बीघे जमीन पुश्तों की धरोहर है। यह जमीन ही तुम्हारी तबाही का कारण है। तुम अपने को सामन्त समझते रहे और डाँड़-मेड़ बाँधने और लगान देने में ही तबाह रहे। आज हालत यह है, लगान देनी होती है तो राय साहब तुम्हारे पास दौड़ते हैं, बैल खरीदने होते हैं तो भागे-भागे यहाँ आते हैं, किसी की दवा-दारू करनी होती है तो ले-देकर यहाँ पटक जाते हैं, तहसील-कचहरी कुछ भी हो, तुम्हें छोड़ और कोई चारा नहीं। यह सब कब तक चलेगा? और फिर उस जमीन का मतलब क्या? सच पूछो तो वह अब जवाब दे चुकी है। यह उन्हें भूख और तबाही छोड़कर कुछ भी नहीं दे सकती। अनाज? अगर वह अनाज ही देती तो राय साहब बार-बार तुम्हें क्यों लिखते कि मेहमान आते रहते हैं—दस किलो चावल लिये आना? अरहर की दाल नहीं है, भिजवा देना? अब की चना नहीं हुआ है, चने...असाढ़ सिर पर है, धान के बीज ले रखना, वगैरह-वगैरह!

'और तुम? जैसे ही तुमने जमीन छोड़ी, तुम पुल पर चढ़े। शहर पुल से शुरू होता है। राजघाट के पुल से! मुझे देखो। मेरे पास कुछ भी नहीं था। न रोटी, न कपड़े, न जमीन, न जायदाद। जिस समय मैंने पुल पार किया, मेरी काँख में खोमचा था और जेब में इकन्नी। और मैं चढ़ता गया। आज मैं खड़ा रहता हूँ और मेरी आठवीं मंजिल तक मेरी लिफ्ट चढ़ती है। जिस दफ्तर में तुम काम करते हो, उसका मैनेजर मेरे दूध विनायक वाले मकान में पाँचवें फ्लैट पर रहता है और मैं उसे निकालने जा रहा हूँ क्योंकि वह चार महीने से किराया नहीं दे सका है।

'तुम कुछ सोच रहे हो! क्या सोच रहे हो? यह याद रखो कि तुम कहने के लिए जीयनपुर के हो लेकिन तुमने राय साहब से हाथ धो दिया है। उन्होंने भी तुमसे हाथ

धो दिया है। तुम दोनों के रहन-सहन में फर्क है। अगर तुम खेत में काम करते तो तुम्हारे विचार भी खेत में काम करने वालों जैसे होते। वही एक चीज है जो तुम दोनों को एक जगह रखती। रेलवे का प्लेटफार्म सबका है लेकिन खेत तो सबका नहीं! वहाँ तो जाने का हक उसी को है जिसका खेत है और खेत—जैसा कि मैंने बताया, जिनके पास खेत हैं, वे न उसे छोड़ सकते हैं और न दूसरा काम ही कर सकते हैं।'

शहर ने पोर्टफोलियो जाँघ पर से उठाकर मेज पर रखा। उसे खोला और सिगरेट का डिब्बा निकाला। सिगरेट के दो टुकड़े किए और आधा हिस्सा ओठों में दबाया, 'व्यवस्था फेल कर रही है। लक्षण यह है कि देश का हर अंग सुन्न पड़ रहा है। गाँव अलग, शहर अलग, घर-घर अलग, आदमी-आदमी अलग। जैसे मरने वाले आदमी का हर अंग धीरे-धीरे सुन्न पड़ जाता है, वैसे ही व्यवस्था की छोटी से छोटी इकाई जड़ होती जा रही है। हर आदमी आधा जी रहा है, आधा मर रहा है...

'और इसकी वजह केवल एक है—असन्तुलन! जैसे गाँव को ही लो! सारा गाँव क्या है? बस, शरीर। शरीर का मतलब है काम! हर आदमी अकेले-अकेले फावड़ा चलाता है जबकि तुम भी दफ्तर में काम करते हो मगर एक साथ हँस-बोलकर। बस, यही बात है। जहाँ एक ही व्यवस्था का शरीर कुछ करे और दिमाग कुछ और; ऐसी हालत में वह कैसे कायम रह सकती है?'

उसने क्षण-भर ठहरकर उसे आँखों में तौला और फिर बोलना शुरू किया, काफी दर्दीले स्वर में, 'और सच पूछो तो यह व्यवस्था बदलेगी। आज या कल बदलेगी जरूर! और उसके बदलने का एक मात्र जरिया होगा—क्रान्ति। मैंने पिछले दिनों बनौली की सभा में प्रधानमंत्री का स्वागत करते हुए साफ-साफ कहा था कि यदि सरकार क्रान्तिकारी परिवर्तन नहीं करती तो जिस तरह मैं आपका स्वागत कर रहा हूँ; उसी तरह क्रान्ति का भी करूँगा। यह मैं मुँहदेखी नहीं, दिल की बात कर रहा हूँ। तुमने मेरा भाषण पढ़ा भी होगा अखबारों में! और विश्वास न हो तो मेरे उस लड़के से पूछ लो जो हमेशा मुँह और जेब में बम लेकर घूमा करता है। बनौली में जिस समय मैं स्वागत कर रहा था, वह काले झंडे दिखा रहा था। उससे मौके-दर-मौके मेरी बहसें होती हैं—काफी दिलचस्प और मजेदार। यह भी कहूँ कि मैं उसकी बातों का कायल हूँ...

'इसलिए भी कि मैं अपने इस भाग-दौड़, चिन्ता, परेशानी वाले जीवन से आजिज आ गया हूँ। न ठीक से खाना, न सोना। दस-दस फर्में, कम्पनियाँ, मिलें, दुकानें, व्यवसाय, होटल और ऊपर से यह सभा, वह सभा। अगर तुम खुद सारे मामले पर नजर न रखो तो मैनेजर दीवाला निकाल दें। और मजदूरों को तो हड़ताल छोड़कर और जैसे दूसरा काम ही नहीं है। आज इस मिल में हड़ताल हो रही है तो कल उस मिल में। पूछो, किस बात के लिए? तो बोनस दीजिए, तनख्वाह बढ़ाइए। काम तो उतना ही जितना दस साल से करते आ रहे हो लेकिन पैसा? किसी को यह

खयाल नहीं कि जिस क्रान्ति की तुम बात कर रहे हो, उसी की मैं भी कर रहा हूँ बल्कि तुमसे कहीं ज्यादा! किसी को विचार नहीं। और धौंस यह कि मालिक का खून पी जाएँगे, कत्ल कर देंगे। आखिर तुम्हीं बताओ कि मैं अपने पसीने की कमाई दूसरों को मुफ्त में कैसे बाँट दूँ या सब छोड़-छाड़कर कैसे किनारे हट जाऊँ? ऐं, कोई सूरत तो हो भाई!'

थोड़ा रुककर उसने लम्बी साँस ली और सिगरेट का बचा टुकड़ा होंठों के बीच दबाया, 'खैर, छोड़ो यह सब! अब मेरा कहा मानो। यह रहा नक्शा। इसमें चालीस प्लॉट हैं। देखते-देखते यह नई कॉलोनी हो जाएगी। शहर की सबसे अच्छी कॉलोनी। सारे प्लॉट बिक चुके हैं। सिर्फ यही एक रह गया है डेढ़ बिस्से का। इस पर ढेर सारे लोगों की नजर है लेकिन मैं चाहता हूँ कि तुम लो। बाजार भी करीब रहेगा और दफ्तर भी। सब्जी और राशन के लिए भी कहीं नहीं जाना पड़ेगा। पास ही कॉन्वेन्ट है, बच्चे भी पढ़ लेंगे। महीने भर के बाद ऐसा प्लॉट दस रुपए फुट पर भी नहीं मिलेगा। इसलिए यहीं रहना है तो सड़ियल मकान छोड़ो, बेच दो या किराये पर उठा दो!'

'वाह! आप कितने अच्छे आदमी हैं!' उसने सिर को हाथों में लिये धीरे से कहा। 'मगर इसके लिए इतनी लम्बी भूमिका की जरूरत न थी।'

'है न?' शहर खुश हो उठा।

'यही बातें मेरे ससुर भी कहते हैं।'

'इन्हें, हर समझदार आदमी कहेगा।'

'वे भी कहते हैं कि जमीन हमारी तबाही का कारण है।'

शहर हकलाया, 'फिर भी, देखो न, फिर भी वे लेना चाहते होंगे। जितनी है, उसमें और जोड़ना चाहते होंगे।'

'हाँ, सो तो है! लेकिन क्रान्ति का स्वागत तो दूर, वे उसकी बात तक नहीं करते!'

'हें-हें, करेंगे! उन्हें करना पड़ेगा!'

'बात या क्रान्ति?' उसने सिर उठाया।

'छोड़ो ये बातें और सुनो, मुझसे संकोच की जरूरत नहीं। मुझे सब मालूम है लेकिन इसका भी रास्ता है मेरे पास। मेरा भतीजा बीमा एजेंट है। एक अच्छी-सी पॉलिसी दिला देता हूँ और वहाँ से कर्ज की व्यवस्था हो जाएगी। उसके बाद किसी दिन कचहरी चल चलेंगे—सिर्फ आधे घंटे का काम है। अच्छा, चलें, चलो।' शहर ने हड़बड़ी में पोर्टफोलियो उठाया और हाँफते हुए दरवाजे के बाहर खड़ा हो गया, 'तो कल किस समय भेज दें उसे?'

'उसे भेजने की जरूरत नहीं।'

'क्यों? हें-हें, क्यों?'

वह दरवाजे के पल्लों पर हाथ फेंककर खड़ा हो गया, 'कोई जरूरत नहीं।'

'तो तुम्हीं आ जाओ! कब आ रहे हो?'

'ठीक है, आ जाएँगे।'

'कब?'

'देर हो सकती है, मगर आएँगे; जरूर आएँगे!' उसने बन्द दरवाजों के सींखचों के अन्दर से मुस्कराते हुए कहा।

'मेरी ओर से हर समय तुम्हारा...हें-हें!' वह झेंपकर मुड़ गया और जाने लगा।

'स्साले!' उसने पल्लों के बीच से गरदन निकाली, 'सुनो, जब आएँगे, तब तुम स्वागत के लिए नहीं उठ सकोगे!'

'हें-हें!' वह दुलकता हुआ चला गया।

[सर्वनाम, 1973]

वर चाहिए तो इधर आइए

खरवाँस उतर गया है और आज भोर से ही जीयनपुर के बगीचे में कोयल कूकने लगी है।

ऐ दुनियावालो! अगर तुम्हारे घर कोई कन्या है, कुँवारी है और सयानी हो चुकी है, हाई स्कूल पास या फेल है, चिट्ठी-पत्री लिखना सीख गई है (भले प्राणनाथ को प्राड़नाथ लिखते हुए उनकी कुसलता चाहती हो), अपनी सहेली के घर ज्यादा आने-जाने लगी है और उसके भाई के साथ एक-आध बार पकड़ी गई है और आपको अपनी नाक की चिन्ता होने लगी है तो घबड़ाइए नहीं, इधर आइए। बाबू जोखन सिंह तीन साल से आप जैसे ही देखुआर का इन्तजार कर रहे हैं पर शर्त यह है कि वह सास-ससुर की इज्जत करना जानती हो, हलवा-मोहनभोग बना लेती हो, सिलाई-तंगाई में माहिर हो, पति लाख लुच्चई करे मगर वह सती हो, सावित्री हो।

जोखू ने अपने बड़े लड़के को शहर भेजकर पाँच किलो आदमचीनी चावल मँगा लिया है, अरहर तो अपने यहाँ भी चार-पाँच पसेरी हो जाती है लेकिन ठीक से पकती नहीं, इसलिए दो किलो अरहर की दाल भी आ गई है, को-ऑपरेटिव से आधा मन चीनी, मिट्टी का तेल, डेढ़ावल बाजार से दो बट्टी लाइफबाय, ब्राह्मी आँवला की शीशी, भुर्रा चाय, आधा किलो बताशे, शीशा-कंघी। गरज कि आपकी आवभगत का पूरा-पूरा इन्तजाम है।

जाड़े में विकट अनुभव हुए थे जोखू को। उन्होंने माधो के साथ मिलकर पिछली गर्मी में ही भविष्य को ध्यान में रखकर आधा दर्जन प्याले और तश्तरियाँ मँगवाई थीं और संयोग देखिए कि एक ही दिन दोनों जने के यहाँ देखुआर आ गए। जब जोखू ने अपने लड़के को दौड़ाया तो माधो नट गए। इनकी कितनी बेइज्जती हुई होगी, इसकी कल्पना की जा सकती है। इसी खार पर उन्होंने शहर की देखा-देखी स्टील के मग मँगवा लिये हैं। न टूटने का डर, न फूटने का! माधो से बोलचाल जरूर बन्द है लेकिन अब निश्चिन्त हैं वे।

ऐसे ही परसाल जो देखुआर आए थे, उनमें कुछ सूट-बूट वाले लौंडे भी थे। खटिया पर बैठते ही नहीं बनता था उनसे और उनमें से एक जो बदमाश और फंटूश

जैसा लगता था, खाने के वक्त चम्मच माँग बैठा। परसनेवाले अनसुनी कर रहे हैं लेकिन बात वह समझ नहीं रहा है या समझकर भी जोखू की इज्जत उतारने पर उतारू था और वह कोई और भी नहीं था, लड़की का भाई था—खास भाई।

जोखन सिंह ने इससे सबक सीखा। उन्होंने जाड़े में एक पेड़ कटवाया, उससे दो बेंचे और दो कुर्सियाँ बनवाईं और इनके साथ कचहरी से लौटते वक्त आधा दर्जन चम्मच भी ले लिये। अब कोई चाय में ऊपर से चीनी भी माँगे तो कोई बात नहीं।

एक और काम किया है इस खरवाँस में उन्होंने। जब पप्पू दर्जा नौ में पहुँचा था और पहली बार देखुआर आए थे तब नातजुर्बेकारी में एक गड़बड़ी हो गई थी उनसे। चीनी तो थी लेकिन उसमें डालने के लिए कुछ न था—न दूध, न दही। ये थे जरूर मगर सीता के घर, और उनसे मुकदमेबाजी थी। एक की इज्जत पूरे गाँव भर की इज्जत हुआ करती है। इज्जत के लिए ये झुके लेकिन सीता की मेहर ने सारा दोष बिल्ली के सिर मढ़ दिया। तब से जोखू हर खरवाँस में जरूरते नागहानी माधो की देखा-देखी अपने यहाँ भी 'रूह आफ़ज़ा' की बोतल रखते हैं।

माधो ने कच्चे मकान के रहते पक्का बनवाने के लिए ईंटों का भट्ठा लगवाया तो उनके पोते की कीमत दुगुनी-तिगुनी हो गई। जोखू ने इसके बाद ही अपने दुआर के आगे दो ट्रक बालू गिरवा लिये और पाँच ट्रक ईंटें। हालाँकि मकान तो तभी बनेगा, जब सौंहर होगा लेकिन इसके फायदे सामने आने लगे हैं। अब कोई यह नहीं पूछता कि आप जो इतना माँग रहे हैं, ठीक है, देंगे लेकिन बताइए यह कि लड़की आएगी तो कहाँ रहेगी? इस खोबार में? अब तो खुद जोखू ही उलट के सवाल पूछते हैं कि लड़की आएगी तो रहेगी कहाँ? ईंट और बालू से क्या होगा? सीमेंट, लोहे-लक्कड़, हेन-तेन सारा कुछ तो पड़ा है करने को। और किसी तरह से ढाँचा खड़ा भी हो गया तो सोफासेट, बाजा, मोटरसैकिल के बगैर कैसा लगेगा?

जोखू, माधो की तरह लनतरानियाँ नहीं हाँकते—सिवान दिखाकर देखुआरों से यह नहीं कहते कि 'यह सब आप ही का है!' खुद तो घास करें या गोबर फेंकें और जब मेहमान आएँ तो नहलाने के लिए कहार बुलवा लें, भट्ठी पर से खोया मँगवा लें, बीड़ी के लालच में दो-चार बैठकबाजों को बुलवा लें, कोयर-काँटा और झाड़ू-बुहारू के लिए एक-दो लौंडों को लगा दें...जोखू यह सब नहीं करते। किराए पर ट्रैक्टर मँगवाते हैं और जुताई-बुआई-दंवाई-ओसाई करवा के मस्त रहते हैं। वे इसलिए भी नहीं करते कि उन्हें अपने पप्पू पर—उसके रंग, रूप और गुण पर भरोसा है।

आप या जो भी वरदेखुआ सादी-ब्याह के लिए जाएगा, वह जमीन-जायदाद से तो ब्याह करेगा नहीं, करेगा लड़के से और वही खोटा है तो दुनिया भर का टीमटाम किस काम का?

इसमें शक नहीं कि जगह–जमीन के कारण देखुआर माधो के यहाँ अधिक जाते हैं लेकिन जोखू के लिए यह तकलीफ नहीं, खुशी का कारण है—कि एक दिन ससुर इसी तरह खिलाते–खिलाते उजड़ जाएँगे और तब मिलेगा क्या? घंटा!

तो इस मसले को लेकर माधो और जोखू में जितनी ही लाग–डाँट है, पप्पू और मुन्ना में उतनी ही छनती है।

पप्पू—जिनका रजिस्टर का नाम गणपत सिंह है—अपने टोले के मेधावी विद्यार्थी हैं। मेधावी इसलिए कि उन्होंने अपने लँगोटिया यार मुन्नाजी को पीछे छोड़ दिया और खुद इंटर में आ गए।

ये दोनों मित्र तीन साल से हाई स्कूल में थे और हर साल परीक्षा के समय इनके लिए गाँव और संगी–साथी दो महीने पहले से युद्धस्तर पर तैयारी करते थे। जामवंत यादव—जो अहिरान के थे और फौज से रिटायर कर गए थे—बन्दूक के साथ विद्यालय के बगीचे में बिठाए जाते, कुछ दूसरे नौजवान छुरे–तमंचों के साथ बस स्टेशन के पास रहते जहाँ से गार्डी करनेवाले अध्यापक चलते और मुन्ना का कोई एक दोस्त—जिसके पास मोटर साइकिल थी—अपने तीनों चेलों के साथ विद्यालय के पिछवाड़े खड़ा रहता। उनमें से एक पर्चा लाता, दूसरा किताबों और कुंजियों से उत्तर फाड़ता और तीसरे की जिम्मेदारी होती—झरोखे या गार्ड या पानी पिलानेवाले या पहरे पर तैनात सिपाही के हाथों कागज उन तक पहुँचाना।

इस रणनीति में कहीं कोई चूक नहीं हुई लेकिन किस्मत का खेल कि मुन्ना रह गए और तीसरे प्रयत्न में पप्पू सप्लीमेंटरी के रास्ते धूमधाम से उत्तीर्ण हो गए। इसका नतीजा यह निकला कि पप्पू का भाव वरदेखुओं के बाजार में मुन्ना के टक्कर में आ गया—हल–बैल न होने के बावजूद!

माधो ने तय किया है कि वे मुन्ना को तब तक पढ़ाएँगे जब तक उसका ब्याह नहीं हो जाता। अगर लड़का घर बैठ गया तो कौन झाँकेगा?

इधर जोखू बोलते थे दो लाख और एक फटफटिया, उधर माधो बोलते थे तीन लाख और एक मारुति। पप्पू के हाई स्कूल पास करने के बाद जोखू ने कहा—चार लाख तो बसन्त पंचमी के दिन दुआर की नींव खुदवाकर माधो ने किया—पाँच लाख, इन माँगों में गहने और खिचड़ी वाले वे सामान नहीं शामिल हैं जो अपने दुआर की इज्जत के मुताबिक आप लजाते–लजाते भी देंगे—(यानी एक सुननेवाला बाजा, एक देखनेवाला बायस्कोप, सोफा, पलंग आदि–आदि), लेकिन कार के बिना दोनों में से किसी का काम न चलेगा। लोगों ने पूछा कि कार का करोगे क्या? तो दोनों का कहना था कि और कुछ नहीं तो धानापुर से मुगलसराय तक मुन्ना–पप्पू सवारी ढोएँगे, बिजनेस..

जोखू जानते हैं कि माधो और ब्याहों की तरह इसमें भी धोखा करेगा और चढ़ावे का गहना सोनार से भाड़े पर ले आएगा, और माधो की पॉलिटिक्स यह है

कि लड़के का बाजार–भाव इतना चढ़ा दिया जाए कि होड़ में जोखू का माल धरा का धरा रह जाए।

तो दुनियावालो, इस वक्त इन कश्यपगोत्रियों, दोनों सूर्यवंशी क्षत्रिय कुमारों की कीमत सात लाख और एक नैनो लगाई गई है। अगर आपकी लड़की बिचारी को किसी योग्य वर ही जरूरत हो तो आइए, अपनी किस्मत आजमाइए!

गाँव–घर का मामला है, किसी एक की ओर से बोलना दूसरे से झगड़ा मोल लेना है। यों लड़के आप–आप के दोनों ही लाखों में एक हैं। दोनों इस समय सहर बनारस में कोचिंग कर रहे हैं। काहे की ? यह मत पूछिए। जब उन्हें ही नहीं पता तो हम क्या बताएँ ? बस, आ जाइए! दूसरे आएँ, इससे पहले। बाजार के हिसाब से ये चीपो के चीपो और बेस्टो के बेस्टो पड़ेंगे आपके लिए।

[बिहार ऑब्जर्वर, 2001]

खंड 2

अन्य गद्य विधाएँ

[काशीनाथ सिंह का रचना-संसार 50 वर्षों के लम्बे समय तक फैला रहा है। इस आधी सदी के अपने रचनाकाल में काशीनाथ जी ने सिर्फ कहानी, उपन्यास और संस्मरण ही नहीं लिखे बल्कि अन्य विधाओं के माध्यम से भी खुद को समय-समय पर अभिव्यक्त करते रहे हैं। इसकी शुरुआत निःसन्देह 'परिवेश' पत्रिका के सम्पादन से हुई थी। 'परिवेश' में काशीनाथ जी सिर्फ़ अन्य विधाओं में ही नहीं बल्कि दूसरे नामों से भी गाहे-बगाहे लेखन करते रहे। कभी मुराहूराम के नाम से मानस चतुश्चति समारोह की रिपोर्ट लिखी तो कभी कुमार सम्भव नाम से कथा-रिपोर्ताज और अनुवाद भी किए। इस संकलन में संकलित 'रेडियो का मैदान : कमरे के दर्शक' नामक कथा-रिपोर्ताज काशीनाथ जी ने कुमार सम्भव नाम से लिखी थी। साथ ही 'सिर भारी है' नामक ब्रेख्त की कविता का और 'मिकेलांजेलो : जिन्दगी की एक रात' नामक जीवनी—जिसके लेखक काउंट द गोबिनो थे—का अनुवाद भी आपने कुमार सम्भव नाम से ही किया था। संकलन के इस द्वितीय खंड में इसी तरह काशीनाथ जी का अन्य विधाओं में लिखा वह सब कुछ है जो उन्होंने 'परिवेश' के सम्पादन के समय दूसरे नामों से लिखा और साथ ही 'परिवेश' के वे सम्पादकीय भी जो अपने समय की जीती-जागती वैचारिकी की तस्वीर पेश करते हैं। इनके अतिरिक्त भी इस खंड में वे लेख एवं दृश्यालेख संकलित हैं जो अभी तक अप्रकाशित हैं अथवा असंकलित हैं। —सं.]

जयशंकर प्रसाद

(प्रसाद-जन्मशती पर लखनऊ दूरदर्शन के लिए लिखित दृश्यालेख)

तट पर एक वृक्ष के नीचे बैठी कार्नेलिया (सस्वर) गा रही है :

अरुण यह मधुमय देश हमारा
जहाँ पहुँच अनजान क्षितिज को मिलता एक सहारा।
सरस तामरस गर्भ विभा पर नाच रही तरुशिखा मनोहर।
छिटका जीवन हरियाली पर मंगल कुंकुम सारा।
लघु सुरधनु से पंख पसारे शीतल मलय समीर सहारे।
उड़ते खग जिस ओर मुँह किए समझ नीड़ निज प्यारा।

इस मधुमय देश में संस्कृति का एक नन्हा-सा नीड़ काशी। काशी में गोबर्धन सराय—चेतगंज हलके का एक मुहल्ला। गोबर्धन सराय में सुँघनी साहु का मकान। गोदौलिया से लहुराबीर जानेवाली नई सड़क के किनारे।

कवि, नाटककार और कथाकार जयशंकर प्रसाद आज से सौ साल पहले इसी मकान में, 1889 ई. में सुँघनी के प्रसिद्ध व्यवसायी, उस जमाने के जाने-माने रईस, काव्य-कलाप्रेमी बाबू देवी प्रसाद के कुल में पैदा हुए थे।

उस समय तक हिमालय का आँगन प्रथम स्वाधीनता संग्राम के सेनानियों के लहू से लाल था। खून के छींटे अभी सूखे नहीं थे। 'इंडियन नेशनल कांग्रेस' की स्थापना हो चुकी थी और देश अपनी समस्त शक्ति समेटकर उठ खड़ा होने के पहले अंगड़ाइयाँ ले रहा था। स्वामी दयानन्द और स्वामी विवेकानन्द के स्वर हिमालय से लेकर हिन्द महासागर के बीच फिजाओं में ऐसे गूँज रहे थे, जैसे भारतीय संस्कृति प्रभात फेरियाँ निकाल रही हो! आधुनिक युग के निर्माता और निज भाषा के उन्नायक भारतेन्दु का प्रकाश हिन्दी संसार के हर अँधेरे गलियारे में झिलमिला रहा था और उनके नाटकों के संवाद काशी की गलियों में हँसते-गाते-ठिठोली करते खेल रहे थे।

अपने पिता देवी प्रसाद साहु की गोद में बैठक में प्रसाद ने जब आँखें खोलीं—तो सामने कवि थे, शायर थे, संगीतज्ञ और गायक थे, विद्वान और मौलवी थे, ऐन्द्रजालिक और पहलवान थे। उन्होंने देखा कि उनके पिता भी उनमें रस ले रहे हैं

और रस ही नहीं ले रहे हैं, साधिकार दखल दे रहे हैं—कहाँ घर के पिछवाड़े कारखाने से आती हुई सुँघनी की तीखी गन्ध और कहाँ बैठक में कविता और संगीत और कला की भीनी-भीनी महक! कवि के जीवन की समरसता का पहला और बुनियादी पाठ यही था :

समरस थे जड़ या चेतन
सुन्दर साकार बना था
चेतनता एक विलसती
आनन्द अखंड घना था।

प्रसाद के भीतर का कवि तुतलाते हुए बैठक से बाहर आया और उसने अपने अहाते की फुलवारी देखी। उस समय उसे न किसलय, मकरंद, पराग, बसन्त समझ में आया, न अपनी भाषा मिली। मिली तो ब्रजभाषा जिसमें कविताई की जा रही थी। कायदे से तो हमें ब्रजभाषा के प्रसाद को अनदेखा कर देना चाहिए लेकिन इन्हीं आरम्भिक प्रयासों में 'अयोध्योद्धार' भी है। 'अयोध्योद्धार' कामायनी की उजड़ी हुई देव संस्कृति की कातर चिन्ता का बीजकोष है। कालिदास प्रसाद के प्रिय कवि हैं लेकिन प्रसाद को उनमें भी अच्छा लगा तो उजड़ी हुई अयोध्या! ऐसा क्यों?

यह क्या इसलिए कि प्रसाद का बचपन ऐसी ही ढहती हुई और निरन्तर उजड़ती सामन्ती संस्कृति की उपज था? क्या इसलिए कि नियति बार-बार मृत्यु के अवगुंठन में प्रसाद के घर आती और किसी-न-किसी को अपने साथ ले जाती थी? शायद!

इतना तो तय है कि 'शोक' इस खाते-पीते सुखी कवि का कोई निजी शौक नहीं था।

लगता है, ऐसी ही कविताएँ कवि ने महावीर प्रसाद द्विवेदी की 'सरस्वती' के लिए भेजी होंगी और उन्होंने सखेद वापस कर दिया होगा। कुलीन प्रसाद, स्वाभिमान की मूर्ति प्रसाद! उन्हें ठेस लगी और उन्होंने अपने भानजे के जरिए 'सरस्वती' के जवाब में 1909 में काशी से एक नई पत्रिका आरम्भ कराई—'इन्दु'।

लेकिन उस ठेस का ठोस नतीजा निकला। उन्होंने भारत की अस्मिता की तलाश के लिए संस्कृत साहित्य, बौद्ध साहित्य, भारतीय दर्शन, इतिहास, पुरातत्त्व का जमकर अध्ययन किया और अपनी काव्य-भाषा अर्जित की।

और उसके बाद जब नई और युवा आँखों ने उस फुलवारी को देखा तो प्रकृति में विश्वात्मा की छाया या प्रतिबिम्ब दिखाई पड़ा।

यह प्रसाद के कवि के भीतर छायावाद और स्वच्छन्दतावाद का उदय था।

कवि की अमरकंटक, धाराक्षेत्र, पुष्कर, उज्जैन, ओंकारेश्वर, ब्रज, अयोध्या, जयपुर आदि स्थानों की किशोर यात्राओं ने उसकी सौन्दर्य-चेतना को व्यापक और राष्ट्रीय बनाया।

यवन सेनापति की बेटी भारत के सौन्दर्य पर मुग्ध हो तो कोई बात नहीं, लेकिन मातृगुप्त को तो अपना ही काश्मीर नहीं भूलता :

अमृत के सरोवर में स्वर्ण कमल खिल रहा था, भ्रमर वंशी
बजा रहा था, सौरभ और पराग की चहल-पहल थी।
सबेरे सूर्य की किरणें उसे चूमने को लौटती थीं।
सन्ध्या में चाँदनी उसे अपनी चादर से ढँक देती थी।
उस मधुर सौन्दर्य, उस अतीन्द्रिय जगत की साकार कल्पना की ओर
मैंने हाथ बढ़ाया था—वहीं, वहीं स्वप्न टूट गया।

सन् '31 में पुरी की यात्रा पर गए प्रसाद समुद्र को देखकर ऐसे मुग्ध हुए कि गा उठे :

ले चल वहाँ भुलावा देकर
मेरे नाविक धीरे-धीरे

जिस निर्जन में सागर लहरी
अंबर के कानों में गहरी
निश्छल प्रेम कथा कहती हो
तज कोलाहल की अवनी रे!

जहाँ साँझ-सी जीवन छाया
ढीले अपनी कोमल काया
नील नयन से ढुलकाती हो
ताराओं की पाँत घनी रे!

****

जीवन का सत्रहवाँ बसन्त!
अवयव की दृढ़ मांसपेशियाँ
ऊर्जस्वित था वीर्य अपार
स्फीत शिराएँ, स्वस्थ रक्त का
होता था जिसमें संचार।

गोरा रंग, चौड़ा ललाट, मँझोला कद, गठा हुआ कसरती शरीर, आँखों में रहस्य—और सत्रहवें बसन्त का युवक। ग्यारह वर्ष की उम्र में पिता चल बसे, पन्द्रह वर्ष की उम्र में माँ और अभी-अभी संरक्षक भाई शम्भुरत्न! कच्ची

गृहस्थी, विधवा भाभी, फैला व्यवसाय और अपनी फुलवारी में शिला पर बैठे नियति के मारे अकेले एक पुरुष के भींगे नयन!

हिमगिरि के उत्तुंग शिखर पर
बैठ शिला की शीतल छाँह
एक पुरुष भींगे नयनों से
देख रहा था प्रलय प्रवाह!

'अकस्मात् जीवन-कानन में एक राका-रजनी की छाया में छिपकर मधुर बसन्त घुस आता है। शरीर की सब क्यारियाँ हरी-भरी हो जाती हैं। सौन्दर्य का कोकिल 'कौन?' कहकर सबको रोकने-टोकने लगता है, पुकारने लगता है।' (सुवासिनी कार्नेलिया से)

कवि यौवन की दहलीज पर है! ऋतुपति के घर कुसुमोत्सव हो रहा है, कलिका खिल रही है, मलयानिल बह रहा है, लतिका थरथरा रही है, मधुप गुनगुना रहे हैं, कोकिल कूक रहा है और कवि देख रहा है :

मधुमय बसन्त जीवन बन के
बह अन्तरिक्ष की लहरों में
कब आए थे तुम चुपके से
रजनी के पिछले पहरों में

यही परिचय था प्रसाद का 'आँसू' की 'मादकता' और 'सुन्दर कठोर कोमलता' से, 'प्रलय की छाया' की कमला से, 'आकाशदीप' की चम्पा से, 'चन्दगुप्त' की मालविका और 'स्कन्दगुप्त' की 'देवसेना' से!

लेकिन जैसा 1925 में 'आँसू' से पता चला कि असल में यह एक पीड़ा से छुटकारा पाने की कोशिश में दूसरी पीड़ा की ओर यात्रा थी :

जो घनीभूत पीड़ा थी
मस्तक में स्मृति-सी छाई!
दुर्दिन में आँसू बनकर
वह आज बरसने आई!

इधर कवि की आँखों में आँसू, पहली पत्नी के ही क्यों, दूसरी पत्नी के भी स्वर्गवास के आँसू और उधर पिछले तीन-चार वर्षों से चला आ रहा आँगन में युद्ध! झंझा, झकोर, गर्जन। किस बात के लिए तो रईस सुँघनी साहु की रियासत के लिए, जायदाद और पैसों के लिए, सुँघनी की दुकान के लिए और वह भी किनके बीच? तो प्रसाद और चचेरे भाइयों के बीच!

लेकिन युद्ध और कलह कहाँ नहीं है? भारत लड़ रहा है फिरंगियों से, बाहरी

हुकूमत से और यहाँ कांग्रेस में ही नरम दल-गरम दल लड़ रहे हैं! 'बंग-भंग' आन्दोलन, होमरूल आन्दोलन छिड़ रहे हैं। जोरों पर विदेशी बायकाट और स्वदेशी आन्दोलन।

उधर प्रथम विश्वयुद्ध का नरसंहार है, इधर वीर और उत्साही और राष्ट्रभक्त युवक दासता की जंजीरें तोड़कर खुली हवा में साँस लेना चाहते हैं—हिमाद्रि तुंग शृंग से।

भारत के लिए यह कोई नई बात नहीं। इतिहास में जाओ! उसे फिर से रचो! अपनी संस्कृति की विरासत मत भूलो! लाओ रंगमंच पर ऐसे वीर, ऐसे कवि-चिन्तक, ऐसे योद्धा जो बाहरी आक्रमणों का मुँहतोड़ उत्तर देते हैं, जिनमें देशप्रेम हिलोरें ले रहा हो, जिनके लिए ब्राह्मण-बौद्ध शूद्र के पचड़े व्यर्थ हैं...लाओ ऐसी वीर नारियाँ जिनमें गुलामी से मुक्ति की तड़प है, बेचैनी है—गुलामी चाहे पुरुष की हो, चाहे शासन की, जिनमें आग जल रही हो—अपने प्यार के लिए भी और आततायियों के संहार के लिए भी...

जो राजकुमारी अलका के लिए सिन्धुतट था, वही प्रसाद के लिए गंगा का दशाश्वमेध घाट।

कहते हैं, 'भंग की तरंग, गंगा का संग और बहरी अलंग' जो न जाने, वह काशी क्या जाने? यह आम लोगों के लिए शौक भले हो, बनारसियों के लिए और उनमें भी रईसों के लिए काशी की संस्कृति है।

यही संस्कृति घाट से कभी-कभी आवाज देती छायावादी कवि को—इतिहास के गोताखोर को—आ जाओ तुमुल कोलाहल कलह से निकलकर! वटवृक्ष से नौका बँधी है। तरंगों में उठ-गिर रही है, सँभालो पतवार!

ले चल वहाँ भुलावा देकर
मेरे नाविक धीरे-धीरे

प्रसाद पतवार सँभालते और आगे बढ़ते। वे घाट की ओर सामने देखते तो उन्हें बिसाती और धीवर बालिकाएँ नजर आतीं। वे और आगे बढ़ते तो इस नगर के घाटों पर भारत की पिछली शताब्दियाँ कौंध जातीं—अपनी पूरी दमक और जीवन्तता के साथ!

उन्होंने अपनी दाहिनी ओर देखा—पंचगंगा घाट और उसका दीपस्तम्भ। उस पर बुद्धगुप्त और चम्पा खड़े हैं।

"तो आज से मैं विश्वास करूँ, क्षमा कर दिया गया?" आश्चर्यकम्पित कंठ से महानाविक ने पूछा।

"विश्वास? कदपि नहीं बुद्धगुप्त! जब मैं अपने हृदय पर विश्वास नहीं कर सकी, उसी ने धोखा दिया तब मैं कैसे कहूँ? मैं तुम्हें घृणा करती हूँ फिर भी तुम्हारे लिए मर सकती हूँ। अन्धेर है जलदस्यु, तुम्हें प्यार करती हूँ!"

चम्पा रो पड़ती है, "पहले विचार था कि कभी-कभी इस दीप-स्तंभ पर से आलोक जलाकर अपने पिता की समाधि का इस जल में अन्वेषण करूँगी। किन्तु देखती हूँ, मुझे भी इसी में जलना होगा, जैसे आकाशदीप!"

यह अपने पिता के हत्यारे को प्यार करने की पीड़ा की जलन है।

प्रसाद अपने बाईं ओर देखते तो उस पार रामनगर का किला और इस पार शिवालय घाट! घाट पर पत्थर से बँधी चंचल डोंगी और किले की खिड़की फाँदकर अन्दर जाता काशी का गुंडा। किले के फाटक पर लेफ्टिनेंट इस्टाकर और उसकी तिलंगों की फौज और इनके पहरे में कैद राजमाता पन्ना और बेटा चेत सिंह।

चेतसिंह ने पूछा, "तुम कौन हो?"

"राजपरिवार का एक बिना दाम का सेवक!"

पन्ना के मुँह से हल्की-सी एक साँस निकलकर रह गई। उसने पहचान लिया। इतने वर्षों के बाद। वही नन्हकू सिंह।

मनियार सिंह ने पूछा, "तुम क्या कर सकते हो?"

"मैं मर सकता हूँ। पहले महारानी को डोंगी पर बिठाइए। नीचे दूसरी डोंगी पर अच्छे मल्लाह हैं। फिर बात कीजिए!"

और...चेत सिंह को देखकर पुत्र वत्सलता ने संकेत से एक प्रश्न किया, उसका उत्तर किसी के पास न था।

नन्हकू ने हँसकर कहा, "मेरे मालिक! आप नाव पर बैठें। जब तक राजा भी नाव पर न बैठ जाएँगे, तब तक सत्रह गोली खाकर भी नन्हकू सिंह जीवित रहने की प्रतिज्ञा करता है!"

और यही हुआ।

चेत सिंह ने खिड़की से उतरते हुए देखा कि बीसों तिलंगों की संगीनों में वह अविचल खड़ा होकर तलवार चला रहा है। नन्हकू के चट्टान-सदृश शरीर से गैरिक की तरह रक्त की धारा बह रही है। गुंडे का एक-एक अंग कटकर वहीं गिरने लगा।

यह एक मोर्चा था, दूसरे कई मोर्चे थे...

प्रसाद का कवि परेशान, दार्शनिक बेचैन! अपनी पीड़ा से, घर और देश के कलह से, जगती के कोलाहल से...वह अपने इक्के जोतता, उस पर लोटा-डोर रखता, पनडब्बा रखता और अपने सवालों के हल के लिए जा पहुँचता सारनाथ...

'अशोक की चिन्ता' दार्शनिक कवि की अपनी चिन्ता थी :

इस नील विषाद गगन में
सुख चपला सा दुख घन में

चिर विरह नवीन मिलन में
इस मरु मरीचिका-वन में

उलझा है चंचल मन कुरंग।

चुनती बसुधा तपते नग
दुखिया है सारा अग जग
कंटक मिलते हैं प्रति पग
जलती सिकता का यह मग

बह जा बन करुणा की तरंग!
जलता है यह जीवन पतंग!

कवि को रास्ता मिला। पीड़ा व्यक्तिगत अनुभूति है लेकिन करुणा सामाजिक। अपनी पीड़ा को संसार से जोड़ना और संसार की पीड़ा को खुद से जोड़ना ही करुणा है।

प्रसाद कवि-सम्मेलनों में नहीं जाते थे, लोगों के बीच कविताएँ नहीं पढ़ते थे। दो-तीन ही अवसर रहे हैं उनकी जिन्दगी के जब उन्होंने काव्य पाठ किया था। नागरी प्रचारिणी सभा के 'कोशोत्सव स्मारक' समारोह में, बेढब जी के आग्रह और जिद पर डी.ए.वी. कॉलेज में और 'मूल गन्ध कुटी विहार' के उद्‌घाटन समारोह भी उनमें से एक है :

अरी वरुणा की शान्त कछार!
तपस्वी के विराग की प्यार!
छोड़कर पार्थिव भोग विभूति, प्रेयसी का वह दुर्लभ प्यार।
पिता का वक्ष भरा वात्सल्य, पुत्र का शैशव सुलभ दुलार।
दुख का करके सत्य निदान, प्राणियों का करने उद्धार।
सुनाने आरण्यक संवाद, तथागत आया तेरे द्वार।

लेकिन प्रसाद तथागत नहीं, गृहस्थ थे—अपनी जिम्मेदारियों से न भागने वाला गृहस्थ! हर शाम चौक के निकट नारियल बाजार वाली 'सुँघनी साहु की दुकान' उनका इन्तजार करती। और इन्तजार करते एक ओर खरीददार, दूसरी ओर साहित्यकार! साहित्यकारों में छिटपुट भी हो सकते थे और एक साथ कई लोग भी। विनोद शंकर व्यास, रामनाथ सुमन, रायकृष्णदास, रामदास गौड़, कृष्णदेव प्रसाद गौड़ 'बेढब', लाला भगवान दीन। कभी बाबू श्यामसुन्दर दास भी आ निकलते, कभी केशव प्रसाद मिश्र भी। कभी बाहर से निराला आ जाते और कभी चिरगाँव से मैथिली शरण गुप्त।

बैठकबाजी इस नगर का अपना शौक। प्रसाद के क्या कहने! बेहद विनोदी और चुटीले मजाक में माहिर।

एक दिन मुंशी अजमेरी दादरे का बोल गा रहे थे—प्रसाद, मैथिलीशरण गुप्त, रायकृष्ण दास वगैरह के आग्रह पर। गला बड़ा सुरीला था उनका :

पी लई राजा तुम्हारे संग भंगिया!
आगे भूल गए या सुना नहीं था!

कुछ देर प्रसाद ने इन्तजार किया और फिर बोल उठे, "कहो मुंशी जी, यह कैसा रहेगा :

न जाने कब सारी सरक गई
और दरक गई अँगिया!"

लहालोट हो गए मुंशी जी, इस बन्द पर।

इसी तरह एक दिन अलस्सुबह यही मंडली पहुँची जगन्नाथ दास रत्नाकर के घर। रत्नाकर जी देखते ही रंग में आ गए। ऐसे दुर्लभ श्रोता कहाँ मिलते हैं! न चाय, न पानी—लगे छन्द पर छन्द सुनाने। यहाँ भूख से हाल-बेहाल।

प्रसाद से नहीं रहा गया, बोले, "हमें तो आपका वही कवित्त अच्छा लगता है रत्नाकर जी : 'चुप रहो ऊधो सूधो पथ मथुरा को गहो!' बस, अन्त में यही सुना दीजिए।"

ऐसे तो इस छोटी-सी दुकान की दीवारें ही जानती होंगी कि इसके मालिक के लेखक ने यहाँ कितनी पूरी-अधूरी कविताएँ लिखीं, कितने संवाद लिखे, हम केवल इतना जानते हैं कि यह गली पुस्तक-पकी आँखों वाले कवि-नाटककार का विश्वविद्यालय थी—जिन्दगी को करीब से जानने के 'यथार्थवाद' की शिक्षा का विश्वविद्यालय!

इसी गली में ऊपर कोठे पर कहीं 'गुंडा' कहानी की दुलारी रही होगी, कहीं 'इन्द्रजाल' की बेला, कहीं सालवती, कहीं 'तितली' उपन्यास की तारा, घंटी, लतिका, इरावती जिनके लिए प्रसाद कहते हैं, "मैं तो आज तक यही नहीं समझता कि सुन्दर स्त्रियाँ क्यों वेश्या बनें? संसार का सबसे सुन्दर जीव क्यों सबसे बुरा काम करे?"

प्रसाद के गीतों में संगीत का रहस्य जानना हो तो इन कोठों की खिड़कियों से पूछिए।

लेकिन कोठे के नीचे गली में मधुआ, 'विराम चिह्न' की बुढ़िया और राधे, 'बेड़ी' का अन्धा भिखारी!

कई महीने बीतने पर चौक में वही बुड्ढा दिखाई पड़ा—उसकी लाठी पकड़े वही लड़का अकड़ा हुआ खड़ा था। मैंने क्रोध से पूछा, "क्यों बे? तू अन्धे पिता को छोड़कर कहाँ भाग गया था?"

वह मुस्कराते हुए बोला, "बाबूजी, नौकरी खोजने गया था।"

मैंने उसे कुछ देते हुए कहा, "तेरी यही नौकरी है। तू अपने बाप को छोड़कर न भागा कर।"

बुड्ढा बोल उठा, "बाबूजी, अब यह न भाग सकेगा। इसके पैरों में बेड़ी डाल दी गई है।"

मैंने घृणा और आश्चर्य से देखा, सचमुच उसके पैरों में बेड़ी थी। बालक बहुत धीरे-धीरे चलता था।

मैंने मन-ही-मन कहा, 'हे भगवान, भीख मँगवाने के लिए बाप अपने बेटे के पैर में बेड़ी भी डाल सकता है और वह नटखट फिर भी मुस्कराता था।'

और कहानी के अन्त में जब इसी बेड़ी की वजह से लड़का कार के नीचे मर जाता है तो अन्धा बूढ़ा दुर्घटना के नतीजे को न देखकर कहता है, "काट दो बेड़ी बाबा, मुझे न चाहिए।"

हाय री छलना! चर्चा यथार्थवाद की और प्रेमचन्द कहीं नहीं? जबकि यथार्थवाद उनका दूसरा नाम है? जबकि प्रेमचन्द ने 'हंस' के पहले ही अंक में 'मधुआ' कहानी छापी थी, जबकि प्रेमचन्द के आग्रह पर प्रसाद ने 'कंकाल' लिखा था; जबकि 'हंस' और 'जागरण' को प्रसाद अपनी ही पत्रिका मानते थे और उसमें बराबर लिखते थे; जबकि प्रसाद ने—जो किसी अपने अन्तरंग के आगे भी कभी नहीं खुले थे—प्रेमचन्द को 'आत्मकथा' सुनाई थी।

छोटे से जीवन की कैसी बड़ी कथाएँ आज कहूँ!
क्या यह अच्छा नहीं कि औरों को सुनता मैं मौन रहूँ?

एक ही नजर, एक ही समय, एक ही बेनियाबाग; महज सड़क पार के रिश्ते—इसी बेनियाबाग में, जो उस जमाने में काशी का खुला और खिला हृदय था बेनियाबाग—उसमें रोज टहला करते थे प्रेमचन्द और प्रसाद। प्रात:काल और घंटे भर। बातें भी होती रही होंगी और हँसी-मजाक भी—जिन्हें सिर्फ प्रात:कालीन सूर्य ही देखता-सुनता रहा होगा। इसी बेनियाबाग में प्रसाद ने प्रेमचन्द से टहलते हुए कहा था कि जब नगूची रवीन्द्रनाथ से मिलने कलकत्ता आ सकते हैं तो प्रेमचन्द से मिलने काशी क्यों नहीं आ सकते?

असल में प्रेमचन्द ने भारतेन्दु की गाँवों की ओर जानेवाली डगर पकड़ी और प्रसाद ने भारतेन्दु की पुराणों और इतिहासों में उतरने वाली गलियाँ। स्वाधीनता की

लड़ाई दोनों ही लड़ रहे थे—प्रेमचन्द सूरदास और होरी के साथ, प्रसाद स्कंदगुप्त और चन्द्रगुप्त के साथ।

प्रसाद ने बड़े दर्द के साथ प्रेमचन्द की अरथी को कन्धा दिया था और अपनी बीमारी के अन्तिम दिनों में हर मिलनेवाले साहित्यकार से कहा करते थे, ''प्रेमचन्द चले गए, मैं भी जा रहा हूँ। अब भी तुम अपना कर्तव्य नहीं समझ रहे हो!''

कहते हैं, 15 नवम्बर, 1939 को मृत्यु से पूर्व डॉक्टर ने उनसे पूछा था कि 'कुछ कहना है आपको?' प्रसाद के चेहरे पर क्षण-भर के लिए मुस्कान आ गई थी, बोले, 'अभी तक जो कहा है, वह क्या कम है डॉक्टर?'

अड़तालीस वर्ष की छोटी उम्र में 14 काव्य, 13 नाटक, 3 उपन्यास, 90 कहानियाँ, ढेरों निबन्ध—कौन कहेगा कि ये कम हैं? इन रचनाओं में पूरी एक दुनिया बसाई है प्रसाद ने। लेकिन इस दुनिया में एक रंग बेहिसाब चटख और शोख और गाढ़ा है—'आह' का रंग। राजकुमार हो या राजकुमारी, अमात्य हो या भिखारी, सीमान्त हो या फुलवारी—सबमें एक कसक, एक टीस, एक दर्द! त्याग, बलिदान, समर्थन, उदारता, सुख—सबकी तह में सुलगती हुई पीड़ा। प्रसाद के संसार का यही सच है। अगर जीवन-संग्राम उस संसार का यथार्थ है तो पीड़ा दो योद्धाओं की तलवार की झनकार भी है और दो हृदयों का हाहाकार भी।

यह पीड़ा, जिसका रजिस्टर का नाम करुणा है—यही पीड़ा 'कामायनी' के दर्शन आनन्द की माँ भी है!

विषमता की पीड़ा से व्यस्त
हो रहा स्पन्दित विश्व महान,
यही सुख दुख रहस्य का सत्य
यही भूमा का मधुमय गान!

[1989]

रेडियो का मैदान : कमरे के दर्शक

ढिन्न ढिन्ना, ढिन्ना ढिन्ना...

जब भारत-पाकिस्तान का सेमी फाइनल हो रहा था तो हर भारतीय दर्शक 'मैला आँचल' का जुझारु ढोल सुन रहा था :

ढिन्ना ढिन्ना, ढिन्ना ढिन्ना
आजा आजा, आजा आजा
चटधा गिड़धा, चटधा गिड़धा
आजा भिड़जा, आजा भिड़जा
चटाक चटधा, चटाक चटधा
उठा पटक दे, उठा पटक दे
गिड़ गिड़ गिड़ धा, गिड़ गिड़ गिड़ धा
वह वा, वह वा, वाह बहादुर!

लेकिन जब 'फाइनल' का समय आया तो हम सुन नहीं रहे थे, देख रहे थे...हम देख रहे थे कि रेडियो की लाल रोशनी के बीच से धीरे-धीरे एक सोने की ट्राफी उभर रही है और उसके पेंदे के नीचे एक हाथ है...हाथ नहीं, हॉकी है—ध्यानचन्द की हॉकी...1928 की हॉकी और बगल में एक चेहरा हिलता है, खिलता है...रमेश का चेहरा नहीं, ध्यानचन्द का, कोच जेंटिल का, नागरवाला का, जसदेव का...कई चेहरे और ट्राफी—सोने की ट्राफी धुँधली होती हुई भारत का नक्शा बन जाती है...

"वर्ल्ड-कप ला रहा है भारत," डॉ. काशीनाथ कहते हैं।

कमरे में हैं डॉ. अजीत, विजय राय, महेश्वर और रमेश। खेल शुरू होने में दो-तीन मिनट की देर। न्यूज आ रही है। बेमजा हो रहा है। अजीत काशी को पिक्चर ले जाने के लिए आए थे लेकिन वे नहीं जाएँगे। आज टस से मस नहीं होंगे। पिक्चर कभी भी देखी जा सकती है लेकिन यह जलवा...हमीं जानते हैं कि 'सेमी फाइनल' के बाद के 48 घंटे किस बेचैनी और उत्तेजना में गुजरे हैं।

"आइए, आइए डॉक्टर!"

डॉ. चौथीराम कमरे में आते हैं, ठंडे और उत्साहहीन, "पता नहीं क्यों, फाइनल सुनने का उत्साह नहीं है।"

''क्यों भई ? किस बात का सन्देह ? हमारे वही खिलाड़ी हैं जो 'वर्ल्ड कप विजेता' पाकिस्तान को ध्वस्त कर चुके हैं। 'ओलम्पिक विजेता' जर्मनी पर बीस पड़ चुके हैं। हॉलैंड पर अब तक 72 गोल कर चुके हैं। और पाकिस्तान को हराने के बाद तो उनका विश्वास पुख्ता हुआ है। क्यों ? चटाक चटधा, चटाक चटधा!''

''ई जो हैं, 'क्रेमलिन की घंटियाँ' के संशयवादी जी हैं।'' काशीनाथ कहते हैं हँसी में लेकिन बड़ी फीकी-फीकी, उखड़ी-उखड़ी।

क्योंकि हॉलैंड का अपना मैदान। अपने दर्शक। उसने भी पाकिस्तान से टक्कर ली है। जर्मनी को चित किया है। पिछले ओलम्पिक में भारत के लिए कांस्य पदक तक मुहाल कर चुका है। और...

और लीजिए, खेल शुरू! शरदेन्दु माइक पर। कमेंटरी तो क्या करते हैं, गुगुआते हैं। बोर कर देते हैं। खैर...अशोक, गोविन्दा, हरमिक हॉलैंड की 'डी' में, शाबाश! शाबाश बेटो! ऐ है! निशाना चूक गया। हमेशा यही होता है। आज भी यही होता रहा तो हो चुका। हॉलैंड के दस हजार दर्शक और 'हाय! हाय!!' साले बनारस के दर्शकों को भी मात कर रहे हैं।

''भारत ला रहा है हॉकी कप!'' काशीनाथ फिर कहते हैं और एक कागज पर लिखते हैं, 'गणेश बधाई!'

आइए, आइए जसदेव सिंह ! तबीयत खुश। जसदेव जोश में। गोविन्दा, हरमिक, अशोक, गणेश...और पेनाल्टी कॉर्नर ! एक बार फिर रेडियो के शीशे पर हॉलैंड की 'डी'। सुरजीत और चौकस हॉलैंड का गोली। तैयार उसकी रक्षापंक्ति। शाबाश, शाबाश! सुरजीत...सुरजीत ने शॉट लगाया—तगड़ा शाट और गो ऽ ऽ ऽ ल!

छठा मिनट!

हम तालियाँ पीट रहे हैं। समूचा भारत तालियाँ बजा रहा है। चेहरे पर उत्तेजना और खुशी!

जसदेव आए और एक गोल! लकी कमेंटेटर!

चौथीराम का चेहरा ज्यों का त्यों। कोई प्रतिक्रिया नहीं। खिड़की के पास मुँह और पान की पीक सींखचों के बाहर।

ग्यारहवाँ मिनट और फिर पेनाल्टी कॉर्नर! जसदेव साँस रोकते हैं, खिलाड़ियों की पोजीशन बताते हैं...सुरजीत—फार्म में आया, सुरजीत शॉट लगाएगा! हमारे हाथ सुरजीत की पीठ थपथपाने के लिए बेचैन! टाँगें उछल पड़ने के लिए उतावली!

''फिर गोल हो रहा है!'' काशीनाथ कहते हैं।

''देखिए, क्या होता है?'' संशयवादी कहते हैं।

हाँ, तो सुरजीत ने लगाया और ये गो ऽ ऽ ऽ ल!

चीखते हैं जसदेव, ''कोई गलती नहीं और गेंद सीधे जाल में!''

चटाक चटधा, गिड़ गिड़ गिड़ धा!

गिड़ गिड़ गिड़ धा, गिड़ गिड़ गिड़ धा!

जियो सुरजीत! हम भी जिएँगे और भारत भी और हॉकी भी। तालियाँ...भारत तालियों की गड़गड़ाहट से गूँज रहा है!

''मैंने कहा न, अबकी भारत ला रहा है वर्ल्ड कप! कोई रोक नहीं सकता!'' काशीनाथ कहते हैं।

''अगर भारत जीत गया तो मैं सीता सरदार की बर्फी खिलाऊँगा।'' महेश्वर कहते हैं।

''अगर क्या, जाइए, ले आइए बर्फी!''

''मान लीजिए! अगर...'' महेश्वर हँसते हैं।

''तो वापस करवा देंगे।''

हँसी–खुशी में।...भारत फाइनल मैचों में रेकॉर्ड तोड़ने जा रहा है! अगर नहीं टूटा तो कोई बात नहीं। कम–से–कम पाँच गोल तो करके ही दम लेगा! ग्यारह मिनट और दो गोल!

डॉ. चौथीराम चुप। कोई प्रतिक्रिया नहीं। जश्न में सभी लोग पान खाते हैं। काशीनाथ सुर्ती ठोंकते हैं। वे कहते हैं, ''जसदेव करीब होते तो उन्हें एक खिल्ली देता और कहता—उस्ताद! इसे जमाओ और फिर कमेंटरी करो!''

और यह देखो! हॉलैंड भारत की 'डी' में। एक विश्वास चार्ल्स पर, अजित पाल पर।...और पहला पेनाल्टी कॉर्नर! जसदेव कुछ हदसे। क्राउजे ने शाट लगाया और गो...नहीं! आय! हाय!! यह क्या किया तुमने चार्ल्स! पेनाल्टी स्ट्रोक।

अचानक जसदेव माइक शरदेन्दु को देते हैं। चालाक और दिलचस्प आदमी। या तो हॉलैंड को गोल करते नहीं देखना चाहते या कहते नहीं सुना जाना चाहते। इसका मतलब ही है गोल। क्राउजे और पेनाल्टी स्ट्रोक? चार्ल्स ने अब खुद ही चाहा है तो क्राउजे का क्या दोष?

सो भारत हॉलैंड से 2–1 से आगे। अभी भी उम्मीद है।

''घबड़ाइए नहीं, तीसरा गोल होता है।'' काशीनाथ कहते हैं।

''कहीं यह तीसरा हॉलैंड न कर बैठे!'' चौथीराम जी कहते हैं।

''और यह कहना गलत नहीं। हॉलैंड बराबर हावी है। हॉलैंड का लगातार आक्रमण। क्या कर रहे हैं अशोक, गणेश, गोविन्दा हरमिक?

''चाँद सिंह नहीं है क्या?''

''शरदेन्दु ने फिर ऐ–ऐ–ऐ शुरू कर दिया!'' चौथीराम जी कहते हैं और मध्यान्तर की सीटी।

खेल शुरू!

''आइए, हम प्रार्थना करें।'' शरारत के साथ मुस्कराते हुए काशीनाथ कहते हैं, ''हे प्रभो! आनन्ददाता...''

"गोल हमको दीजिए!" महेश्वर छन्द पूर्ति करते हैं।

"न, न गड़बड़! 'गोल हमको दीजिए' का मतलब हमारी गोल में गेंद दीजिए!" चौथीराम जी व्याख्या करते हैं।

"नहीं, ऐसा होता तो कहते, 'गेंद' हमको दीजिए।"

तो हम गोल चाहते हैं, सुनो सुरजीत, अशोक, गोविन्दा, गणेश। हम पुकार-पुकारकर कह रहे हैं—सब से, जो भी सुन सके—गोल यानी वर्ल्ड कप!

"यार चौथीराम! कोई पेनाल्टी कॉर्नर नहीं मिल रहा है!" काशीनाथ कहते हैं।

"पेनाल्टी कॉर्नर ऐसे थोड़े मिलता है?" चौथीराम जी हाथ को चिड़िया की पाँखों की तरह लहराते हैं, "जब जसदेव बोलते—गोविन्दा...गोविन्दा...गोविन्दा तो पेनाल्टी कॉर्नर मिल जाता!"

इधर हँसी और उधर 'पेनाल्टी कॉर्नर' को घोषणा...मगर किसका? किसे मिला? भारत को? हॉलैंड को? शरदेन्दु कमेंटरी करते हैं या तमाशा? सीधे-सीधे बोलते क्यों नहीं? और पहले ही हल्ला करते हैं—गो ऽ ऽ ऽ

और सचमुच गोल! मगर किसने किया?

चूल्हेभाड़ में गए कमेंटेटर, हम बदहवास। एक चुप, हजार चुप! कब तक इन्तजार करो हो? जसदेव आते हैं और बताते हैं—भारत-हॉलैंड दो-दो की बराबरी पर!

अब चलो! लो वर्ल्ड कप! महीनों की ट्रेनिंग, जेंटिल की कोचिंग और सन् 1928! इतिहास दुहराने चले हैं लोग। हॉलैंड बराबर हावी, बराबर हावी। यही ट्रेनिंग है! कोई शूटर नहीं, एक भी स्कोर नहीं। खैर, हम अभी भी उम्मीद कर रहे हैं—इन्तजार कर रहे हैं। विश्वास खोया नहीं है। लेकिन दो की लीड लेने के बाद यह क्या कर रहे हो यारो! कुछ तो हमारा खयाल करते! अपने पचपन करोड़ भाइयों का, उम्मीदों का, शुभ कामनाओं का! हम तुम्हारा स्वागत करने के लिए बाँह फैलाए खड़े हैं गणेश! जेंटल!

समय कम है लेकिन हम थके नहीं हैं, हारे नहीं हैं...

"तीसरा गोल अचानक होगा और गोल करेंगे..."

क्या कहा, पेनाल्टी कॉर्नर? हमें पेनाल्टी कॉर्नर मिला है? हम कसकसा उठते हैं। देख भैया सुरजीत, सुन बाबू सुरजीत! बड़ी ट्रेनिंग ली है तुमने। तुमने खोया तो बहुत है। लेकिन मौके पर काम भी आए हो! हे डूबते के सहारा, हे खेवनवाहर! शाबाश!

धत्तेरे की!

"खिलाड़ी को योगी होना चाहिए। उसका निशाना अर्जुन की तरह होना चाहिए!" महेश्वर कहते हैं।

"अब तो समय भी नहीं है! कुछ नहीं कर सकते ये लोग!" दुखी मन से चौथीराम कहते हैं।

और सचमुच कुछ नहीं होता। हॉलैंड जब बार-बार आक्रमण पर हो तो कुछ

पाने का सवाल नहीं। अपनी ओर से होने का सवाल नहीं! अब तो यही रह गया है कि हमारी मंशा को देखते हुए हॉलैंड का कप्तान मैदान के बीचोबीच हाथ उठाकर खड़ा हो जाए और खेल को रोककर गणेश को बुलाए और बोले—यार! क्यों खून-पसीना एक कर रहे हो? 'वर्ल्ड कप' ही चाहते हो न? ऐसा करो कि देखो! वह है हमारी गोल, और यह है गेंद, जाओ और मार आओ। लेकिन हाँ, होशियारी से! यह पाकिस्तान का मुनीर नहीं, मार्टिन सीकिंग है!

और हॉलैंड यह कहता है। सीधे या टेढ़े—मगर कहता है। तब जब निर्धारित समय ही नहीं, 15 मिनट का अतिरिक्त समय खत्म होने को आता है।...उस समय चौथीराम जी का निराश और दुखी मन इतिहास की खुदाई में लगा था...एक समय था—कहते हैं कि एक समय था जब किसी ओलम्पिक में ध्यानचन्द ने खेलते हुए किसी टीम के विरुद्ध एक शॉट लगाया और गेंद पोल के एक इंच ऊपर से चली गई। उन्हें आश्चर्य हुआ कि ऐसा कैसे हो गया। फिर खेल के दौरान दूसरा शॉट लगाया और अबकी भी गेंद पहले की तरह पोल से एक इंच ऊपर उठ गई। कहते हैं कि उन्होंने स्टिक फेंक दी और कहा कि पोल एक इंच नीचा है। रेफरी से एतराज करने पर पोल नापा गया और पाया गया कि सचमुच वे सही थे!...तो भारतीय हॉकी के ऐसे दिन रहे हैं और आज...

पेनाल्टी स्ट्रोक!

अचानक रेडियो चिल्लाता है कि अतिरिक्त समय के आखिरी मिनट में भारत को पेनाल्टी स्ट्रोक...गिड़ गिड़ गिड़ धा, गिड़ गिड़ गिड़ धा! मन एक बार फिर बेचैन हो उठता है। यह आखिरी मौका है हॉकी के देश को, ध्यानचन्द की मिट्टी को और आखिरी वक्त में रेडियो पर सोने की ट्रॉफी झिलमिलाने लगती है! समय थम जाता है और सारे भारतीयों के कान खड़े हो जाते हैं...देखो, कौन आ रहा है और भारतीय हॉकी के इतिहास को जिन्दा कर रहा है...

गोविन्दा!

वही शख्स जिसने पाकिस्तान के आतंक को ध्वस्त किया था। आओ भैया। यह सीधा मुकाबला है भारत और हॉलैंड की हॉकी का...गोविन्दा शॉट लगा रहे हैं और ये ऽऽऽ गो ऽऽऽ

नो! नो!

"बन्द करो रेडियो!..." एक साथ सभी चीख उठते हैं—काशीनाथ, चौथीराम महेश्वर और...

"स्साले, हॉकी खेलेंगे, वर्ल्ड कप लाएँगे! खेलने की तमीज नहीं और चले जाते हैं अमस्टरडम!" हममें कोई कहता है—गुस्से और क्षोभ में।

धीरे-धीरे सभी लोग बत्ती गुल करके कमरा खाली कर जाते हैं।

[परिवेश, 1973]

दूसरे 'स्वराज्य' के योद्धा : प्रेमचन्द

जब यह सदी जन्म ले रही थी, प्रेमचन्द लिखना शुरू कर रहे थे और आज जबकि यह बूढ़ी हो चली है, प्रेमचन्द हिन्दी कथाकारों के लिए अपने शबाब पर हैं।

हिन्दी कथा ने जब भी कदम आगे बढ़ाने की बात सोची, उसे प्रेमचन्द से जूझना पड़ा। सन् '50 के बाद 'नई कहानी' का आन्दोलन शुरू हुआ तो 'नई' के आगे 'कफन' और 'पूस की रात' जैसी कहानियाँ आकर खड़ी हुईं। पूछा जाने लगा कि 'नई कहानियाँ' उन कहानियों से किस मायने में 'नई' हैं? गाँव को आधार बनाकर कहानियाँ लिखने वाले कथाकारों ने जब कहा कि हम प्रेमचन्द के आगे की कहानियाँ लिख रहे हैं तो कहा जाने लगा कि 'आगे' की जरूर हैं लेकिन एक फर्क के साथ। आपने गाँव देखा है, प्रेमचन्द ने गाँव जिया था।

सन् '60 के बाद जब कहानीकारों की एक नई पीढ़ी आई तो वह प्रेमचन्द की कहानियों के 'फार्म' से टकराई। उसने कहानी की 'किस्सागोई' या 'कहानीपन' को अस्वीकार किया और कहा कि हम 'अकहानी' लिखेंगे। लेकिन इसे पाठकों ने ही ठुकरा दिया और 'अकहानी' कहानी में एक प्रयोग होकर रह गई।

कहने की जरूरत नहीं कि '70-'75 के बाद की कहानी ने—जिसे हम जनवादी कहानी कहते हैं—प्रेमचन्द को अपनी शक्ति के स्रोत के रूप में स्वीकार किया और खुद को संघर्ष की लड़ाकू मुद्रा में ले आई। प्रेमचन्द कहानी तो क्या, साहित्य मात्र से यही चाहते थे। उन्होंने आज से पचास-पचपन साल पहले लिखा था, 'साहित्य का सबसे बड़ा उद्‌देश्य उन्नयन है, ऊपर उठना। मैं चाहता हूँ कि आप मनुष्यों की सृष्टि करें, साहसी, ईमानदार, स्वतंत्रचेता, जान पर खेलने वाले, जोखिम उठाने वाले मनुष्य, ऊँचे आदर्शों वाले मनुष्य, आज भी इसी की जरूरत है।'

अब इस 'आज' का क्या करें? यह प्रेमचन्द के जमाने का 'आज' है या आज का 'आज'? और वह भी एक फर्क के साथ। प्रेमचन्द अपनी कहानियों में भी उपन्यास की बात दरकिनार नहीं करते, क्योंकि उसके लिए तर्कों की कमी नहीं। वे पात्रों को मनुष्य बनाने की क्षमता रखते थे और जनवादी कहानी जीते-जागते मनुष्यों को भी पात्र बनाकर छोड़ देती है।

बहरहाल, इस 'आज' की उम्र इतनी लम्बी क्यों है, इसे तब तक नहीं समझा जा

सकता जब तक प्रेमचन्द के समूचे संघर्ष के बुनियादी सूत्र को न जान लें।

उन दिनों महात्मा गांधी के नेतृत्व में सारा देश स्वाधीनता की लड़ाई लड़ रहा था। प्रेमचन्द भी उनमें से एक थे। लेकिन अलगू, हलकू, घीसू, माधो, गोबर, होरी, झुनिया, धनिया की जिन्दगी में दिलचस्पी रखने वाला लेखक 'स्वराज्य' के बारे में बहुत दिनों तक वैसे नहीं सोच सकता था, जैसे महात्मा जी सोचते थे या कांग्रेस सोचती थी। 'स्वराज्य' और 'स्वराज्य' से जुड़ी दूसरी समस्याओं को उजागर करने के लिए प्रेमचन्द ने मानो 'जागरण' और 'हंस' का हथियार सँभाला।

वे आजादी के बाद की कांग्रेस के मंसूबे और उसकी तस्वीर सन् '30 के ही आस-पास जैसे देख रहे थे। वे लिखते हैं, 'हम पद के लिए, अधिकार के लिए स्वराज्य नहीं चाहते। हम स्वराज्य चाहते हैं उन गूँगे, बेजुबान आदमियों के लिए जो दिन-दिन दरिद्र होते जा रहे हैं। अगर आज सभी अंग्रेज अफसरों की जगह हिन्दोस्तानी हो जाएँ तब भी हम स्वराज्य से उतनी ही दूर रहेंगे, जितने इस वक्त हैं। हमारा उद्देश्य तो तभी पूरा होगा जब हमारी दरिद्र, क्षुधित, वस्त्रहीन जनता की दशा कुछ सुधरेगी।'

'गबन' का देवीदीन खटिक तो अब के दिवंगत या बूढ़े—जिनकी सन्तानें विधायक या संसद सदस्य या मंत्री हैं—मगर तब के किशोरवय साहब बहादुर सुराजियों से सीधे सवाल करता है, 'साहब, सच बताओ, जब तुम सुराज का नाम लेते हो, उसका कौन-सा रूप तुम्हारी आँखों के सामने आता है? तुम भी बड़ी-बड़ी तलब लोगे, तुम भी अंग्रेजों की तरह बँगलों में रहोगे, पहाड़ों की हवा खाओगे, अंग्रेजी ठाठ बनाए घूमोगे, इस सुराज से देश का क्या कल्याण होगा?'

देश का क्या कल्याण हो रहा है यह हम अपनी आँखों से देख रहे हैं। लेकिन गरीबों के स्वराज्य की चिन्ता प्रेमचन्द को कितनी सता रही थी, इसकी साक्षी हैं प्रेमचन्द की सारी कृतियाँ, उनकी कहानियाँ, उपन्यास और 'जागरण' तथा 'हंस', वरना इन्हीं बातों पर बार-बार जोर देते हुए वे 'हंस' में फिर न लिखते कि 'कांग्रेस के स्वराज्य माँगने का क्या उद्देश्य है? क्या केवल अधिकार या ओहदे?...देश में आधे आदमी बेकार पड़े हुए हैं। सौ में नब्बे आदमियों को पेट-भर भोजन नहीं मिलता, सौ में नब्बे आदमी लिख-पढ़ नहीं सकते...कहीं साहूकार उनके मुँह का कौर छीनता है, कहीं पुलिस?

'प्रजा के पास लगान देने को कुछ न हो मगर सरकार अपना लगान वसूल करके छोड़ेगी, चाहे किसान बिक जाए, तबाह हो जाए, चाहे उसकी जमीन बेदखल हो जाए, उसके बर्तन-भांडे, बैल-बछिये, अनाज-भूसा सबका सब बिक जाए...प्रजा को रहने के झोंपड़े मयस्सर नहीं, सरकार को नई दिल्ली बनवाने की धुन है, प्रजा को रोटियों का ठिकाना नहीं, अधिकारियों को दस-दस और पाँच-पाँच हजार वेतन अवश्य मिलना चाहिए।'(दमन की सीमा, 1932)

प्रेमचन्द के लाख चिल्ल-पों मचाने के बावजूद कांग्रेस जैसा 'स्वराज्य' चाहती

थी, सन् '47 ई. में मिल गया। नई दिल्ली भी बनी और उसमें कांग्रेसी सरकार भी, और प्रेमचन्द को जैसी आशंका थी, वैसी 'डेमोक्रेसी' भी आई। वे मिर्जा खुर्शीद के मुँह से 'गोदान' में कहते हैं कि 'जिसे हम डेमोक्रेसी कहते हैं, वह व्यवहार में बड़े-बड़े व्यापारियों और जमींदारों का राज्य है, और कुछ नहीं। चुनाव में वही बाजी ले जाता है, जिसके पास रुपए हैं। रुपए के जोर से उसके लिए सभी सुविधाएँ तैयार हो जाती हैं, बड़े-बड़े पंडित, बड़े-बड़े मौलवी, बड़े-बड़े लिखने और बोलने वाले, जो अपनी जबान और कलम से पब्लिक को जिस तरफ चाहें, फेर दें, सभी सोने के देवता के पैरों पर माथा रगड़ते हैं।'

जब सन् 1980 ई. में पूरा देश और देश की जनता गाँवों-कस्बों और नगरों में जगह-जगह प्रेमचन्द की जन्मशती मना रही थी, नई दिल्ली में इसी डेमोक्रेसी की कांग्रेसी सरकार थी जिसने प्रेमचन्द के नाम पर साँस तक न ली, शायद वह कहती हो—बड़े आए प्रेमचन्द! तुम जिसके लिए लिखते थे, तरफदारी करते थे, लड़ते थे, वे ही जानें, अपन को क्या? अपन को तो 'लुटेरा की संस्कृति' वाला बोल कर कोसते ही रहे जीवन-भर।

और जनता जानती थी अपने लेखक को। जन्मशती के पहले से, जब दूसरी आजादी के नारे भी नहीं लग रहे थे। बल्कि आठवें दशक के मध्य दमनकारी, अत्याचारी, निरंकुश और जनविरोधी सत्ता पार्टी के कुछ नेताओं और एक खास साहित्यिक संस्थान के पदाधिकारियों ने 31 जुलाई को दिखावे के लिए लमही में आयोजन करना चाहा तो नगर और आस-पास की जनता ने प्रतिरोध किया। उसमें सब शामिल थे—पत्रकार, अध्यापक, विद्यार्थी, रंगकर्मी, लेखक, घीसू, माधो—हर तरह के लोग। इन्होंने पोस्टरों के साथ बनारस से लमही तक की पैदल यात्रा की, ताले में बन्द प्रेमचन्द की प्रतिमा की चबूतरे की सफाई की, गोष्ठी की, 'कफन' का मंचन किया, गाने गाए और वापस आए।

इसमें न पूजाभाव था, न भक्तिभाव, सिर्फ अपनापन और प्यार था अपने उस लेखक के लिए जिसका चेहरा भी उनके अपने बाप, दादा और काका से मिलता-जुलता था। तब से 31 जुलाई का यह लमही मेला जारी है।

कबीर का जन्म-दिन एक 'पंथ' विशेष के लोग मनाते हैं, तुलसी का 'मानस' भक्त और धर्मप्राण लोग—लेकिन मुझे नहीं मालूम कि हिन्दी के किस और लेखक—और वह भी आधुनिक—को जनता का यह प्यार और सम्मान मयस्सर है?

[स्वतंत्र भारत, 1988]

प्रेमचन्द और हम

हिन्दी साहित्य मूलत: गाँव और शहर का रहा है। भारतेन्दु-काल से ही जो अपने पर्व थे, तीज-त्यौहार थे, अनेकानेक गाँव की समस्याएँ थीं, उन्हीं चीजों को और भी गहराई से साहित्य में लेने और सोच-विचार से आगे बढ़ाने का काम प्रेमचन्द ने किया। यही उनके लेखन का ठोस आधार बना। इसी को आधार बनाकर प्रेमचन्द ने लिखा। दूसरे महायुद्ध के बाद अज्ञेय हिन्दी-क्षेत्र में आए। वे इस क्षेत्र में पैदा जरूर हुए थे और हिन्दी और संस्कृत के विद्वान् भी हैं पर उनका संवाद हिन्दी प्रदेश वालों से कभी नहीं रहा। गौर करने की जरूरत है कि प्राचीन काल से देश के दो सांस्कृतिक स्थल रहे—बनारस और इलाहाबाद। उन्होंने काफी घूमने-घामने के बाद इलाहाबाद को ही क्यों चुना? इसलिए कि इलाहाबाद तब तक अंग्रेज साहबों और पश्चिमी संस्कृति का केन्द्र बन चुका था। 'परिमल' और 'प्रतीक' वहाँ से शुरू हो चुके थे। मनोविश्लेषणवादी और भाववादी लेखक वहाँ अपनी जड़ें जमा चुके थे। इधर प्रगतिशील लेखक संघ अपनी आपसी टकराहटों से टूट रहा था। तेलंगाना विद्रोह के कड़ाई से दमन, 'परिमल' और 'प्रतीक' के माध्यम से अज्ञेय और मनोविश्लेषणवादी-भाववादी लेखकों के हमले से प्रगतिशील आन्दोलन बिखर गया। 'प्रतीक' के बन्द होने पर 'नई कविता' पत्रिका शुरू हुई। इसने भी प्रगतिशील-विरोधी काम किए। इनके सम्पादकों-लेखकों का आक्षेप था कि प्रेमचन्द द्वितीय श्रेणी के लेखक हैं। इलाचन्द जोशी का कहना था कि प्रेमचन्द को नारी-मनोविज्ञान की समझ नहीं थी। ठाकुर श्रीनाथ सिंह का आक्षेप था कि प्रेमचन्द घृणा के प्रचारक हैं। बल्कि उन पर किसी कोने से ब्राह्मण-विरोधी लेखक होने की घृणित तोहमत भी लगाई गई। उस समय अज्ञेय और आधुनिकतावादी लोग कथाकारों में प्रेमचन्द और कवियों में निराला पर परिमल-ग्रुप के माध्यम से आक्रमण कर रहे थे।

इसी समय 'नई कविता' के समानान्तर 'कहानी' पत्रिका इलाहाबाद से ही भैरवप्रसाद गुप्त के सम्पादन में शुरू की गई। इसी से 'नई कहानी' का आन्दोलन शुरू किया गया। इस पत्रिका के माध्यम से गाँव के जीवन से जुड़े आंचलिक कथाकार और शहरी जीवन का चित्रण करनेवाले कथाकार आए। ग्रामीण अंचलों की विषयवस्तु वाले कथाकारों ने प्रेमचन्द की ठप पड़ी हुई परम्परा को पुनरुज्जीवित किया

पर यह विडम्बना ही है कि 'नई कविता' के झंडाबरदार आलोचकों ने निर्मल वर्मा, मोहन राकेश, कमलेश्वर और राजेन्द्र यादव जैसे कथाकारों को ही उछाला जिन्होंने प्रयोगवाद और 'नई कविता' की रुग्ण, कुंठित और त्रिशंकु मनोवृत्तियों को अपनी कहानियों में बढ़ावा देने का काम किया। महानगरों में मौत और दिशाओं के खोजने की चर्चा करनेवाले यही लोग थे, अमरकान्त नहीं। अपने अस्तित्व को संकट में देख आगे चलकर इन्हीं लोगों ने आधुनिकताबोध, अलगाव, विसंगति-विडम्बना और अनुभूति की प्रामाणिकता आदि अस्तित्ववादी जुमलों को चलाया। क्या चमत्कार है कि 'प्रतिबद्धता' की चर्चा सबसे पहले निर्मल वर्मा ने शुरू की और वह भी प्रेमचन्द को एक तरफ छोड़ते हुए। उन्हीं दिनों अमरकान्त जैसे कथाकारों को प्रेमचन्द के साथ जोड़कर उन्हें 'नया' के समानान्तर 'पुराना' करार देने की कोशिशें की गईं।

'60 के बाद 'अकहानी', 'अकविता', 'श्मशानी पीढ़ी', 'भूखी पीढ़ी', 'आलोचना की निरर्थकता', 'सचेतन कहानी', 'समान्तर कहानी', 'आम आदमी' और 'फालतू आदमी'—ये सारे आन्दोलन, नारे और मुहावरे औपनिवेशिक और आधुनिकतावादी साहित्य के गर्भ से पैदा हुए और नौ महीने के पहले ही गिर गए। इन आतंकों और दबावों को हमारी पीढ़ी के लोग, जैसे मैं और ज्ञानरंजन वगैरह झेल रहे थे और कहीं न कहीं इसके शिकार थे लेकिन इनकी साजिशों को मैंने सातवें दशक के अन्तिम वर्षों में महसूस किया। इसके पीछे दो मुख्य कारण थे—कांग्रेस का असफल होना और प्रदेशों में संविद-सरकारों का बनना। साथ ही बंगाल में नक्सलवादी आन्दोलन का उभार। इसके अलावा उन्हीं दिनों मैंने मैक्सिम गोर्की, लूशुन और दूसरे प्रगतिशील लेखकों के साथ-साथ मुंशी प्रेमचन्द को फिर पढ़ना, बल्कि मैं इसे 'देखना' कहूँगा, शुरू किया। इससे मुझे लगा कि हिन्दी का जातीय साहित्य भारतेन्दु, प्रेमचन्द और निराला की ही जमीन पर खड़ा किया जा सकता है। यह भी लगा कि प्रेमचन्द जिन किसानों की बात करते थे, उन किसानों की हालत आज भी बहुत कुछ वैसी ही है जैसी प्रेमचन्द के जमाने में थी। किसान जिनसे संघर्ष कर रहे थे, वे सामन्तवादी, पूँजीवादी और साम्राज्यवादी (नवउपनिवेशवादी) ताकतें अभेद्य दीवार की तरह आज भी खड़ी हैं। फिर भी बार-बार प्रयत्न करने पर हम कुछ ऐसा नहीं लिख पा रहे थे, जैसा चाहते थे। हमारे साथ के काफी लोग चुप हो गए थे और जो नए मार्क्सवादी कथाकार कहानियाँ लिख रहे थे, उनके पात्र अपनी कहानियों का अन्त होते-होते क्रान्ति या विद्रोह जरूर कर देते थे। इसी सन्दर्भ में प्रेमचन्द का साहित्य हमारे सामने कुछ सवाल खड़े करता था। 'गोदान' के आरम्भ का होरी जब गोबर से कहता है कि पाँवों के नीचे जब अपनी गरदन दबी हो तो उनके तलवों को सहलाने में ही भला है। परन्तु गोबर जिस तरह होरी से असहमत होता है, उसे देखते हुए लगता है कि अन्त तक जाते-जाते गोबर ऐसे पाँवों को जरूर तोड़ेगा, किन्तु वे कौन-सी वजहें हैं कि प्रेमचन्द गोबर को ऐसा नहीं करने देते? 'प्रेमाश्रम' का

बलराज आधे उपन्यास तक बड़ा ही उग्र और विद्रोही है, किन्तु उपन्यास का अन्त होते-होते वह उपन्यास में शरीफ हो जाता है। मेरी दृष्टि से इसे प्रेमचन्द पर गांधीवादी प्रभाव मान लेना प्रेमचन्द पर अन्याय होगा। दूसरे यह कि प्रेमचन्द के किसान-चरित्र अपने समूचे अन्तर्विरोध के साथ उनकी रचनाओं में आते हैं। होरी बेईमान भी है। 'कफन' कहानी के घीसू और माधव के लिए प्रेमचन्द लिखते हैं, 'संसार की चिन्ताओं से मुक्त, कर्ज से लदे हुए।' हमें लगता है कि यह जिन्दगी को उसकी सम्पूर्णता में देखने का नतीजा है, जबकि '70 के बाद के बहुत-से मार्क्सवादी मित्र-लेखकों के पात्रों के चरित्र एकदम इकहरे हैं।

प्रेमचन्द के यहाँ किसान की समूची जिन्दगी दिखाई देती है जबकि 'नई कहानी' के दौर के गाँव और अंचलों के कथाकारों के यहाँ सिर्फ हरियाली है, वह जिन्दगी नहीं और हमारे समकालीन मार्क्सवादी लेखकों के यहाँ अगर जिन्दगी है तो हरियाली गायब है। दरअसल, प्रेमचन्द पुराने या नए या ऐसे किसी भी आन्दोलन से ऊपर की और बड़ी हस्ती हैं। वे बराबर हम कथाकारों के दिल व दिमाग को खटखटाते रहते हैं, खटखटाने की क्षमता रखते हैं कि हमसे क्या छूट रहा है और कहाँ हमारी नजर जानी चाहिए।

[1980]

मुदर्रिस का दर्द

मैं आगे देखता हूँ
पीछे देखता हूँ
और जो नहीं है
उसकी कसक महसूस करता हूँ।

—शेली

अभी हाल में काशी हिन्दू विश्वविद्यालय के कुछ प्रबुद्ध छात्रों ने भारतीय कृषि संस्थान, दिल्ली के एक प्राध्यापक की आत्महत्या और 'आत्महत्या-दस्तावेज' को 'वर्तमान भारतीय समाज के खोखलेपन और उसको चलाने वाले मठाधीशों के आचरण तथा भ्रष्टाचार को परत-दर-परत बेनकाब' करने वाली घटना की संज्ञा दी है।

इस आत्महत्या की करुण प्रतिक्रिया समूचे देश में हुई। नेताओं ने वक्तव्य दिये, नागरिकों ने अपना आक्रोश व्यक्त किया, छात्रों ने आवाजें उठाईं, किन्तु अन्याय के विरुद्ध इस दुखद आत्मघात पर किसी भी अध्यापक की टिप्पणी देखने-सुनने को नहीं मिली।

आम आदमी इस मौन का उत्तर चाहेगा।

आज स्वाधीनता के पच्चीस साल पूरे हो रहे हैं। इन पच्चीस वर्षों के दौरान देश में अनेक आन्दोलन हुए, असन्तोष जाहिर करने के अनेक अवसर आए, जुलूस निकाले गए, सभाएँ की गईं, अपनी असहमति को तरह-तरह से प्रकट किया गया, लेकिन सवाल किया जाएगा कि इस बीच प्राध्यापक ने कौन-सी भूमिका निभाई? जाहिर है कि पूछते समय प्रश्न करनेवाले की दृष्टि सन् '47 ई. के पहले की प्राध्यापक की ऐतिहासिक और अविस्मरणीय भूमिका की ओर होगी।

आज भी अधिकांश प्राध्यापकों के लिए जो देश आदर्श हैं, वहाँ भी चाहे गोरे-काले के भेद को लेकर आन्दोलन हुआ हो, चाहे नारी-मुक्ति को लेकर, वियतनाम में अमरीकी बर्बरता का विरोध हुआ हो, या शासन-तंत्र की यांत्रिकता का—नेतृत्व अध्यापकों-बुद्धिजीवियों के हाथ रहा, लेकिन वह कौन-सा खतरा या कौन-सा

लालच है जिसकी वजह से इस भूखंड के सबसे बड़े जनतंत्र के स्वाधीन प्राध्यापक की जबान ओठों के अन्दर कैद है?

दुनिया या देश के दुख की बात छोड़ दें, प्राध्यापक खुद अनुभव करता है कि जनसाधारण के बीच उसकी साख गिरी है। वह परम्परा से मिलने वाला सम्मान खो बैठा है। छात्र उसकी उपेक्षा करते हैं, उसे 'पालतू' और 'दलाल' कहकर सम्बोधित करते हैं। क्लर्क उसे घंटों खड़ा रखते हैं, दस बार दौड़ाते हैं और लम्बी जी-हजूरी के बाद फाइल आगे बढ़ाते हैं। चपरासी उसकी बात नहीं सुनते। अधिकारी उसे डाँटते और दुत्कारते हैं और इन सबकी प्रतिक्रिया में वह भीतर-ही-भीतर घुटता हुआ, टूटता हुआ चुप रहता है। यह चुप्पी या तो अन्याय की समर्थक और बेबस स्वीकृति है या निर्लज्ज निर्लिप्तता।

प्राध्यापक के इस चरित्र ने स्पष्ट कर दिया है कि वह एक खास किस्म का 'स्पेसी' है, एक विशेष वर्ग और वर्गीय मानसिकता का व्यक्ति जिसकी बौद्धिकता उसके संस्कारों पर हावी नहीं हो सकती है।

तिरस्कार और उपेक्षा की मौजूदा स्थिति में एक प्राध्यापक को और कुछ न चाहिए, चाहिए सिर्फ सम्मान! किस बात के लिए? जनसाधारण के बीच अपने विशिष्ट कार्य-क्षेत्र के लिए, पठन-पाठन और चिन्तन-मनन के लिए, क्योंकि लोगों की दृष्टि में वह समाज का दिमाग है, विकास की रीढ़ है, भविष्य का आधार है, लेकिन न वह दृष्टि रही, न वह दिमाग। उसने स्वयं अपनी स्पर्द्धा का क्षेत्र बदल दिया है। जो अध्ययन-अध्यापन उसका जीवन था, वह उसकी जीविका हो चला है। उसका कार्य-क्षेत्र अब जमीन, जायदाद, मकान, फ्रिज, कार और दूसरी सुख-सुविधाएँ हैं। इस प्रकार यदि यह अपनी हविश में एक सरकारी कर्मचारी या अधिकारी या व्यापारी से अलग नहीं है तो निश्चय ही वह अपने कर्म की विशिष्टता के लिए नहीं, सामाजिक 'हैसियत' के लिए सम्मान की उम्मीद करता है।

और एक प्राध्यापक की हैसियत क्या है, किसी से छिपी नहीं है, लेकिन वह इसे छिपाता है। एक ही वर्ग के अफसर और अध्यापक के मनोविज्ञान में फर्क होता है। घूसखोर, बेईमान और भ्रष्ट अफसर बड़े रौब के साथ बाजार से गुजरता है, रुतबे के साथ लोगों से बातें करता है, घूस से खड़ी इमारत में समारोह करता है, पीता-पिलाता है, और यह 'पीना' उसके लिए गर्व की बात होती है क्योंकि रोज पीना भी एक 'हैसियत' की चीज है और बेचारा ईमानदार अध्यापक! पीता भी है तो चोरी-चोरी क्योंकि यह उसके लिए शर्म की बात है। वह अपने विनम्र सहमे चेहरे के साथ बाजार में निकलता है तो काफी दयनीय और अकेला मालूम पड़ता है। उसके चेहरे की यह विनम्रता विद्या की देन नहीं है, बल्कि छात्रों की उपस्थिति की आशंका और अधिकारियों की फाइल के दबाव के कारण है जिसने उसे एक हद तक 'न्यूरोटिक' बना दिया है।

क्या कारण है कि भारतीय विश्वविद्यालयों में काम करनेवाले प्राध्यापक विदेशों में जाकर 'सर्वोत्तम' सिद्ध होते हैं और राष्ट्र का गौरव बढ़ाते हैं, लेकिन यहाँ पर वे एक विवित्र प्रकार के मानसिक क्षय का शिकार होते हैं जो लगातार उन्हें नैतिक पतन की ओर ले जाता है?

विश्लेषण करने पर इसके नीचे कई परतें खुलेंगी और इन परतों के ऊपर की सतह है—विश्वविद्यालयों की 'ब्यूरोक्रैटिक' स्थिति जो अध्यापकों की मानसिक मुक्ति और उनके मुक्त चिन्तन के सारे स्रोतों को जाम कर चुकी है। प्रत्येक शिक्षा-संस्था के दो अंगों—प्रशिक्षण और प्रशासन—में से प्रशिक्षण को सुविधाजनक, सुगम और सम्पन्न करने के इरादे से प्रशासन की अलग व्यवस्था की गई थी, लेकिन आजादी के बाद की बढ़ती हुई नौकरशाही प्रवृत्ति ने प्रशासन को 'सहायक' या 'सहयोगी' की भूमिका से निकालकर 'शासक' की भूमिका में रख दिया है। आज विश्वविद्यालय के भीतर अपने विषय का अन्तर्राष्ट्रीय ख्याति का पंडित भी प्रशासन के दमघोट गलियारे से गुजरने और अपमानित होने के लिए बाध्य है।

यही नहीं, प्रशासन अपनी सुविधा के लिए शैक्षणिक क्षेत्र से ही अध्यक्ष और प्रोफेसर को 'अधिकारी' के रूप में चुन लेता है और वह एक ओर प्रशासन के संवर्द्धन में जुटता है और दूसरी ओर सहयोगियों पर आतंक जमाने का काम करता है। यह ध्यान रखने की बात है कि इनमें से अधिकांश 'शैक्षणिक अधिकारी' अपने विषय के प्रख्यात विद्वान् होते हैं, लेकिन 'अधिकार' का मद और उसके उपयोग की लिप्सा उनकी बौद्धिक सक्रियता को थोड़े ही दिनों में गतिहीन और कुंठित कर देती है।

शैक्षणिक क्षेत्र की दूसरी विडम्बना प्राध्यापक-समूह के एक साथ होने और एक ही समूह को सम्बोधित करने की बाध्यता है। सभी संस्थानों में विश्वविद्यालय ही वह स्थान है जहाँ 'डाइवर्सिटी' अपने भयानक रूप में दिखाई पड़ती है। प्राध्यापकों में अनेक ऐसे हैं जो स्वभाव और दिमाग से दारोगा, पुलिस अफसर, लेफ्टिनेंट, कलक्टर, एकाउंट अफसर और व्यवसायी होने की तमीज रखते हैं, लेकिन मजबूरियों ने उन्हें शिक्षा-संस्थाओं में लाकर बिठा दिया है। प्रमाण के रूप में प्रति वर्ष होने-वाली वे नई नियुक्तियाँ पेश की जा सकती हैं जिनमें से ज्यादातर प्रवक्ता आई.ए.एस. और 'सेवा-आयोग' की परीक्षाओं में बैठते रहते हैं और चुन लिये जाने पर चल देते हैं।

ऐसे ही विद्यार्थियों में हर तबके और हर रुचि के छात्र आते हैं जिन्हें एक ही कमरे में एक ही विषय और एक ही तरीके से पढ़ना पड़ता है। जिस तरह ढेर सारे प्राध्यापकों के लिए अध्यापन लाचारी है, वैसे ही बहुत-से छात्रों के लिए अनिच्छापूर्वक अध्ययन भी विवशता है।

प्राध्यापक की नियुक्ति की पद्धति के साथ भी कुछ ऐसा ही संकट है। नियुक्ति के सन्दर्भ में सबसे उल्लेखनीय और विस्मयकारी तथ्य यह है कि वर्तमान नियुक्तियों

में उनका कोई हिस्सा नहीं होता जिनके लिए नियुक्तियाँ की जाती हैं। प्राय: नियुक्तियों का आधार समझी जाती हैं आवेदक के छात्र-जीवन की श्रेणियाँ, जो न तो उसके अध्ययन-कौशल का प्रमाण हैं और न योग्यता का। यदि ये प्रमाण हैं तो उसके अज्ञानमूलक श्रम का, 'कैरियरिस्ट' की जीवन-दृष्टि का। आई.ए.एस. के चुनाव में भी—जो केवल 'फाइल' का काम है—इन श्रेणियों पर निर्भर नहीं किया जाता, अलग से परीक्षा होती है और चयन के बाद प्रशिक्षण के बतौर 'प्रशासन-प्रशिक्षण शिविर' में भेजा जाता है। अब यह स्पष्ट हो चला कि अध्ययन के लिए सिर्फ योग्यता-प्रमाण-पत्र और संक्षिप्त-सा साक्षात्कार नाकाफी है। यदि कुछ सम्भव न हो तो आवश्यकता है नए नियुक्त प्राध्यापक के लिए प्रशिक्षण की 'पद्धति' या 'अनुशासन' की शिक्षा देनेवाली 'व्यवस्था' की जो उसे तरोताजा रख सके, 'अध्यापन' का मर्म समझाते हुए बता सके कि अपने को समकालीन बनाए रखने के लिए अर्जित ज्ञान का पोषण भी जरूरी होता है।

साथ ही जरूरी हैं प्राध्यापक के लिए दो बुनियादी बातें :

1. अन्य पेशों की तरह अध्यापन पेशा नहीं है।
2. कक्षा का अध्यापन ही अध्यापन नहीं है।

ये बातें अभिन्न हैं। अध्यापन अंशकालिक रोजगार नहीं, एक घंटे के लंच की छुट्टी के साथ दस बजे से साढ़े चार बजे तक अफसरी नहीं, समूचा जीवन-क्रम है। छात्र कक्षा में ही नहीं, सड़क, फुटपाथ, मैदान, बाजार और शहर में भी होते हैं और कक्षा में कही हुई बातों को प्राध्यापक के आचरण में ही देखना चाहते हैं। बाहर और भीतर के बीच किसी भी तरह का अन्तर्विरोध अध्यापक की असलियत का पर्दाफाश करता है और कौन जाने कि बाहर का अध्यापन कक्षा के अन्दर के अध्यापन से अधिक स्फूर्त, सच और जीवन्त हो।

इसी तरह बेहतर हो, प्राध्यापक अपने अन्तर्विरोधों और मुक्त-चिन्तन के संकट को छिपाने के बजाय ईमानदारी से खुलकर कहे। उसका कर्मक्षेत्र केवल निर्धारित पाठ्यक्रम पढ़ाना नहीं है। अपने स्वार्थ या वेतन-मान के लिए अधिकारी के सम्मुख घिघियाना-भर नहीं है, किसी वैचारिक आदर्श के लिए चलनेवाले संघर्ष में शरीक होना ही नहीं है। यह मात्र सुविधाजनक भगोड़ापन है—क्योंकि 'विचार' या 'आदर्श' आकारहीन नहीं होता; उसका आकार है आदमी और आदमी के विरुद्ध किसी लोलुप साजिश को उघाड़ना और जमीन तैयार करना भी उसी के कर्म के दायरे में आता है। अपनी टूटती हुई मूर्ति को बचा लेने का—खड़ी कर लेने का अब भी वक्त है और हम अपने तईं इतना तो कर ही सकते हैं, 'सच' को कह ही सकते हैं।

[परिवेश, 1972]

केन्द्रीय विधा की तलाश का प्रश्न क्यों और किसका?

ऐसा तो नहीं कि इस प्रश्न का सम्बन्ध साहित्य से कम, व्यवसाय से अधिक है? मुझे लगता है कि यह प्रश्न या तो प्रकाशक का है या रचना से दूर जा पड़े उपराम लेखकों–कवियों का। व्यवसाय के क्षेत्र में प्रकाशकों ने देख लिया है कि अब कविता–संकलन ही नहीं, कहानी–संग्रह भी नहीं बिक रहे हैं। लिहाजा वे सोचने लगे हैं कि किस विधा का मौसम आने वाला है? कौन–सी चीज प्रकाशित की जाए जिसकी खपत बाजार में हो सके और वे मुनाफा कमा सकें? यह उनके सोचने की बात है कि उनका हित अब 'नाटक' छापने में है या लघु–उपन्यास या क्या?

ऐसे ही बिचली पीढ़ी के लेखक–कवि एक अर्से से कहानी और कविता की चर्चा के बाहर हैं। यदि वे केन्द्रीय विधा की चर्चा चलाते हैं तो उनके भी इरादे किसी से छिपे नहीं हैं। उन्हें मालूम है कि उनकी समय के बाहर पड़ गई रचनाएँ उन्हें पुनर्जीवित करने में लाचार हैं। इसलिए वे हमेशा अपने रचनाकार की सेहत के लिए 'बहस' का सुविधाजनक मार्ग चुनते आए हैं। इससे उनके स्वयं के क्षणिक पुनरुद्धार के साथ ही सम्पादन की कुशलता भी प्रमाणित होती है और मालिक को व्यावसायिक लाभ भी मिलता है।

यदि केन्द्रीय विधा हमारी—आज के लेखक की निजी समस्या है तो सवाल उठता है कि क्या हमारी कहानियाँ–कविताएँ आज की जटिल संघर्षपूर्ण मन:स्थितियों को व्यक्त करने में असमर्थ हैं? क्या हमारे कथ्य के लिए ये माध्यम नाकाफी हैं? यह ध्यान देने की बात है कि इधर बड़ी तेजी से साहित्य के सारे माध्यम घुलकर एक हो रहे हैं। जिस तरह आज की कहानी को ठीक–ठीक 'कहानी' कह पाना मुश्किल है, उसी तरह कविता को भी 'कविता' कह पाना। साहित्य में विधाओं का यह घपला कथ्य की जरूरत से आया है, 'तलाश' की ललक से नहीं। और यह घपला इसलिए है कि आज लेखक के लिए महत्त्वपूर्ण 'विधा' नहीं रह गई है। वह 'कविता' या 'कहानी' की शर्त के साथ कविता या कहानी नहीं शुरू करता और जो भी इस शर्त के साथ लिखता है, वह सही विधा की तलाश के नाम पर 'प्रयोग' करता है। जाहिर है कि यह 'प्रयोग' अगर कथ्य की नियति नहीं, तो उसका एकमात्र मकसद है—'विस्मयबोध'।

मेरी समझ से हिन्दी साहित्य की सबसे पहली और बड़ी घटना है—गद्य और पद्य की भाषा की एकरूपता; गद्य की भाषा का कविता की भाषा होना। साहित्य के स्तर पर भाषा का यह संगठन द्विवेदी-युग की सबसे बड़ी आवश्यकता थी। आगे चलकर भाषा के इसी संगठित रूप के आन्दोलन का परिणाम निराला (कविता), प्रसाद (नाटक), रामचन्द्र शुक्ल (आलोचना), प्रेमचन्द (उपन्यास) के साहित्य के रूप में दिखाई पड़ा। भाषा दूर-दूर तक अनेक विधाओं में फैली और फैलती गई। विधाओं का यह फैलाव रचना के सन्दर्भ में कितना ऊपरी और निरर्थक है—धीरे-धीरे यह मालूम पड़ने लगा और पिछले दिनों इस पर चर्चाएँ भी हुईं।

इस ऐतिहासिक क्रम में यदि आज के साहित्य की कोई सबसे बड़ी सार्थकता हो सकती है तो इन विधाओं का संगठन। साहित्य अपनी भूमिका विधाओं में बँटकर नहीं, अभिव्यंजना की किसी सर्वसामान्य भूमि पर स्थापित होकर ही निभा सकता है। इस बीच अगर कविता, नाटक, कहानी, निबन्ध का परस्पर सम्बन्ध गहरा हुआ है, उनकी आपसी दूरियाँ सिमटी हैं, एक की सीमा में दूसरे का प्रवेश स्वाभाविक और स्वस्थ लगा है तो यह रचनात्मक शक्ति की अनिवार्य जरूरत है, किसी तलाश का चक्कर नहीं। विधाओं का यह विघटन आज के रचनाकार की सबसे मुख्य आवश्यकता है।

[1971]

पढ़ाई का मतलब

अंग्रेजों के जाने के बाद से ही अनुभव किया जा रहा है कि मौजूदा शिक्षा-पद्धति हमारे काम की नहीं है, इसे बदल देना चाहिए। तब से आज छब्बीस साल हो रहे हैं और यह बराबर कहा जा रहा है।

'48-'49 ई. में डॉ. राधाकृष्णन की अध्यक्षता में 'द यूनिवर्सिटी एजुकेशन कमीशन' गठित हुआ जिसने प्रस्ताव किया, 'साहित्यिक और तकनीकी, वैज्ञानिक और व्यावसायिक—सभी प्रकार की शिक्षा का लक्ष्य यह हो कि वह देश को जल्दी से जल्दी अभावों, बीमारियों और मूढ़ता से आजाद करा सके!'

कोई बताए कि इनमें से किससे आजादी मिली?

इसके बाद '64-'66 ई. में 'कोठारी कमीशन' नाम से एक दूसरा आयोग गठित हुआ जिसने शिक्षा को जनता की जिन्दगी, उसकी जरूरतों और इच्छाओं पर लागू करने की सिफारिश की। उसने स्वीकार किया कि औद्योगिकीकरण, रोजगार और खाद्यान्न की आत्मनिर्भरता के लिए शिक्षा में परिवर्तन जरूरी है।

इन सिफारिशों का भी क्या हुआ, किसी से छिपा नहीं है।

पहले आयोग से यह आयोग इस अर्थ में अलहदा दिखता है कि यहाँ 'जनता' की चिन्ता है। यह इसलिए कि जनता की आँखों के आगे शासक-वर्ग की कलई खुल गई थी और उसकी दृष्टि को धुँधला करने के लिए आँखों में 'समाजवाद' की धूल झोंकना जरूरी हो गया था।

बहरहाल, जनता की चिन्ता बेकार नहीं गई। '69 ई. में एक परिवर्तन हुआ। विश्वविद्यालयों में अमेरिकी ढंग का 'सिमेस्टर सिस्टम' लागू किया गया। जब विद्यार्थियों में असन्तोष फैलने लगा, आन्दोलन की बाढ़ आने लगी, हड़ताल, अनशन, घेराव, तोड़-फोड़ होने लगी तो साजिश हुई कि विद्यार्थियों के सिरों पर इतनी ज्यादा किताबें लाद दी जाएँ, इतने अधिक पर्चे बढ़ा दिये जाएँ जिससे उन्हें आन्दोलन की फुर्सत ही न मिले। यानी, 'विद्यार्थियो! तुम नवम्बर-दिसम्बर में आन्दोलन करते हो और हम इन्हीं महीनों में एक परीक्षा लिया करेंगे। हम तुम्हें डिग्री की खातिर एक-दूसरे को पछाड़ने और आगे बढ़ने के लिए दो के बजाय चार मौके दे रहे हैं। या तो फायदा उठा लो या फिर आन्दोलन ही करो।' गरज कि शिक्षा को

खुले बाजार की उसी 'प्रतिस्पर्धा' या 'मुनाफे' की भूमि पर लाकर खड़ा कर दिया गया जो पूँजीवादी अर्थ–व्यवस्था का चरित्र है।

जब इससे भी कोई बात नहीं बनी तो अन्ततः 'सिमेस्टर सिस्टम' उठा लिया गया।

यहाँ तक गनीमत थी।

लेकिन जब दिल्ली विश्वविद्यालय के कुलपति डॉ. स्वरूप सिंह ने अपने विश्वविद्यालय के अध्यापकों को सम्बोधित करते हुए कहा कि जिस तरह की शिक्षा विद्यार्थियों को दी जा रही है, वह किसी के काम की नहीं है (22 नवम्बर, 1971, 'टाइम्स ऑफ इंडिया' के लेख 'रिवाइज द सिस्टम ऑफ एजुकेशन' में उल्लिखित) तो बहुतों को चकित रह जाना पड़ा। उन्हें यह किसी कदर की ईमानदारी नहीं लगी। वे आपस में यह सवाल करने लगे कि जो शख्स मौजूदा शिक्षा को बेकार और बेमतलब की मान रहा है, वही उसमें एक ऊँचे पद पर क्यों बना हुआ है? और यह भी कि यही बातें जब विद्यार्थी कहते हैं तो उन्हें चुप कराने के लिए वह पी.ए.सी. क्यों बुलाता है? जब उसके पास सारे अधिकार हैं तो वह शिक्षा को लोगों के काम की क्यों नहीं बना रहा है? फिर उन्होंने इधर–उधर देखा तो मालूम हुआ कि ये बातें एक ही नहीं, प्रायः सारे कुलपति कह रहे हैं।

लोगों में जो समझदार थे, उन्हें इन बातों से कोई अचरज नहीं हुआ। उन्हें पता था कि वे अपनी पूरी वफादारी और चालाकी से उस मशीनरी की हिफाजत कर रहे हैं, तेल–पानी दे रहे हैं जिसने उन्हें सुरक्षा के लिए तैनात कर रखा है। वे ऐसा इसलिए कहते हैं कि कहनेवालों का मुँह बन्द रहे। ये कुछ वैसी बातें हैं, जैसी 'गोदान' के किसान होरी को फुसलाने वाली तालुकेदार राय साहब की बातें...ताकि होरी सोचने लगे कि 'जब हमारे लिए मालिक ही इतनी चिन्ता कर रहे हैं तो हम क्या बोलें?' उनकी बातें मिल मालिक खन्ना की बातों की तरह हैं जिन्हें 'मजूदरों की हड़तालें बिल्कुल बेजा मालूम होती थीं क्योंकि वे अपने को जनता का ही आदमी समझते थे।'

इस धारणा की पुष्टि सन् '71 ई. में ही उस समय हुई थी जब शिमला में अखिल भारतीय अधिवेशन में प्रधानमंत्री ने कहा था कि मौजूदा शिक्षा–व्यवस्था में बुनियादी सुधार की जरूरत है। इसका मतलब था कि हे लोगो! धीरज धरो। हम तुम्हारी परेशानी से बेखबर नहीं हैं। हम कुछ करेंगे—जरूर करेंगे तुम्हारे लिए। लेकिन अभी बड़े–बड़े मसले हल करने हैं, ढेरों समस्याएँ हैं देश के सामने। हमें बहुत दूर जाना है, आदि–आदि। लोगों ने अपने मन में सोचा कि यह तो गजब की जबरदस्ती है। जिनकी सरकार, जिनका शिक्षा–मंत्रालय, जिनके कुलपति फिर उन्हें कौन–सी चीज बुनियादी सुधार (परिवर्तन की बात दरकिनार) से रोक रही है?

वह चीज है—सिद्धान्त और व्यवहार का अलगाव, जो शासक–वर्ग के चरित्र का सबसे घिनौना पहलू है। वह अपनी सत्ता को सुरक्षित रखने के लिए बातें हमेशा 'जनहित' की करता है और जब समूचा शोषित जनसमुदाय उन बातों को खुद ही

पूरा करने के लिए उठ खड़ा होता है तो वह अपनी पूरी ताकत के साथ उस पर टूट पड़ता है। यही अन्तर्विरोध—कहने और करने के बीच का फर्क—उसके झूठे चरित्र को नंगा करता है और तब पता चलता है कि उसका 'समाजवाद' और 'गरीबी हटाओ', उसकी योजनाएँ और शिक्षा-नीतियाँ, उसके राष्ट्रीयकरण किसके हित के लिए हैं?

इस जानकारी से यह जाहिर हो जाता है कि शासक-वर्ग की शिक्षा-नीति क्या है? इसके जरिए देश में वह क्या कर रहा है? क्या कारण है कि वह समय-समय पर 'आयोग' गठित करता है, काफी खर्च करके उससे 'जनहित' में सिफारिशें करवाता है और फिर लागू नहीं करता? इन सारी बातों को सही-सही समझने के लिए मौजूदा शिक्षा के चरित्र की कुछ बुनियादी बातें जानना जरूरी है।

'47 ई. के बाद स्वदेशी सुविधाभोगी शासक-वर्ग ने घोषणा की कि हमारा उद्देश्य सम्पूर्ण भारतीय समाज को शिक्षा से लैस करना है और निरक्षरता खत्म करनी है। यह सरासर झूठ था क्योंकि भारतीय समाज शोषक और शोषित वर्गों में बँटा हुआ है और 26 वर्षों की शिक्षा-पद्धति इस तथ्य का गवाह है कि शासक-वर्ग पूँजीपतियों-जमींदारों के लड़कों को नेतृत्व देने के लिए शिक्षित करता रहा है और मजदूरों-किसानों के लड़कों को सेवक बनाने के लिए। एक ओर यह शिक्षा-पद्धति शोषक-वर्ग के लड़कों में 'व्यक्तिवाद' विकसित करती रही है, मजदूरों-किसानों से घृणा करना सिखलाती रही है, दूसरी ओर शोषितों के लड़कों की 'निजता' छीनकर उन्हें निष्क्रिय बनाती रही है। किसानों-मजदूरों के लड़के इस तरह प्रशिक्षित किए जाते रहे हैं कि वे शोषकों के हित में उपयोगी सेवक हो सकें तथा उनकी शान्ति और आराम में खलल डाले बगैर उन्हें मुनाफा दिलाते रहें।

जिस भी विद्रोही लड़के पर उसकी यह शिक्षा फेल करती है, उसे उछालकर वह सामने लाता रहा है, उसका जोरदार विरोध करवाता रहा है और अन्त में वफादार सेवक बना लेता रहा है।

मौजूदा शिक्षा की दूसरी विशेषता है जिन्दगी के संघर्ष से काटकर शिक्षा को विद्यालयों तक और ज्ञान को ग्रन्थों तक सीमित रखना ताकि पढ़नेवाली पीढ़ी शासक-वर्ग के चरित्र और उसके बेहया शोषण के चक्करदार रूपों से अनजान और अन्धी बनी रहे। इन अलगावों से हुआ यह है कि विद्यार्थी किताबी ज्ञान को ही सच मान लेता है और द्वन्द्वात्मक जगत् में घटित होनेवाली घटनाओं को अपने कार्य-क्षेत्र के बाहर समझ बैठता है। यही नहीं, वह अपने ज्ञान की 'सचाई' को व्यवहार के स्तर पर परखने की जरूरत नहीं समझता।

और वे किताबें भी कैसी? ऐसी जिनमें सामन्ती पूँजीवादी समाज की महिमा और उदारता का गुणगान हो; जिनकी सुन्दर, दिलचस्प और आकर्षक शैली की तह में घृणित और पाखंडपूर्ण झूठ छिपा हो। आज भी 'इतिहास' का मतलब समझाया

जाता है राजाओं, महाराजाओं, बादशाहों, नवाबों और वायसरायों का इतिहास, 'अर्थशास्त्र' का अर्थ बताया जाता है पूँजीवाद की अर्थ-व्यवस्था और अर्थनीति और समाजशास्त्र की पढ़ाई तो अमरीकी समाजशास्त्रियों को दी जानेवाली गुरु-दक्षिणा है ही। रहा हिन्दी साहित्य, सो यह हर एक को पता है कि कवि कबीर नहीं माने जाते और निराला 'ओज', 'उदात्त', 'विराट' और 'प्रयोग' के कवि के रूप में पढ़ाए जाते हैं।

इसके सिवा यह तो स्वीकृत तथ्य हो चुका है कि आज की शिक्षा पूँजीवादी-उपनिवेशवादी ढर्रे पर यांत्रिक और विभाजक है। सारे शिक्षा संस्थान रटने और घोखने की क्रिया के संस्थान हैं। वे विद्यार्थियों को बेमतलब ऐसे फालतू और बंजर ज्ञान को सोखने के लिए बाध्य करते हैं जो उनके दिल और दिमाग को अवरुद्ध कर दे और उनके लिए पीढ़ी-दर-पीढ़ी को नौकरशाहों की फौज में ढालती जाए। शुरू से यह शिक्षा यही कर रही है। रही विभाजक होने की बात, सो इसके सबूत विश्वविद्यालयों में बिखरे पड़े हैं। किसी समय अंग्रेजी के विद्यार्थी हिन्दी के विद्यार्थियों को हेय समझते थे, विज्ञान के विद्यार्थी इन दोनों को घृणा और उपेक्षा से देखते थे, इन तीनों को नापसन्द करते थे इंजीनियरिंग और टेक्नोलॉजी के विद्यार्थी और अब इन सबको तुच्छ और अछूत समझते हैं 'मेडिकल साइंस' के विद्यार्थी। यहीं नहीं, विश्वविद्यालय को महाविद्यालयों, महाविद्यालयों को संकायों और संकायों को विभागों और विभागों को इन्स्ट्रक्टर, लेक्चरर, सीनियर लेक्चरर, रीडर, प्रोफेसर और सीनियर प्रोफेसर (अध्यापकों के स्तर पर) और प्रथम, द्वितीय और तृतीय श्रेणियों (विद्यार्थियों के स्तर पर) में बाँटनेवाली यह शिक्षा सबको आपस में लड़ाती रहती है और इस तरह शासक-वर्ग को सुरक्षित छोड़ती है।

सन् '47 के पहले सत्ता के लिए संघर्ष चलाने वाले सुविधाभोगी वर्ग ने स्वाधीनता-संग्राम में शामिल होने के लिए विद्यार्थियों को आवाज दी थी, लेकिन आज वही शासक-वर्ग छात्रों को राजनीति से अलग रहने की सलाह देता है जबकि राजनीति से अलग शिक्षा की कल्पना ही नहीं की जा सकती। सच कहिए तो 'अराजनीतिक' शिक्षा बुर्जुवा पाखंड का एक अंग है। उसके ऐसा कहने का अर्थ है—हमारे और हमारी विचारधारा के सिवा तुम किसी दूसरे से अपने को प्रभावित न होने दो। इस तरह उसका यह कहना ही कि 'राजनीति' से दूर रहो, उसकी एक चाल है। वह राजनीति से दूर रखकर जो कुछ पढ़ने के लिए कहता है या देता है, उसमें उस विषय से सम्बन्धित किताबों में—उसी की विचारधारा के लेखक का दृष्टिकोण है।

तो संक्षेप में यह है शासक-वर्ग की शिक्षा-नीति जिससे किसानों, मजदूरों और मध्यवर्गीय घरानों से आनेवाले विद्यार्थी बेहद असन्तुष्ट हैं और जिसमें तब्दीली चाहते हैं। लेकिन वे यह भी जानते हैं कि जैसी शिक्षा की उन्हें जरूरत है, वैसी शिक्षा

यह व्यवस्था नहीं दे सकती। अगर शासक-वर्ग सचमुच 'समाजवाद' चाहता, 'समाजवादी' निर्माण चाहता तो शिक्षा के जरिए समाजवाद का अर्थ सिखलाता भी और सीखता भी। वह खुद जानता कि 'समाजवादी निर्माण का मतलब फैक्टरी, मिलें और बड़ी-बड़ी इमारतें खड़ी करना नहीं है, उसका मतलब है उत्पादन के योजनाबद्ध समाजवादी संगठन के लिए संघर्ष, समाजवादी वितरण के लिए संघर्ष, जनसम्पत्ति और श्रम के प्रति साम्यवादी दृष्टिकोण कायम करने के लिए संघर्ष, समूहवाद की गहरी समझदारी और जनता में नए ढंग के रिश्तों के लिए संघर्ष; यही नहीं, समाजवाद पूँजीपतियों और जमींदारों के दर्शन के खिलाफ हर मोर्चे पर संघर्ष है।' लेकिन ऐसा वह क्यों करेगा? अपने से अपने पैरों में कुल्हाड़ी क्यों मारेगा? दोनों का मिलान करके देखने पर साफ पता चलता है कि शासक-वर्ग इस प्रकार के समाजवादी संघर्ष का शत्रु है।

लिहाजा जो विद्यार्थी सही में शिक्षा और ज्ञान हासिल करना चाहते हैं, उन्हें इन शिक्षा-संस्थानों के सिवा उन विश्वविद्यालयों की मदद लेनी पड़ी जिनमें गोर्की ने अपनी पढ़ाई की थी यानी वे विश्वविद्यालय जिनमें पंडित पोथी नहीं पढ़ाते, जनता जिन्दगी की असलियत पढ़ाती है। वे विश्वविद्यालय शोषण और अत्याचार के खिलाफ एक जीवन्त संघर्ष के रूप में विद्यार्थी के चारों ओर फैले हुए हैं, जिसकी जानकारी के लिए आँखें खुली रखने की जरूरत है।

जब 2 अक्टूबर, 1920 ई. में 'यूथ लीग' को सम्बोधित करते हुए लेनिन ने कहा, 'सीखो', 'अध्ययन करो।' तो इस अध्ययन का मतलब था जिन्दगी का गहरा अध्ययन। केवल 'शिक्षा-संस्था' की पढ़ाई खत्म करने के लिए नहीं पढ़ना चाहिए इसलिए पढ़ना चाहिए कि हम जिन्दगी को और अच्छी तरह समझ सकें कि गलती क्या है? और कहाँ पर है?

आज हम दो तरह की सामाजिक व्यवस्थाओं की सरहद पर रह रहे हैं। एक वह पुरानी सामन्तवादी-पूँजीवादी व्यवस्था, जो मर रही है और दूसरी, नई समाजवादी व्यवस्था, जो खड़ी हो रही है; जो अस्तित्व में आने के लिए छटपटा रही है। आनेवाले लोग अब वैसे नहीं रह सकते जैसे पिछली पीढ़ियाँ रहती आई थीं। रोज-रोज़ कुछ-न-कुछ नया हो रहा है, नई वारदातें, नई घटनाएँ घट रही हैं, नई समस्याएँ पैदा हो रही हैं, उन्हें अपनी आँखों से देखने, समझने और उनके बारे में निर्णय लेने के योग्य बनना पड़ेगा। अन्ततः सारी पढ़ाई-लिखाई का मतलब यही है कि व्यवहार में ज्ञान का हम कैसे इस्तेमाल करें? यह तो तय है कि नई समाज-व्यवस्था की रचना पुरानी व्यवस्था के तौर-तरीकों से नहीं की जा सकती, लेकिन फिलहाल नई समाज-व्यवस्था की शिक्षा और शिक्षण की सामग्रियाँ वही होंगी जो पुरानी व्यवस्था की हैं। उनकी उपेक्षा नहीं की जा सकती। अगर हमें उन गलतियों से बचना और सीखना है तो उसके बारे में अच्छी तरह जानकारी होनी चाहिए।

साथ ही जिन सामग्रियों का उपयोग शासक-वर्ग अपने हित में करता रहा है, वे सामग्रियाँ दूसरे प्रकार की व्याख्या और दृष्टि की माँग करती हैं। वह 'दृष्टि' पैदा करने के लिए हमें शिक्षा और शिक्षण को शोषण के विरुद्ध चलनेवाले आम आदमी के संघर्ष से जोड़ना होगा। बगैर इसके न तो शासक-वर्ग की सच्ची आलोचना की जा सकती है, न आम आदमियों में उसके प्रति घृणा पैदा की जा सकती है, न वर्ग-चेतना का विकास किया जा सकता है और न जनसाधारण को संगठित किया जा सकता है। कोरा किताबी ज्ञान महज पाखंड है।

समाजवादी शिक्षा श्रम के प्रति सम्मान का भाव रखती है और श्रमिक-वर्ग के साथ तालमेल कायम करती हुई अपना विकास करती है। वह उनसे सीखने और उनको सिखलाने में विश्वास रखती है। वह जानती है कि श्रमिकों की जिस पीढ़ी का लालन-पालन पूँजीवादी व्यवस्था में हुआ है, वही उस व्यवस्था को ध्वस्त कर सकती है और उस समाज की रचना कर सकती है जिसमें आदमी द्वारा आदमी का शोषण सम्भव न हो। इस कार्य के लिए शिक्षा कारगर हथियार हो सकती है, इस सचाई से बखूबी परिचित होने के कारण ही मौजूदा शिक्षा आराम, ऐयाशी और सुविधा की वकालत करते हुए श्रम के प्रति नफरत पैदा करती है। श्रम और शिक्षा का यह सामंजस्य उस 'यांत्रिकता' और 'विभाजन' के सिद्धान्त का विरोधी है जो एक ओर मौजूदा व्यवस्था को शक्ति देता रहा और दूसरी ओर व्यक्ति की 'सामूहिक दृष्टि' के रास्ते में बाधा डालता रहा है।

चूँकि शिक्षा राजनीति का सबसे महत्त्वपूर्ण अंग है और राजनीति का अर्थ है विश्व-पूँजीवाद और साम्राज्यवाद के विरुद्ध मुक्ति के लिए सर्वहारा का संघर्ष; इसलिए समाजवादी व्यवस्था शिक्षा को इसी उद्देश्य से संचालित करती है। वह शासक-वर्ग द्वारा किए जानेवाले निर्माण कार्यों को मार्क्सवादी दृष्टि से देखने के लिए शिक्षित करती है और इंजीनियर, वैज्ञानिक, डॉक्टर, अर्थशास्त्री, साहित्यकार आदि में जो राजनीतिक चेतना पैदा करती है, उससे वे अपने उत्पादन और कर्म की सही दिशा निर्धारित कर सकते हैं। कार्य और चेतना की यह संगति उनकी उदासीनता और निष्क्रियता को खत्म करती हुई जातीय चरित्र का निर्माण करती है।

अन्तिम बात का सम्बन्ध शिक्षक-वर्ग से है क्योंकि समाजवादी शिक्षा के रास्ते में सबसे बड़ी समस्या वही है। चरित्र से वह यथास्थितिवादी, सुविधाभोगी और किसी भी तरह के परिवर्तन का विरोधी है। वह जिस भाषा में शिक्षा देता है वह भाषा किताबी होती है, जिस ढंग से शिक्षा देता है, वह ढंग नीरस, उबाऊ और मशीनी होता है। उसका दिया हुआ ज्ञान अव्यावहारिक, रूढ़िवादी और सूचनात्मक होता है। आज जब सभी लोग शिक्षा-पद्धति की आलोचना करते हुए उसे बदलने के लिए आन्दोलन चला रहे हैं, अकेले शिक्षक है जो अपने तर्कों से इसका पक्ष ले रहा है। वह शिक्षा-पद्धति के लिए नहीं, पाठ्यक्रम में परिवर्तन के लिए भी मुश्किल से राजी है। वह

पढ़ाई की तकनीक को 'प्रश्नकर' और 'विचारोत्तेजक' बनाना और कथा में विद्यार्थियों से 'संवाद' करना अपनी हेठी समझता है। जब एक अमरीकी लिखता है कि 'भारतीय विश्वविद्यालय अमेरिका में विद्या के संस्थानों से तुलना करने पर हाईस्कूल के स्तर के ठहरते हैं और प्रोफेसरों द्वारा प्रदर्शित ज्ञान का स्तर पश्चिम के स्नातक के बराबर का है।' (टाइम्स ऑफ इंडिया, 21 अक्टूबर, 1973 ई.) तो इसे सच मानकर वह दुखी होता है और झुँझलाता है लेकिन जब यही बातें भारतीय विद्यार्थी कहता है तो उसे यह सब राजनीति-प्रेरित और अनुशासनहीनता मालूम होता है।

अब 'शिक्षक' की समूची अवधारणा को बदल देने की जरूरत है और उसे इस तरह प्रदर्शित करने की जरूरत है कि वह अपना शिक्षण, उसकी तकनीक, भाषा, उद्देश्य, पाठ्यक्रम आदि जनसाधारण के सहयोग और आवश्यकताओं से जोड़-कर चले।

[परिवेश, 1973]

युवा पीढ़ी और रचनात्मकता

अगर आप एतराज न करें तो मैं इस सम्पादकीय शब्द को काट दूँ और इसकी जगह कुछ और कर दूँ; फिर सीधे कहूँ—क्या तनाव में जीने या नाराज होकर अलग पड़े रहने या एकबारगी विद्रोह कर बैठने से बेहतर यह नहीं है कि हम एक दूसरे के करीब आएँ और अपनी-अपनी मुश्किलें कहें? सम्भव है, इस बातचीत के दौरान कोई बात पैदा हो, हम अपने भीतर ठीक से झाँक सकें, अपने को पहचान सकें, अपनी कमियों का कीमा बना सकें।

यदि इस प्रस्ताव से सहमत हैं आप, तो फिर आ जाइए! मैं स्वागत करके आप ही के घर में आप का अपमान नहीं करना चाहता।

आप कहेंगे कि हमारी बातों से क्या होगा? और मैं कहूँगा कि और कुछ हो या न हो—साहित्य होगा। और साहित्य की सीमा आप जानते हैं; उसकी सीमा है भाषा। जैसे ही आप यह सीमा तोड़कर कोई दूसरा रास्ता अख्तियार करते हैं, वह चाहे जो कुछ हो, साहित्य नहीं रह जाता। आप अधिक से अधिक अपने असन्तोष, दुख, पीड़ा और मुश्किलों को आकार देने के लिए कलम उठा सकते हैं और इसके जरिए खुद को समझने में आदमी की मदद कर सकते हैं, उसके आत्मविश्वास को दृढ़ बना सकते हैं और सचाई का पता लगाने की उसकी कोशिशों को समर्थन दे सकते हैं। आज जब आदमी के लिए कोई कुछ न कर रहा हो तो उसके लिए साहित्य का इतना करना कम नहीं समझा जाना चाहिए।

साहित्य की यह सीमा कितनी बड़ी है, इसे स्पष्ट करने के लिए फ्रांसीसी कथाकार बाल्जाक का वह उद्धरण लिया जा सकता है जिसे उसने एक महिला से कहा था, 'प्यारी मादाम, सच कहो तो साहित्य होता ही नहीं, सिर्फ जीवन होता है जिसके हिस्से हैं राजनीति और कला। मैं एक आदमी हूँ और जीवित हूँ—बस! अपने जीवन को जीता हुआ एक आदमी, इससे ज्यादा नहीं।' और साहित्य भी इससे ज्यादा नहीं होता क्योंकि इससे ज्यादा शायद कुछ भी नहीं होता।

भला बताइए, एक ओर साहित्य की यह शानदार माप और दूसरी ओर आप हैं कि या तो इसे 'सुन्दर', 'काल्पनिक', 'रंजक', 'शाश्वत' और भी जाने क्या-क्या कहकर थोड़े-से व्यक्तियों का कर्मक्षेत्र बना देते हैं, या 'पिकनिक', 'तफरीह', 'सफर'

या 'समय काटने' के इरादे से जोड़कर एक रोमांचक अफसाना; जबकि किसी लिखने-पढ़नेवाले एक अदने साहित्यिक रंगरूट से भी पूछिए तो वह कहेगा कि महाशय! आपकी ये धारणाएँ जिन्दगी की कड़वी और दमघोटू और खूँखार सच्चाइयों का सामना न कर सकनेवाली आदमी की धारणाएँ हैं—या फिर उस आदमी की जो साहित्य को जीवन से जुड़ी निरन्तर गतिशील प्रक्रिया के रूप में न देखकर अन्य विषयों की तरह इसे भी एक अलहदा 'विभाग' के रूप में देखने का आदी हो चुका है।

दरअसल साहित्य एक विशिष्ट प्रकार का प्रशिक्षण है—समकालीन आदमी के समूचे आदमीपन के एहसास का प्रशिक्षण। यह वह बुनियाद है जहाँ से आदमी आगे का कार्यक्रम निर्धारित करते हुए अपने होने को प्रमाणित करता चलता है।

जिसे युवा पीढ़ी कहते हैं, वह आज की रूढ़ मौजूदा व्यवस्था के प्रति असन्तोष और आक्रोश के जरिए अपने को प्रमाणित कर रही है। इस आक्रोश की जाँच-पड़ताल पिछले कई वर्षों से देश और विदेश में होती रही है और इसकी वास्तविकता से कोई मुकर नहीं सका है। लेकिन प्राय: यह आशंका की गई है कि पुराने मूल्यों और मान्यताओं के कोरे अस्वीकार के सिवा इस पीढ़ी के पास क्या है? कोई 'स्वीकृति' भी है या केवल अस्वीकार ही? यह ध्यान देने की बात है कि चीजों के प्रति निरन्तर अस्वीकार एक प्रकार की 'हिस्टीरिया' है जो व्यक्ति को अराजकता की ओर ले जाती है; उसे कुंठा, निराशा और घुटन की जकड़न में डाल देती है और जीवन पर उसकी पकड़ को ढीली कर देती है।

यदि आप मेरी बातें ठीक से सुन रहे हों (यह इसलिए पूछना पड़ रहा है कि आप उतावलेपन और गुस्से में हैं और गुस्सा अन्धा हो या न हो, बहरा जरूर होता है) तो मैं कहूँगा कि साहित्य अस्वीकार की नहीं, स्वीकार की रचना है। अस्वीकार या आक्रोश कभी-कभी व्यवस्था के ही विरोध में न पड़कर रचनात्मकता के भी विरोध में पड़ता है। सबूत के रूप में आपके सामने पिछले दस वर्षों से भारतीय साहित्य में लिखनेवाले वे विद्रोही रचनाकार पेश किए जा सकते हैं जिन्होंने भाषा के माध्यम से अपनी बौखलाहट या झुँझलाहट ही नहीं व्यक्त की है, बल्कि एक खास किस्म की अराजक 'नंगई' भी की है। उन्होंने जरूरत के समय कुछ तेज-तर्रार विचारों और नारों का वैसे ही इस्तेमाल किया है, जैसे लोग सर्दी-जुकाम में रूमाल का इस्तेमाल करते हैं। विचारों को रूमाल न होने देने के लिए यह जानना जरूरी है कि चीजें हैं तो सही, लेकिन क्यों हैं और कितनी दूर तक और चीजों को प्रभावित कर रही हैं।

इसे जानना इसलिए भी जरूरी है कि कोई भी चीज दूसरी चीजों से कटी हुई, अलग और स्वतंत्र नहीं है। बहुत कुछ उस 'मकड़ जाल' की तरह, जिसका जिक्र मैक्सिम गोर्की ने अपनी आत्मकथा के तीसरे भाग 'मेरे विश्वविद्यालय' में किया है। एक पुलिस वाला वस्तुस्थिति को स्पष्ट करते हुए गोर्की से कहता है कि कहीं एक मकड़ी छिपी बैठी है, उसके मुँह से निकलकर अदृष्ट धागे चारों ओर छाए हुए

हैं जिनमें जीवन का हर पहलू गिरफ्तार है, उन धागों की लपेट से कोई चीज बाहर नहीं है। यह कितना सही है और कितना गलत इसका जरा-सा आभास आपको तब मिलेगा, जब आप किसी एक 'सच' की तह की खुदाई करेंगे। शायद आप पाएँ कि एक मामूली-सी चीज—जिसे रोटी कहते हैं—कितने अनगिनत 'अदृष्ट धागों' में लिपटी विश्व के समूचे भूगोल से जुड़ी हुई है। इस जानकारी के बाद आप सहज ही अनुमान लगा सकते हैं कि जिन छोटी-छोटी बातों को लेकर आप उड़ानें भरा करते हैं, वे दूसरों के आगे आपको कितना हल्का और हवाई साबित करती होंगी और किस तरह आपके प्रति उनके विश्वास को तोड़ती होंगी?

यह तो कहने की जरूरत नहीं है कि यदि कोई छात्र-आन्दोलन को सर्वहारा वर्ग के आन्दोलन के सन्दर्भ में समझने की कोशिश करता है तो समझने से रहा, छात्र-आन्दोलन की शक्ति उसके अपने अस्तित्व को निर्दिष्ट करने के प्रयत्न की चेतना में है और इस 'चेतना' को केवल रचनात्मक दृष्टि के द्वारा ही स्वच्छ और सम्पन्न बनाया जा सकता है—चीजों के ब्यौरों में जाकर उनके होने के सही कारणों के छानबीन से हासिल होनेवाली रचनात्मक दृष्टि द्वारा। भारतीय छात्र-आन्दोलन के इस रहस्य को प्रायः बुद्धिजीवी विदेशी 'एफ्लुएंट' समाज-व्यवस्था से सम्बद्ध छात्र-आन्दोलन के सूत्रों के माध्यम से सुलझाने-उलझाने की कोशिश करते हैं जो बेबुनियाद हैं। जाहिर है, यदि भूख और विचार में फासला होता तो अपनी अर्थ-व्यवस्था के लिए विदेशों पर निर्भर होते हुए भी हम विचार-व्यवस्था अपनी ही रहने देते और उसकी व्याख्या के लिए गलत जमीन न चुनते।

यदि दरिद्रता दिमाग हो जाए तो दरिद्र होना बेशक बुरा है।

युवा पीढ़ी की एक खास मुश्किल यह है कि वह इतिहास के निर्णायक दौर से गुजर रही है, इसका उसे गुमान ही नहीं है। वह इतना तो जानती ही है कि उसकी स्थिति कुछ विशिष्ट और असामान्य है और वह अपनी इस स्थिति को कैम्पस और कैम्पस के बाहर 'प्रदर्शनी' की तरह लगाती चलती है। कभी-कभी उसकी स्थिति घर-द्वार छोड़े उस भाई जैसी मालूम पड़ती है जिसे खेती में तो नहीं, लेकिन खाते में बराबर दिलचस्पी हो। उसकी ये स्थितियाँ उसे उसके जीवन और अस्तित्व के संघर्ष में अकेला ही नहीं करतीं, उसकी सम्पूर्ण चिन्तन-पद्धति को भी प्रभावित करती हैं। समूह से बाहर पड़ा व्यक्ति अपने दुखों को तो अनुभव कर सकता है, लेकिन उससे मुक्ति पाने का रास्ता नहीं देख सकता।

समूह व्यक्ति की दृष्टि है। यह दृष्टि रचनात्मकता की पहली बुनियादी शर्त है और यदि इस शर्त पर आप राजी न हों तो समझ ही नहीं सकते कि आपकी रचना आपको कैसा रच रही है? समूह से अपने को अलग करने का अर्थ है—आँखें खो बैठना और ऐसा कौन शख्स है जो चाहेगा कि मेरे दूसरे भाई अन्धे हों?

[परिवेश, 1971]

धूमिल का न रहना

धूमिल नहीं रहा।

जिन्दगी की उफान से भरा, सड़कों पर बहस करता या ठहाका मारता साइकिल से कचहरी या खेवली के लिए तैयार गँवई मिट्टी का बना हुआ मूँछों से लैस एक हट्टा-कट्टा शरीर—जिसने भी उसे देखा था, वह अधिक से अधिक यही सोच सकता था कि अगर यह आदमी मरेगा तो ट्रक से टकराकर या छत से दबकर या गोलियाँ और लाठियाँ खाकर। कोई नहीं सोच सकता था कि वह एक दिन किसी अस्पताल में बिस्तरे पर पड़ा-पड़ा डॉक्टरों को चुनौतियाँ देते हुए कविता की वही पुश्तैनी मौत मर जाएगा जिसकी परम्परा उस जैसे कवियों ने डाल रखी है। वह खुद मुक्तिबोध और राजकमल चौधरी की मौत के खिलाफ था क्योंकि उसकी नजर में कवि के लिए मरने का वह सही तरीका न था।

आज से दो-तीन साल पहले तक हिन्दी की समकालीन कविता का नाम धूमिल था। उसे एहसास था कि अब नाम बदल रहा है। मैंने उसे अपने ही मुहावरों की बन्दिश में बन्द छुटकारे के लिए छटपटाते हुए देखा था। लेकिन उसके भीतर एक भयानक 'व्यक्तिवाद' था जो उसे तो तोड़ रहा था मगर कविता को नहीं। उसकी पिछले दिनों की लिखित किन्तु अप्रकाशित 'दशाश्वमेध', 'सुदामा पांडे का प्रजातंत्र' और दूसरी छोटी-बड़ी कविताएँ ही बता सकेंगी कि वह इस आत्म-संघर्ष में किस हद तक कामयाब रहा।

धूमिल के साथ होना कविता के साथ होना था। यदि मुहावरे में कहें तो कह सकते हैं कि उसके लिए कविता रोम की तरह थी जहाँ जिन्दगी के सारे रास्ते पहुँचते हैं। धरती की कोई भी समस्या धूमिल के लिए कविता से बाहर न थी लेकिन उसने अपने ही अनुभवों से देख लिया होगा कि जब कविता खुद खतरे में पड़ती है तो संसदीय जनतंत्र अपनी उपेक्षा और बहरेपन के हथियारों से उस पर घातक वार करता है और कविता की भाषा और तेवर असहाय ताकते रह जाते हैं।

धूमिल को अपनी कविताओं के लिए जिस 'प्रजातंत्र' की तलाश थी, यदि वह

होता तो सांस्कृतिक और साहित्यिक मोर्चे के इस मजबूत कार्यकर्ता को आसानी से बचाया जा सकता था।

कितनी तकलीफ होती है एक नौजवान साथी को इस तरह गुजर जाते देखकर! कितना गुस्सा आता है सम्भावना वाले अपने ही हाथ को कन्धे से कट जाते पाकर!

[परिवेश, 1974]

एक अस्वीकृत रचना

(कमच्छा सट्टी से लेकर भेलूपुर थाने तक हिन्दी विभाग के एक शोधछात्र के साथ बातचीत का एक टुकड़ा)

" 'परिवेश' कब तक आ रहा है?"

"जल्दी ही आ रहा है।"

"क्या इसी अंक में मेरा लेख दे रहे हैं?"

"नहीं, किसी अंक में नहीं दे रहे हैं।"

[चुप्पी। हम सट्टी से भेलूपुर जानेवाली सड़क पर चलते हैं]

"क्या इस अंक में छपने वाली और सभी रचनाएँ उस लेख से अच्छी हैं?"

"नहीं, ऐसा तो मैं नहीं कह सकता लेकिन जो भी है, भरसक हमारी योजना के क्रम में है। फिलहाल हम दो चीजें चाहते हैं—एक तो पत्रिका पढ़ने वालों का एक ऐसी दुनिया से परिचय जो उसके लिए अजानी और नई हो; और दूसरे, कैम्पस के भीतर लिखने-पढ़ने और सोचने-विचारने का वातावरण। ये दोनों चीजें आपस में जुड़ी हैं। एक स्वस्थ वातावरण के लिए सामयिक समस्याओं और छात्र-असन्तोष के कारणों से होकर गुजरना जरूरी है। हम जानें तो सही कि उनमें और कहाँ खामियाँ हैं? क्यों, असहमत हैं आप?"

"मैंने वह लेख आपके अनुरोध पर लिखा था और दो बार लिखा था।"

"बेशक लिखा होगा और यह भी सच है कि मैंने अनुरोध किया था। मैंने उस लेख को दो-तीन बार पढ़ा था और सिर्फ इस खोज के लिए कि इसे क्यों छापा जाए...

"आप ही की तरह मैंने कई लोगों से अनुरोध करके लिखवाया था और नहीं छाप सका हूँ। दुख है मुझे इसका।"

[चुप्पी]

"तो डाक साब, मैं चलूँ? मुझे किसी भी हालत में इस महीने थीसिस जमा कर देनी है!"

"नहीं, रुकिए! आप इस तरह नहीं जाएँगे। यह बताइए कि आपका लेख क्यों

छापा जाए? आप मेरे घर के हैं, अपने हैं, मित्र हैं—सब हैं, लेकिन उस लेख में नया क्या है? और अगर वही बातें पढ़नी हैं जो प्रेमचन्द, शुक्ल, प्रसाद और दूसरे लोगों ने लिखी हैं तो आपको क्यों पढ़ा जाए? यह जरूर है कि आपने अच्छा लिखा था, लेकिन काम का नहीं लगा!

''मित्र, मैंने चाहा था कि लोगों को आप बता सकें कि साहित्य क्या होता है? लोग उससे प्यार करना सीखें,उसके साथ आत्मीयता बरतें, उसमें विश्वास रख सकें। वे साहित्य और साहित्य के नाम पर बिकने वाली किताबों में फर्क करना सीखें। लोग दुनिया-भर का कूड़ा-करकट पढ़ते हैं। ठीक है, वे जो पढ़ रहे हैं, पढ़ें; लेकिन जानें तो सही कि क्या पढ़ रहे हैं?

''मैंने आपसे यह उम्मीद की थी और आप दूसरे दिन अपने लेख के साथ हाजिर। उसे पढ़कर मुझे नहीं लगा कि वह लेख ऐसा कर सकेगा।''

''अच्छी बात है। आइए, कहीं पान खाया जाए और चला जाए!''

''लगता है, आपका समय काफी कीमती है।''

''जी हाँ, आज का दिन बेकार चला गया, जाऊँगा, कुछ काम करूँगा।''

''काम तो मुझे भी करना है भाई साहब, और आपसे कम महत्त्वपूर्ण काम नहीं करना है।''

''सम्भव है! लेकिन जो काम आप कर रहे हैं, वही काम मैं भी कर रहा हूँ।''

''फर्क है मित्र, आप जीविका के लिए लिख रहे हैं, और मैं जीवन के लिए लिख रहा हूँ। मैंने भी जब थीसिस लिखी थी तो जीविका के लिए ही लिखी थी, हालाँकि कम मेहनत नहीं की थी। लेकिन अब मेरा लिखना मेरा अस्तित्व है। यह अकेले आपकी बात नहीं, आप जैसे ढेर सारे लोगों की बात है। आप बैठेंगे और तीन-चार पेज लिख मारेंगे और मैं? आपको नहीं मालूम कि मैं सिर्फ एक शब्द 'सीमातीत' की खातिर तीन दिनों से बेचैन हूँ। मैंने लिखा है कि 'साहित्य की यह सीमा कितनी सीमातीत है...' बकवास! यह जीवन के बाहर पढ़नेवाला शब्द है। मैं लिख तो गया हूँ लेकिन जानता हूँ कि यह छायावादी शब्द है। इसका प्रयोग व्यवहार में नहीं होता—किताबी शब्द! इसके अर्थ के कई शब्द हैं—विशाल, बड़ा, व्यापक, असीम,अछोर, विस्तृत वगैरह। मेरे सामने मुश्किल यह है कि कौन-सा शब्द सही अर्थ दे सकेगा और प्रचलन में भी होगा!

''यही नहीं, और भी मुश्किलें हैं। पहली तो यही कि यह शब्द—जबकि हम पचास साल आगे निकल आए हैं—मेरे दिमाग में आया ही क्यों? मैं अब तक अपने छात्र संस्कार से छूट क्यों नहीं पाया?

''यकीन मानिए, यह एक शब्द नहीं, पूरा एक युग है—छायावादी युग। सन् 1920 से लेकर, '40 तक का युग। और अब भी यह शब्द या इस तरह के और शब्द मेरा पीछा क्यों नहीं छोड़ रहे हैं?

''अब आप समझ गए होंगे कि मैं इस समय आपको क्यों नहीं छोड़ना चाह रहा हूँ। केवल इसलिए कि अपने दिमाग के साथ अकेला होना मेरे बर्दाश्त से बाहर हो गया है।''

[कुछ ज्यादा देर की चुप्पी। हम एक पान की दुकान पर खड़े हो जाते हैं।]

''मैंने कहीं पढ़ा है या सुना है कि जिन दिनों आचार्य नरेन्द्र देव अपने यहाँ कुलपति थे—किसी मसले पर छात्र नेताओं ने सरकार के पास अपनी भावनाएँ पहुँचाने के लिए उन्हें एक परिपत्र दिया था। परिपत्र के अन्त में उन्होंने कुछ ऐसा लिखा था, 'हम जनतंत्र-विरोधी सरकार के इस रवैये की भर्त्सना करते हैं।' आचार्य जी ने कलम उठाई और 'जनतंत्र-विरोधी' शब्द को सरकार के बगल से हटाकर 'रवैये' के पहले रख दिया। तो यह हुआ तब के सन्दर्भ में सही शब्द का सही जगह इस्तेमाल।

''आचार्य जी तो एक विचारक और राजनीतिज्ञ थे लेकिन मैं समझता हूँ कि शब्दों के जरिए काम करनेवाले एक आदमी के नाते भाषा और शब्दों के प्रति हमारी कहीं ज्यादा बड़ी जिम्मेदारी है। एक लेख तो भाषा की शक्ति का बैरोमीटर है न!''

[हम पान खाते हैं और मेरे मित्र एक लम्बी 'हूँ' करते हैं।]

''आप यकीन नहीं कर सकते कि यहाँ आपसे बात करते समय मैं आपके साथ एक-चौथाई दिमाग के साथ हूँ या कहिए कि नहीं हूँ। मेरा सम्पूर्ण दिमाग—मेरा मन लेख के उस अधूरे वाक्य के साथ है जिसे अपने बिस्तर पर छोड़ आया हूँ। मैं आपसे बातें कर रहा हूँ लेकिन मेरा ध्यान उधर है। यह जानते हुए कि जिसे मैं पन्द्रह दिन से लिख रहा हूँ, उसे पाठक लेंगे और पाँच मिनट में खत्म करके अलग हो जाएँगे। कुछ तो पढ़ नहीं सकेंगे और कुछ पढ़ेंगे ही नहीं।''

''लगता है, आप काफी मेहनत कर रहे हैं इस समय!''

''यह मेरे एक आदमी की मेहनत की बात नहीं है। मेरे जैसे ढेर सारे लेखक-कवि हैं जो पूरी निष्ठा से और अपने सारे सुख-चैन को ताक पर रखकर लिखने में लगे हुए हैं लेकिन उससे हासिल क्या होता है? मैंने एक कहानी लिखी—'हस्तक्षेप'। आपने पढ़ा और कहा कि कूड़ा है। 'साप्ताहिक हिन्दुस्तान' के पचासों पाठकों के पत्र आए। कुछ तारीफ में, कुछ खिलाफ। घर पर एक दिन एक सज्जन आए। उन्होंने पत्रिका उलटी और बोले, अच्छा, तो आप कहानी लिखते हैं? वे मेरी ओर देखकर मुस्कराए और अलग पन्ना उलटकर 'शिकार-कथा' पढ़ने लगे। अब जरा बताइए, मेरी उस मेहनत—एक-एक शब्द और वाक्य को लेकर बनी रहने वाली बेचैनी—को क्या हासिल हुआ?

''आप 'परिवेश' के इसी आनेवाले अंक को लीजिए। अगर इसमें छपने वाली रचनाओं के लिखे जाने के समय का अटकल लगाइए और मोटे तौर पर सभी लोगों के समय का जोड़ चार महीना रखिए तो देखिए कि इस पत्रिका को पढ़नेवाला व्यक्ति किस तरह चार महीने के समय को एक-दो घंटे में पढ़कर किनारे कर देता

है? अब जिरी मारेक अपनी कहानी के दुखड़े को रोएँ और बर्ट्रेंड रसेल अपने विवरण जुटाने के श्रम को लेकर परलोक में झाँखें तो झाँखा करें!

''और इस समय जब मैं आपसे ये बातें कर रहा हूँ, आपको लग रहा है कि समय बरबाद हो रहा है। ये बातें आपको नहीं सुहा रही हैं।''

''नहीं, कहिए, कहते चलिए! सुन रहा हूँ मैं।''

''कृपा कर रहे हैं आप! मगर आप हैं कि जाते हैं, एक लेख लिख लाते हैं और इनकार कर देने पर दुखी हो उठते हैं। आप जितनी जल्दी लिख मारते हैं, उसे देखकर तो मुझ जैसा आदमी यही सोचेगा कि कुन्द जेहन का हूँ। लेकिन सच तो यह है कि वे रचनाएँ नहीं पढ़ी जातीं। क्यों? क्योंकि लोग अपने दिमाग को अपनी मेहनत, अपना समय नहीं देना चाहते। शायद वे नहीं समझते कि उनके लिखने का मूल्य हो सकता है।

''वे नहीं सोचते कि वे दिमाग—जिन्होंने इस विषय पर विचार नहीं किया है, या विचार करने के बावजूद ढीले-ढाले हैं—उनके लेख से एक निर्णय पर पहुँच सकते हैं, उनके सोच को एक शक्ल मिल सकती है।

''तो मेरे भाई, मैं कहना यह चाहता हूँ कि आप लिखिए, दो बार में न लिख पाएँ तो बार-बार लिखिए। अपने विचारों को पैना कीजिए। अपनी भाषा को तीखी और तल्ख बनाइए।''

[भेलूपुर के चौराहे पर आकर हम देर तक चुप रहते हैं।]

''ठीक है, चलिए। यह याद रखिए कि यह एक लेखक का दम्भ नहीं, उसकी तकलीफ है और वह आपके साथ—जो एक लेखक होना चाह रहा है—उसे बाँट रहा है।

''तो विदा! इस अँधेरे में आपके लेखक के लिए मंगलकामना के साथ विदा!''

[परिवेश, 1971]

सिर भारी है...

सरकार लगातार जनता को बताती रहती है
कि शासन चलाना कितना मुश्किल है?
मंत्री न हों तो
फसल धरती के अन्दर ही दफन रहे,
ऊपर न आए।
कोयले का एक टुकड़ा तक खदानों के बाहर न निकले
यदि ईंधन-मंत्री बुद्धिमान न हो।
औरत को गर्भ ही न ठहरे पोप के बिना
सुरक्षा मंत्री न रहे
तो कोई युद्ध ही न हो। और यदि सूर्य
प्रधानमंत्री के आदेश के बिना समय से पहले उगे
तो वह खुलेआम सवाल का सामना करे—और अगर उग ही आए तो
शायद वह जगह ही गलत हो
जहाँ उगे।

इसी तरह मुश्किल है फैक्टरी चलाना
मशीनों के मालिक हमसे कहते हैं।
शेयर होल्डरों के बिना
दीवारें गिर जाएँ और मशीनें
मुर्चा खा जाएँ—वे कहते हैं।
और यहाँ तक कि किसी चमत्कार से यदि हल बन ही जाए
तो यह असम्भव है कि वे खेत जोत सकेंगे
उन बारीक अर्थ वाले शब्दों के बिना
जिसे विज्ञापन-एजेंसियाँ किसानों के लिए लिखती हैं! कौन
उन तक यह खबर पहुँचाएगा कि
हल भी होते हैं

और खेतों का क्या होगा
अगर जमींदार न होंगे? तय है कि
राई भी बो दी जाएगी
जहाँ पहले से आलू थे।

अगर शासन करना आसान होता
तो हमारे मौजूदा नेताओं की तरह राजनीतिक पार्टियाँ भी गैरजरूरी होतीं।
यदि मजदूर जानते कि मशीनें कैसे चलाई जाती हैं
और किसान बता सकते कि जमीन
और रोटी के टुकड़े के बीच क्या रिश्ता है
तो किसी को न शेयर होल्डरों की जरूरत पड़ती और
न जमींदारों की।
यह केवल इसलिए है कि हम सब गूँगे हैं
और हमें उन 'कुछ' की जरूरत है
जो चालाक हैं

या यह
भी सम्भव है
सरकार इतनी मुश्किल इसलिए है
कि लूट और झूठ भी कुछ सबक सीख सकें।

[परिवेश, 1972]

मिकेलांजेलो : जिन्दगी की एक रात

आर्थर, काउंट द गोबिनो

[**मिकेलांजेलो** अपने-आपमें रिनेसाँ की इटली का पूरा इतिहास। पन्द्रहवीं-सोलहवीं शताब्दी का विश्वप्रसिद्ध इतालवी चित्रकार, मूर्तिकार और कवि! जीवन भयानक मुसीबतों, अभावों और पीड़ाओं में गुजरा। मिकेलांजेलो के बारे में नोबेल पुरस्कार विजेता रोमाँ रोलाँ ने लिखा है : 'पहले मिकेलांजेलो की तरह कुछ भी नजर नहीं आया था।...यद्यपि उसे गुजरे एक जमाना हुआ, फिर भी कला का संसार उसकी विशाल आत्मा के आवर्तों में चक्कर काटता रहा। मिकेलांजेलो ने एकबारगी चित्रकला, मूर्तिकला, स्थापत्य कला और कविता को अपनी गिरफ्त में ले लिया और उनमें अपनी शक्ति और उद्वेलित आदर्शवाद की साँसों का उत्कट आवेश भर दिया। उसे किसी ने नहीं समझा, लेकिन नकल सबने की।'

मिकेलांजेलो की जीवनी लिखी काउंट द गोबिनो ने—एक महत्त्वपूर्ण और प्रामाणिक पुस्तक। प्रस्तुत काल्पनिक 'संवाद' उसी पुस्तक का एक अंश है :]

[ठंडा और अँधेरा निर्जन स्थान। काली रात। एक प्रतिमा—जो अभी अधूरी है—और जिस पर ताँबे के लैम्प की रोशनी पड़ रही है। लैम्प को कलाकार का नौकर अन्तोनियो अर्बिनो लिये हुए है।]

मिकेलांजेलो : एक लम्बे समय से मैं कभी इतना प्रसन्न नहीं रहा। यह एक काली रात है और इस छोटे-से लैम्प की रोशनी में मैं विचारों की दुनिया देख रहा हूँ...क्या समय होगा?

अर्बिनो : मेरा खयाल है...लगभग आधी रात। बेहतर हो, आप बिस्तरे पर जाएँ।

मिकेलांजेलो : धारासार बारिश हो रही है। बड़ी नदी की तरह आँगन में झंडे की वेदी पर गिरती हुई और छतों को पीटती हुई बूँदों को कोई भी सुन सकता है। यह एक भयानक तूफान है। बिजलियाँ खिड़की के शीशे पर छाए कालेपन पर चकाचौंध पैदा करती हुई लकीर खींच जाती हैं। लेकिन इस निर्दय गड़गड़ाहट के

पीछे क्या सन्नाटा है! दूर वज्रपात की गरज और इसका भयावह शोर...लेकिन किसी मनुष्य का स्वर नहीं...झूठा, चिड़चिड़ा, उद्दंड, दम्भी या बदतमीज स्वर नहीं, जो मुझे विचलित कर दे। मैं रच सकता हूँ—मेरी आत्मा स्वतंत्र है—मैं खुश हूँ! अपनी समूची साधना की चरम शक्ति मैं अपने भीतर महसूस कर रहा हूँ और संगमरमर का कठोर वक्ष खुल रहा है, सजीव सिर दिखाई पड़ने लगा है—श्वेत, श्वेत—यह रुखानी के नीचे धड़क रहा है...वह रुखानी जो एक-एक करके इसकी रेखाओं को मुक्त कर रही है...संगमरमर के बाहर वे छलक रही हैं...वे बोलती हैं—अर्बिनो!

अर्बिनो : मालिक!

मिकेलांजेलो : तुम स्टूल पर ऊँघ रहे हो। बेहतर होगा कि तुम्हीं जाओ और अपना बिस्तर ढूँढ़ो।

अर्बिनो : कतई नहीं। जब आप सो जाएँगे, तब मैं सोने जाऊँगा...पहले नहीं।

मिकेलांजेलो : विचित्र जिद है।

अर्बिनो : सच, मैं बच्चा नहीं हूँ। यह जरूर है कि खड़ा रहने से मुझे थकान आ जाती है। लेकिन मार्कियोनेस ने मुझसे कहा था—'जब तक तुम्हारा मालिक आराम करने न जाए, तब तक तुम भी आराम न करना और हम देखेंगे कि वह अपने पुराने सेवक की तकलीफ सहने की चिन्ता करता है या नहीं।'

मिकेलांजेलो : थोड़ा-सा समय और दो। केवल एक चीज खत्म करनी है।

अर्बिनो : थोड़े-से पल...इससे ज्यादा नहीं। मार्कियोनेस साथ चाहता है...

मिकेलांजेलो : बहुत अच्छा! अब मुझे जगाए रखने के लिए कोई कहानी सुनाओ।

अर्बिनो : आज मैं आपके नोटरी (लिखित पत्रों को प्रमाणित करनेवाला वैध अधिकारी) के पास गया था।

मिकेलांजेलो : हमें उसकी बात नहीं करनी है।

अर्बिनो : वह कहता है कि वे दोनों लड़कियाँ—जिनके लिए आपने दहेज दिया है—काफी इज्जतदार लड़कियाँ हैं।

मिकेलांजेलो : मैं खुश हूँ, अर्बिनो, मैं चाहता हूँ कि वे खुश रहें। हालाँकि वे देखने में भद्दी हैं, लेकिन प्यारी बच्चियाँ हैं।

अर्बिनो : मैंने आपके भतीजे [भाँजे] को भी देखा। वह उस समय आया था, जबकि आप बाहर थे।

मिकेलांजेलो : अगर वह फिर आए तो उससे कहना कि मुझे शान्ति से रहने दे और...अपना काम देखे।

अर्बिनो : वह सोचता है और ठीक ही सोचता है कि उसका सबसे जरूरी काम है उन तीन हजार क्राउनों (इटालियन सिक्के) के लिए आपको धन्यवाद देना जिसे आपने, सम्पन्न न होते हुए भी, दिया है।

मिकेलांजेलो : वह जानता है कि मैं उसे प्यार करता हूँ। उसे मुझे धन्यवाद देने की जरूरत नहीं।

अर्बिनो : मालिक! घड़ी बजा रही है...रात का एक।

मिकेलांजेलो : मैंने समाप्त कर लिया है...लेकिन मैं मरने की हद तक भूखा हूँ। क्या यहाँ खाने की कोई चीज नहीं? जरा रसोईघर देखो!

अर्बिनो : मैं जाता हूँ और देखता हूँ...आह, मालिक, आपके घर की हालत काफी खस्ता है। सचमुच!...और हो भी क्यों न! जैसे ही आपके पास रुपए होते हैं, वे पहले आगन्तुक को दे दिये जाते हैं।

मिकेलांजेलो : मनुष्य को अपने शरीर के लिए तो थोड़ा-सा चाहिए...लेकिन उसकी सारी शक्ति उसकी आत्मा को ऊँचा उठाने के लिए...उसे प्रसन्न करने के लिए...काफी नहीं है।

अर्बिनो : थोड़ी-सी रोटी है—जरा-सी कड़ी और सूखी...'चीज' का एक टुकड़ा और बोतल में जरा-सा, लगभग समाप्त...

मिकेलांजेलो : बहुत अच्छा! सब कुछ ले जाओ।

[सिर से कार्ड बोर्ड का हैट हटाते हैं, बेंच पर लैम्प रखते हैं और खड़े होकर, मूर्ति की ओर ताकते हुए खाते हैं। दरवाजे पर जोर-जोर से दस्तक]

मिकेलांजेलो : इस समय कौन आ सकता है? आतिशदान के जंगले से देखो तो!

अर्बिनो : कौन खटखटा रहा है?

आवाज : यह मैं हूँ—अन्तोनियो मिनी!...खोलो, गुरुदेव!...यह आपका शिष्य आपके लिए एक महत्त्वपूर्ण समाचार लाया है।

मिकेलांजेलो : मेरा शिष्य, अन्तोनियो मिनी। खोलो! बुरी खबर है शायद!

मिनी : *(प्रवेश करते हुए)* ओह, गुरुदेव! भयानक दुर्भाग्य!

मिकेलांजेलो : क्या मामला है? तुम तो पीले पड़ रहे हो!

मिनी : रैफेल मर रहे हैं।...निस्सन्देह, वे अब तक मर चुके होंगे।

मिकेलांजेलो : रैफेल!...हे ईश्वर!...

मिनी : मैं उनके दो शिष्यों—तिमोनियो विती और गैरोफैलो—के साथ उनके स्टूडियो में था। लगभग तीन बजे की बात है। एक नौकर कहने के लिए आया कि मालिक बीमार हैं। कल शाम से ही उन्हें बुखार था।

मिकेलांजेलो : कल से ही ?...मुझे आश्चर्य नहीं। वे एक सुकुमार व्यक्तित्व के आदमी थे—आधा औरत, आधा बच्चा! उन्होंने काम में काफी समय लगाया और अपनी खुशियों की उपेक्षा की। मैं चार दिन पहले ही कैम्पो वैसिनो में उनसे मिला था, जब वे खुदाई कर रहे थे। मुझे अपनी चेतावनी अब भी याद है जो मैंने उन्हें दी थी...जो मैंने उन्हें खोदते देखकर कही थी...और तुम कहते हो कि उनकी हालत बेहद खराब है!

मिनी : यदि वे अब तक नहीं मरे होंगे, तो...तो...सुबह तो नहीं ही देख सकेंगे।...वे खुद स्टूडियो तक अपने को ढो ले गए थे और मैंने उन्हें देखा—हाँ, मैंने देखा—कफन की तरह सफेद, अर्द्ध-मूर्च्छित उनकी आँखें 'रूप-परिवर्तन' वाले अपने चित्र पर जमी थीं।...बिस्तरे के पास—जो जल्दबाजी में उनके लिए बिछाया गया था—उनके शिष्य खड़े थे—बहुत-से ऐसे भी जिन्हें मैं नहीं जानता...सिरहाने, 'होली फादर' चिल्लाते हुए, और अपनी आँखें पोंछते हुए...

मिकेलांजेलो : अर्बिनो! मेरी टोप और लबादा तो देना। मुझे वहाँ जाना ही चाहिए। राफेल...रैफेल मर रहा है...हे ईश्वर!...क्या यह सम्भव है ?...जल्दी करो, हमें चलना चाहिए!

अर्बिनो : यहाँ...यहाँ मालिक! मुझे लालटेन जलाने का समय तो दीजिए। हम जरा आपके रास्ते में रोशनी तो कर दें।

मिकेलांजेलो : तुम कहते हो कि अब कोई मदद नहीं की जा सकती! निश्चित हो तुम ? क्या डॉक्टर भेजे जा चुके हैं ? क्या कहा उन्होंने ? क्या किया उन्होंने ?...हमें चलना चाहिए।

मिनी : वहाँ डॉक्टरों का अभाव नहीं। वहाँ 'होली फादर' थे, ब्रेसिया के जैकोपो और गेतानो मेरिनी और ढेर सारे लोग। वे बहुत उदास थे और उन्होंने सिर हिला दिया। उनकी आँखों ने कहा कि विज्ञान कुछ नहीं कर सकता।

मिकेलांजेलो : आओ, अर्बिनो, तैयार हो गए ?

अर्बिनो : मैं यहाँ हूँ, मालिक!

मिकेलांजेलो : सीधे चलो...जल्दी!

[वे गली में जाते हैं जहाँ बेहद अँधेरा है। बारिश रुक चली है। हवा के झोंके से बादल तेजी से एक-पर-एक लुढ़क रहे हैं। वे छितरा गए हैं। चाँद के गोले का एक हिस्सा दिखाई पड़ता है जिसकी मुरझाई रोशनी मकानों और सड़कों पर छन रही है। पैरों की तेज-तेज आवाजें सुनाई पड़ती हैं।]

मिकेलांजेलो : यह शोरगुल क्या है...कैसा है?

अर्बिनो : गली के नुक्कड़ पर पहुँचने पर ही हम जान सकेंगे।

मिनी : आगे...गुरुदेव, खयाल रखें...आगे पानी से भरी गड़ही है।

[वह मिकेलांजेलो को हाथ का सहारा देता है। तेजी से और घबड़ाए हुए अनेक अफसरों, सिपाहियों, नौकरों और टॉर्चवालों का समूह गुजरता है। टॉर्चवालों की टॉर्चें मकानों पर लाल रोशनी फेंक रही हैं। इस जुलूस के बीचोबीच परदों से घिरी एक पालकी।]

मिकेलांजेलो : *(चैम्बरलेन से)* इसका क्या मतलब, महाशय?

चैम्बर: ये 'होली फादर' हैं जो वेटिकन लौट रहे हैं।

मिकेलांजेलो : क्या रैफेल...

आवाज : रैफेल गुजर चुके हैं और इटली में मिकेलांजेलो अकेले रह गए हैं।

[जुलूस गुजर जाता है। मिकेलांजेलो पत्थर के एक बेंच पर गिर पड़ते हैं। बादल छँट गए हैं और चाँद खुले आकाश में चमक रहा है।]

मिकेलांजेलो : मैं रह गया हूँ, यह सच है...मैं अकेला रह गया हूँ। पिछले साल लिनार्दो द' विंशी...और अब रैफेल और वे सब जिन्हें हम तीनों जानते थे या सुनते थे—गुजर चुके हैं। यह सच है, मैं अकेला बच गया हूँ। एक समय था जब मुझमें केवल 'एक अकेला' होने की लालच थी—रचनात्मक स्वर्ग के रहस्यों का अनुपम, अद्भुत और महानतम विश्वासपात्र, व्यक्ति होने की लालच! मैं कल्पना किया करता था कि मैं सृष्टि के केन्द्र में स्थित सूर्य की तरह हूँ—जिसका कोई प्रतिद्वन्द्वी नहीं, जिसकी बराबरी करनेवाला कोई नहीं। यह खुशी का सबसे ईर्ष्यास्पद रूप था।...वर्षों तक मैं लिनार्दो को पसन्द नहीं कर सका था, मैं अपने हृदय की गहराइयों में रैफेल को गालियाँ देता था। अपने को 'कन्विन्स' करने के लिए मैंने बार-बार दुहराया कि मेरे

निकट उनका कोई मूल्य नहीं है।...हाँ, एक समय था जब तुम...तुम, मिकेलांजेलो!...तुम संकीर्ण और सीमित दृष्टि के बिचारे और तुच्छ जीव थे—ऐसा जीव जो उन सबको गलत समझता है और उनकी निन्दा करता है जो उससे मेल नहीं खाते—और मैं तुमसे कहता हूँ क्योंकि यह सच है—कि वे सब तुम्हारे जितने ही अच्छे थे, बल्कि शायद बेहतर...और अब मेरे पास वह सब कुछ है, मेरा हृदय जिसकी कामना करता था। सितारे स्वर्ग में चले गए हैं और मैं यहाँ अकेला हूँ...बिल्कुल अकेला...और अपने अकेलेपन में मेरा दम घुट रहा है...अब भी टिटियन है, एक महान् प्रतिभा, महान् मस्तिष्क...अन्द्रिया डेल सार्टो है...वह है...लेकिन हाय! नहीं, वे उतने महान् नहीं, वे लिनार्दो के स्तर के नहीं हैं और उसके भी स्तर के नहीं हैं जो वहाँ लेटा हुआ है...आह; रैफेल! उसकी खूबसूरती, उसकी बारीकी, उसकी मिठास, उसकी सुकुमारता, जैसा रूप—वैसा व्यवहार, क्या ही स्वर्गिक माधुर्य! वे सब मुझमें नहीं हैं, मैं उन तक पहुँच भी नहीं सकता! वह सब मेरे पास नहीं हैं...वह जिसे सब प्यार करते थे और जो प्यार का हकदार था!...हे ईश्वर! हे ईश्वर! मुझे क्या हो रहा है? मेरे भीतर क्या उठ रहा है? उन आँखों से आँसू बह रहे हैं, जिन्होंने रोना नहीं जाना!...मैं किस चीज के बारे में सोच रहा हूँ? हाँ, एक दर्द की नदी उठ रही है और मेरी छाती के अन्दर लहरा रही है। आँसू मेरी पलकों से चू रहे हैं और मेरे गालों पर झरने की तरह बह रहे हैं और उसके नाम पर गिर रहे हैं जिसे मैंने हमेशा गाली दी है, जिसे अपने से अलग रखा है और जो मुझसे बेहतर था और ईश्वर का प्यारा था। उसने मुझसे कहा था...उसने...वित्तोरिया ने हमेशा मुझसे कहा और मैं कभी उससे सहमत नहीं हो सका था...लेकिन मैं इसे दिल की गहराइयों में भली भाँति जानता हूँ, मैंने इसे अनुभव किया था और अब...जबकि मौत मेरे और रैफेलो के बीच चक्कर लगा रही थी, और अब जबकि मैं बचा हूँ—दुनिया की कीचड़ में अपने पैरों समेत—उसका सज्जन और आकर्षक चेहरा ईश्वर की गोद में मेरी आँखों के आगे प्रकट होता है—स्वर्गिक आभा बिखेरता हुआ—मैं देखता हूँ कि उसके आगे मैं कितना तुच्छ और झूठा रहा हूँ।...नहीं, नहीं, टिटियन और दूसरे—चाहे वे जितने भी प्रशंसनीय हों—उन गुजरे हुए दो

महान् व्यक्तित्वों की बराबरी नहीं कर सकते। उनके गिर्द, और मेरे गिर्द कौन रह गया है?...रोशनी पीली पड़ रही है, खत्म हो रही है, छायाएँ लम्बी हो रही हैं...और हाँ, मैं यहाँ हूँ और खुले हुए ताबूत और कब्र की बर्फीली साँस मेरे चेहरे पर थपेड़े मार रही है। क्या होगा कलाओं का? और हम जिन्होंने काफी आशाएँ की थीं, जिन्होंने काफी इच्छाएँ की थीं, जिन्होंने काफी कल्पना की थी, काफी काम किया था—हमने क्या हासिल किया है? हम वसीयत के रूप में उन्हें क्या देंगे जो हमारे बाद आएँगे? उसका एक-चौथाई भी तो नहीं जो कि हमें देना चाहिए था!...

[आपने हाथों से वे अपना चेहरा ढँक लेते हैं]

अर्बिनो : आइए, मालिक! आपको ठंड लग जाएगी।

मिनी : मुझे अपना हाथ पकड़ाएँ। आपको घर तक पहुँचा दें हम।

मिकेलांजेलो : हाँ, हमें अपनी शक्ति बचा के रखनी चाहिए...और तब तक काम करना चाहिए जब तक जिन्दगी से हमारा दम न घुट जाए।

[परिवेश, 1973]

✪✪✪